Der Schriftsteller, Musiker und Schauspieler Heinz Strunk wurde 1962 in Hamburg geboren. Er ist Gründungsmitglied des Humoristentrios Studio Braun und hatte auf VIVA eine eigene Fernsehshow. Sein Buch «Fleisch ist mein Gemüse» (rororo 23711) verkaufte sich über 400 000-mal. Es ist Vorlage eines preisgekrönten Hörspiels, einer «Operette» im Hamburger Schauspielhaus und eines Kinofilms. Auch die darauf folgenden Bücher des Autors, «Die Zunge Europas» (rororo 24843) und «Fleckenteufel» (rororo 25440), wurden zu Bestsellern.

«Es ist die Melancholie vorweggenommener Erinnerung, die Heinz Strunk am Ende dieses zutiefst tröstlichen, wahrhaftigen Buchs als seine gefährlichste Waffe einsetzt.» *Frankfurter Allgemeine Zeitung*

«Spaß und Depression derart authentisch und gekonnt miteinander zu verbinden, ist eine große Kunst. Strunk beherrscht sie meisterhaft.» *Die Welt*

HEINZ STRUNK

ROWOHLT TASCHENBUCH VERLAG

Veröffentlicht im Rowohlt Taschenbuch Verlag,
Reinbek bei Hamburg, August 2012
Copyright © 2011 by Rowohlt Verlag GmbH,
Reinbek bei Hamburg
Umschlaggestaltung any.way, Cathrin Günther,
nach einem Entwurf von HAUPTMANN & KOMPANIE
Werbeagentur, Zürich
(Umschlagabbildung: © Ulf K.)
Satz aus der FF Quadraat PostScript, PageOne,
bei Dörlemann Satz, Lemförde
Druck und Bindung CPI – Clausen & Bosse, Leck
Printed in Germany
ISBN 978 3 499 25859 6

TEIL 1

KEIN-ERLEBNIS-REISEN

Dem ersten Satz eines Buches wird für gewöhnlich eine viel zu hohe Bedeutung beigemessen. Der erste Satz, der erste Satz muss stimmen! Genial soll er sein, überraschend, exaltiert oder gerade zurückgenommen, Grundlage und Material für enthusiasmierte Rezensionen. Monatelang schrauben und schwitzen und feilen die Autoren am verdammten ersten Satz, der einfach nicht gelingen will. *(Manfred wuchs in den Eingeweiden seines Vaters auf.)* Da ich keine Lust habe, mich diesem Unfug anzuschließen, lasse ich ihn weg und beginne mit dem zweiten:

C.s Anruf erreicht mich in den frühen Nachmittagsstunden des 14. November 2007. Er wisse selbst, dass es etwas kurzfristig sei, aber ob ich mir vorstellen könne, mit ihm über Weihnachten zu verreisen. Meine Frage, wohin es denn gehen soll, beantwortet er knapp:

«Kenia.»

Kenia? Wie kommt er denn darauf? Ich weiß noch nicht einmal genau, wo Kenia liegt. Als einziges, wohl nicht so bedeutendes Wissenspartikel fällt mir ein, dass Ernst August von Hannover dort einen österreichischen Hotelier krankenhausreif geprügelt haben soll. Ansonsten weißer Fleck. Keine Ahnung, ob dort demokratische Verhältnisse herrschen, ein irrer Diktator rumfuhrwerkt oder das Land gar von Bürgerkriegen zerrissen wird. Obwohl, dann würde C. es wohl kaum als Reiseziel vorschlagen.

Das wäre bereits der dritte gemeinsame Urlaub, zweimal schon haben wir die Dominikanische Republik bereist, beide Male im gleichen Hotel. Da weiß man dann wenigstens, wo alles ist.

«Wieso kommst du denn ausgerechnet auf Kenia?»

«Wieso sagst du *ausgerechnet* Kenia? Das ist ein schönes Land, und du warst doch sowieso noch nie in Afrika, soweit ich weiß. In Kenia herrschen stabile politische Verhältnisse, mehr oder weniger Wettergarantie. Und die Flugzeit beträgt nur siebeneinhalb Stunden.»

Ich finde Weihnachten in der Heimat eigentlich ganz schön. Die ideale Zeit für eine Fernreise ist für mich ein, zwei Monate später, wenn sich der Winter in Deutschland langsam zu ziehen beginnt.

«Januar oder Februar geht gar nicht?»

«Nein, ausgeschlossen.»

Na dann. Warum nicht Weihnachten in Afrika, mal eine neue Erfahrung. Ganz so leicht will ich es C. aber auch nicht machen.

«Prinzipiell geht das in Ordnung, aber so aus dem Stegreif kann ich nicht zusagen. Ich muss prüfen, ob da noch Termine liegen.»

«Prüfen, aha, denkbar langweilige Antwort. Dann prüfe. Ich melde mich in 48 Stunden wieder; bis dahin musst du dich entschieden haben.»

Auf meine Frage, wie es ihm sonst so gehe, verweist er auf Termine; er habe jetzt keine Zeit für Plaudereien. «Also dann, bis in 48 Stunden.»

48 Stunden. Affige Formulierung, denke ich, behalte das aber für mich.

Ob der feine Herr mir denn wenigstens die genaue *Länge* der Reise verraten könne, will ich abschließend wissen.

C., knapp, bellend: «Vierzehnter bis achtundzwanzigster Zwölfter.»

«Das ist ja schon in vier Wochen! Naja, also, dann rufst du mich wieder an.»

C. legt grußlos auf.

Der Umgangston zwischen uns beiden wirkt für Außenstehende möglicherweise etwas befremdlich. Ruppig, gespreizt, gestelzt, sonderbar, schrullig. Aber das hat sich in den zehn Jahren, in denen wir uns mittlerweile kennen, eben so ergeben. Wir haben Erfahrung im gemeinsamen Urlauben. Die Dick & Doof der Pauschalreise, ein total verrücktes Ferienpaar, zwei Halunken im Bumsbomber oder was einem sonst noch so an witzigen Formulierungen einfällt. Dabei herrscht ernstes und stillschweigendes Einverständnis über unsere gemeinsame Idee vom Urlaub: Es gilt nicht, besonders viel zu erleben, sondern gerade möglichst wenig, das allerdings in der immer gleichen zeitlichen Abfolge: 8 Uhr 15 Aufstehen, 8 Uhr 30 Frühstück, von neun bis elf Lesen/gute Gespräche/Dösen, 11 bis 11 Uhr 15 Abkühlung im Pool, Freizeit bis 13 Uhr 30, anschließend Mittagstisch. Danach Umzug vom Pool ans Meer, 14 Uhr 30 bis 16 Uhr Lesen/gute Gespräche/Dösen, Abkühlung, Kaffeepause, Ruhe auf dem Zimmer, 19 Uhr Aperitif an der Poolbar, anschließend Abendbrot. Danach ist Feierabend, heißt: Teilnahme am Entertainmentprogramm (wahlweise Casino oder Disco). Handschweißtreibender Höhepunkt jeder Reise ist ein Tagesausflug in die nächstgelegene Stadt.

Weihnachten in Afrika. Wie es sich wohl anfühlt? Heiligabend in Badehose, Blick auf den Ozean (welchen eigentlich?). Wenn

Anfang November überhaupt noch was frei ist. Weihnachten bedeutet Hochsaison, da ist doch immer alles ausgebucht. Wie man so hört. Oder hat C., in der festen Annahme, dass ich mitkomme, gar schon reserviert? Mir ist eigentlich eher nach Hierbleiben zumute. Mein Gemütszustand befindet sich seit geraumer Zeit im Sink-, um nicht zu sagen: Steilflug, ich weiß auch nicht genau warum. Ein seltsames Phänomen, dass ich nie genau sagen kann, warum ich mich wie fühle. Ob das anderen Leuten auch so geht? Egal. Ich habe das ungute Gefühl, dass sich daran bis zum Reiseantritt nicht mehr großartig etwas ändern wird. Sich als betongesichtiger Trauerkloß in einem fremden Kontinent einzuigeln und vierzehn Tage in Angst davor zu leben, dass man die Rückfahrt nicht übersteht oder man von einer Psychose erwischt wird, sind denkbar schlechte Voraussetzungen für eine Fernreise. Reisen sollten gut gelaunt und mit starken Nerven angetreten werden, damit sie einen nicht schon bei der Sicherheitskontrolle gleich wieder zurückschicken. Gerade in Zeiten seelischer Schieflagen bedeutet ja jede Veränderung auch eine Überforderung; schon ein Ausflug in den Vogelpark Walsrode oder ähnliche Schmalspurunternehmungen verlangen mir dann das Äußerste ab. Und wenn ich mich gar ohne die gewohnten Strukturen, ohne geordnetes Koordinatensystem in einem völlig fremden Land durchsetzen muss, laufe ich Gefahr, einzugehen wie eine Primel. Geht nicht nur mir so: Ich kann mich noch gut dran erinnern, wie meine unter Angststörungen leidende Nachbarin Kathrin totale Panik vor dem anstehenden *Erholungsurlaub* schob. Alleiniges Kriterium (*Alleinstellungsmerkmal*, wie die Idioten heute sagen) für die Wahl ihres Urlaubsortes war das Vorhandensein eines Krankenhauses mit psychiatrischer Abteilung in der Nähe.

Naja, während den einen *Höchstschwierigkeitsreisen* (Apnoetaucher, die mit einem einzigen Atemzug ganze Ozeane durchqueren; Weltumrunder ohne einen Cent in der Tasche; Extremsportler, die in einer Saison sämtliche Achttausender erklimmen) leicht von der Hand gehen, sie dafür aber im Alltag oft scheitern, ist es bei mir genau umgekehrt. Daheim top, woanders Flop. Damit habe ich mich abgefunden, ich habe meine Defizite als zu mir gehörig begriffen und sie, wenn auch notgedrungen, akzeptiert. Wenn ich meine Restlebenszeit darauf verwenden würde, mir meine Neurosen abzutrainieren, bliebe kaum noch Zeit für andere *Sachen*. Beispiel Höhenangst. Anstatt eine mehrjährige Therapie anzutreten, meide ich Berge und hohe Gebäude, geht auch.

Wenn ich mich recht erinnere, bin ich zu keinem Zeitpunkt meines Lebens irgendwie erholt aus einem Urlaub zurückgekehrt. Batterien / Akkus / irgendwelche Speicher aufladen – Fehlanzeige. Außerdem, und das ist das Entscheidende: Ich bin kein Stück neugierig. Leider. Überhaupt nicht. Peinlich. Ach, irgendwie auch nicht. Man kann in seinem Leben eh nur eine begrenzte Anzahl Eindrücke sammeln, also sollte man sich gleich auf die wichtigen Dinge konzentrieren und den großen faden Rest auslassen. Und weder die Zahl der Abenteuer noch die Geschwindigkeit, mit der das Leben abläuft, ändern etwas an der Tatsache, dass man sterben muss. Seltsam übrigens, dass ausgerechnet die fadesten Menschen am längsten leben wollen. Keiner der *wirklich* interessanten Menschen, denen ich begegnet bin, wünscht sich, mehr Zeit zu haben. Die vorhandene ist völlig ausreichend.

In nicht allzu ferner Zukunft wird es sicher möglich sein, sich einen Chip transplantieren zu lassen, auf dem Erinnerungen und Erlebnisse gespeichert sind. Wie in dem Arnold-Schwarzenegger-Schocker *Total Recall*. Städte, Landschaften,

Flüsse, Berge, Ozeane, all die Orte, an denen ich nie gewesen bin. Und ich bräuchte dort nicht mehr hin. Das größte Abenteuer des Lebens ist die Abwesenheit von Abenteuer.

Naja, da ich heute überhaupt noch nicht draußen war, könnte ich einen Spaziergang unternehmen und mir dabei zur Abwechslung auch mal die *schönen* Seiten des Reisens vor Augen halten. Draußen ist es kalt, nass und ungemütlich, um die vier, fünf Grad. Seit Tagen schon fällt der Regen in dünnen Schnüren, Himmel und Erde haben sich zu einer einzigen Farblosigkeit aufgelöst. Alles andere als ideale Bedingungen für einen Spaziergang, aber was soll ich machen, das ist eben Deutschland. Dafür gibt es hier Jahreszeiten, auch nicht selbstverständlich.

Latsch, latsch, latsch. Echt kalt. *Einen* Flash gibt es auf Reisen in den Süden sicher: der Moment, wenn man aus dem Flieger steigt und einem Sonne und Wärme entgegenschlagen. Dauert ungefähr fünf Minuten, dann hat man sich dran gewöhnt, meistens wird es einem dann auch schon wieder zu viel. Egal, ich wollte mir die schönen Seiten vor Augen halten: Ich werde endlich mal wieder zum Lesen kommen. Seit einem Jahr fristet *Abbitte*, ein moderner Klassiker aus der Feder des renommierten englischen Autors Ian McEwan, auf meinem Nachttischchen ein ausgesprochenes Schattendasein. Zur Abwechslung und reinen Unterhaltung werde ich auch noch *White Line Fever* mitnehmen, die Autobiographie von Motörhead-Chef Lemmy Kilmister.

Guter Plan: Vormittags lasse ich mich von Meister McEwan inspirieren, und nachmittags arbeite ich an meinem eigenen Buch. Es soll so eine Art Kindheitsroman werden, mein persönliches *The Catcher in the Rye* werden, mehr weiß ich noch nicht. Das erste Bild hab ich schon: Ich gehe die Treppe runter, und es riecht nach Klo und kalter Zigarre, das ist der früheste Geruch, an den ich mich erinnern kann. Kindheit, das bedeutet Sehnsucht, Wehmut, Glück, Sommer, Tiere! Ich habe den Sound genau im Kopf oder vielmehr im Gefühl. Mit dem Titel bin ich mir noch nicht ganz sicher. «Erinnerungsräume». Vielleicht. Obwohl: zu verquast. Vorsicht, Literatur! «Mein Kampf». Gibt's leider schon. «Die Wurstvitrine». Nicht schlecht. «Der Mehlgnom». Besser, gut, ich glaub, der wird's. *Der Mehlgnom*. Titel ist sogar noch wichtiger als der erste Satz. Ich habe übrigens vor, mich auf der biographischen Zeitachse rückwärtszutasten, bis zum Urschrei bzw. Urknall. Vielleicht gelingt der Literatur, was der Physik bisher verwehrt blieb: die erste trilliardstel Sekunde nach dem großen Bumms zu entschlüsseln.

Warm ist es um diese Jahreszeit auf den Kanarischen Inseln auch. Und der Flug dauert nur vier Stunden. Wenn man eh den ganzen Tag am Pool abhängt, ist es schließlich egal, wo man ist. Und Casinos gibt's auf den Kanaren sicher auch. Was gegen die Kanaren spricht: Ich habe als halbwegs junger Mann Teneriffa bereist, genauer gesagt die *Playa de las Americas*, und dort war es ganz und gar und durch und durch furchtbar. Als ich mich kurz nach der Ankunft an der Hotelrezeption erkundigte, wo in etwa sich der *Ortskern* befände, habe ich nur verständnislose Blicke geerntet. Die Playa de las Americas hat nämlich keinen Kern, sie ist vielmehr eine sinnlose Aneinanderreihung von Fress-, Sauf-, Piss- und Bumsbuden. Ortskern, da lachen ja die Hühner und noch nicht mal die. Zudem ist der Ort, als Vorgriff auf das, was uns in naher Zukunft überall auf der Welt erwarten wird, fest im Griff der Rentner. Eine Seniorendiktatur. Steinalte, verkohlte Truthähne, so weit das Auge reicht. Erst Teneriffa, dann den Rest der Welt. Der Lebensabend kann heutzutage ja sehr lange dauern, unter Umständen länger als Morgen und Mittag zusammen. An der Playa de las Americas ziehen sie jedenfalls in Kohorten über die Promenade, Greise, die ohne Nutzen für irgendjemanden und ohne nennenswerte Erfahrung ihren endlosen Abendfrieden, die sinnlose Lebensverlängerung, den frech nach hinten geschobenen Tod genießen.

Eigentlich sollte ich bei dem Thema mal ganz still sein, denn auch ich falle demnächst aus der Zielgruppe, dann heißt es ab ins Hansaland oder in den Europapark Rust, den Lebensabend bei einem schönen Stück Erdbeerkuchen und einem Kännchen Kaffee ausklingen lassen.

Fuerteventura ist die andere Kanareninsel, die ich bereist habe. Fuerteventura heißt, wörtlich übersetzt: Insel der Winde, und das nicht ohne Grund: Tag und Nacht ein einziges Pfeifen und Stürmen und Ziehen und Blasen und Pusten, wer sein Nervenkostüm freiwillig ruinieren will, bitte schön. Ich musste mich auf dem Rücktransfer vor Erschöpfung mehrmals nacheinander übergeben. Die restlichen Kanaren bestehen meinen Informationen zufolge aus reiner Asche-/Lavamischung.

Andere Optionen: Mallorca – kann im Dezember bitterkalt sein. Ägypten – zu unsicher. Marokko – zu schmutzig. Usw. Ich werde erst mal alles sacken lassen und mich dann spontan aus dem Bauch heraus entscheiden.

So, eine Stunde, das reicht, Spaziergang beendet. Eine Stunde ist die Grenze; wenn ich länger unterwegs bin, fängt der Rücken an zu zwacken. Abends wie meistens Zeit totschlagen vor dem Fernseher, zu etwas anderem kann ich mich nicht aufraffen.

Ich schlafe schlecht und unruhig. Gegen Morgen habe ich einen total bescheuerten Traum: Ich sitze in der schönen, heißen Badewanne und blättere in der Fernsehzeitung, als mir auffällt, dass ich versehentlich die Ausgabe der Vorwoche erwischt habe. Ich steige aus der Wanne und begebe mich klatschnass auf die Suche nach der aktuellen Ausgabe. Mir ist kalt. Davon werde ich wach. Meine Güte! Wer nachts solche Träume hat, braucht gar keinen langweiligen Alltag mehr. Und nun? Aufstehen, Kaffee. Ich hab keinen Bock, aus dem Haus zu gehen, überhaupt keinen. Einkaufen, grässlich. Grässlich! Auf der Suche nach Nahrung werde ich schließlich in irgendeinem entlegenen Fach meiner Küchenzeile fündig: ein eingeschweißtes Paket Pumpernickel. Wann hab ich das denn gekauft? Egal. Haltbar bis 1/98. Gerade eben noch so. Warum nicht mal Pumpernickel zum Frühstück? Ist bestimmt gesund und hat nicht so viele Kalorien. Ich muss abnehmen, und wenn es klappt mit der Reise, sowieso. Schmeckt gar nicht so schlecht, mit Frischkäse und Zwergtomaten, zufällig hab ich auch noch etwas Schnittlauch im Haus. Salz, Pfeffer. Köstlich, wirklich köstlich.

Wieso zieht es C. nur nach Kenia? Ich könnte Gegenvorschläge unterbreiten, Australien zum Beispiel. Bestimmt ganz schön, aber viel zu weit weg. Amerika interessiert mich aus alten, verschorften, politischen Antigründen kein Stück, selbst Las Vegas nicht, obwohl ich passionierter Spieler bin. In Frage kommen sowieso nur Asien, Afrika und die Karibik, weil: Warm soll es sein. Was noch? Ich horche in mich hinein und bilde spontane Assoziationsketten.

Asien: endlose, schlohweiße, menschenleere Strände, kristallklares, grünblaues Wasser. Gesundes, schmackhaftes, kalorienarmes Essen. Hütten, Bambus, Gewürze. Fingerfood, Perlen, Fische, gute, klare Luft.

Karibik: Wellblechhütten, Mopeds, Palmen, Schiffe. Eintöniger Singsang, träg-sinnlose Grundstimmung, Casinos, Golfanlagen. Marode Flughäfen, kenternde Boote, Korruption, Papa Doc.

Afrika: drückend, brodelnd, eng, schwül. Wildtiere, Dschungel, Orakel, Ritualmorde. Opferblut/-tod/-gabe/-tier, Altäre. Hottentotten, Schamanen. Zulukaffer, Voodoo, schwarzes Wasser, Fehden. Feuer, Seuchen. Krieg. Von herannahenden Herden zitternder Boden.

Eigentlich spricht nichts für Afrika, wenig für die Karibik und alles für Asien. Naja, naja, Assoziationen können auch Quatsch sein. Das meiste ist eh Quatsch.

Warum lasse ich mich eigentlich nicht in einem Reisebüro professionell beraten? Die sind schließlich für Typen wie mich da. In meiner Straße gibt es zwei, sie heißen *Kolibri* und *Panorama*. Ich wohne schon sehr lange hier, und im Vorübergehen bot sich mir das immer gleiche Bild: Das *Panorama* hält dem Kundenansturm kaum stand, während im *Kolibri* ein südländisch aussehender Mann entweder traurig aus dem Fenster oder noch trauriger auf seinen Computermonitor starrt. Telefonieren habe ich ihn auch noch nie gesehen. Vielleicht ist das *Kolibri* auch eine Geldwaschanlage, was weiß ich. Trotzdem gebe ich ihm jetzt den Vorzug, einerseits aus Solidarität, bei mir lief es schließlich auch nicht immer wie geschnitten Brot, andererseits aber auch der Hoffnung auf fehlende Wartezeiten wegen. Mein Anliegen ist schließlich denkbar einfach: Ich will keine komplizierte Rundreise mit Kreuzfahrt, Inselhopping oder Safari inklusive Großwildjagd buchen, sondern eine Pauschalreise ohne alles.

Also Jacke an und hin. Im Chefsessel des *Kolibri* hockt jedoch nicht der melancholische Inhaber, sondern eine verquollene Frau, die gerade damit beschäftigt ist, das Silberpapier von einem Karton mit chinesischem Essen abzupulen. Sie trägt ein grau-braun-dunkelgrünes Sweatshirt und schwarze Leggins. Alles, was sie ausstrahlt: Vorfreude aufs Essen. Ungelegener als

17

ich kann ein Mensch nicht kommen. Das Happa sieht schrecklich aus und riecht auch so, es wird Tage dauern, bis sich der Gestank verzogen hat. Nicht mein Problem. Ich setze mich unaufgefordert hin und warte, dass sie sich nach meinen Wünschen erkundigt. Sie starrt abwechselnd mich und den Karton an und hat dabei nur einen einzigen Gedanken: MEIN GOTT, JETZT WIRD DAS ESSEN KALT! Ich könnte «Guten Appetit» oder so was sagen, aber ich will ja nicht, dass es ihr schmeckt, sondern dass sie mir eine Reise bucht. Mein Leben lang habe ich Rücksicht genommen, irgendwann ist auch mal Schluss. Ich werde ihr ein paar Fragen stellen und mich nach diversen, mit einer Reise zusammenhängenden Versicherungen erkundigen. Bis alle Fragen beantwortet sind, ist das Essen eiskalt. Ich weiß es, und sie weiß es auch.

«Hallo. Guten Tag und guten Hunger», beginne ich fröhlich das Beratungsgespräch.

«Danke. Was kann ich für Sie tun?» Sie klingt nicht sehr serviceorientiert.

«Ich möchte kurz entschlossen über Weihnachten weg. Irgendwohin, wo es warm ist, Afrika, Asien, Karibik, so was, und jetzt wollte ich mal fragen, was es da so gibt und was Sie mir empfehlen können.»

«Aujeh.»

«Wie, aujeh?»

«Können Sie nicht am Montag wiederkommen? Da ist der Chef wieder da, ich kann im Moment gar nichts machen, weil ich nicht an den Computer rankomm.»

Sie schaut mich aus trüben Augen an. Ihre Haut hat eine leicht gelbliche Pigmentierung.

«Ach so. Aber Montag ist schlecht bei mir. Außerdem habe ich Angst, dass es bis dahin nichts Vernünftiges mehr gibt.»

«Das kann ich mir eigentlich nicht vorstellen. Und wie gesagt, jetzt kann ich auch nichts machen. Montag ist der Chef wieder da.»

«Und Sie können wirklich nichts machen?»

«Nein, ich komm an den Computer nicht dran.»

Wenn der Chef seine Aushilfen noch nicht mal an den Computer lässt, kann er das Büro doch gleich ganz abschließen. Die lügt doch.

«Vielleicht sollte ich im Netz schon mal vorrecherchieren.»

Hoffnung keimt in ihrer Miene. «Schaden kann's auf jeden Fall nichts.»

Pause. Mit jeder weiteren Minute kühlt das Essen weiter aus.

«Und wegen möglicher Impfungen erkundige ich mich wohl am besten im Tropeninstitut?»

«Das weiß ich nicht so genau. Wie gesagt, ich komm an den Computer nicht ran.»

«Aber das hat doch jetzt nichts mit den Impfungen zu tun.»

«Ich kann Ihnen das nicht sagen. Ich bin auch nicht vom Fach, ich soll hier nur aufpassen.»

Aufpassen, aufpassen! Worauf denn? Egal, sie schaut jetzt ebenso traurig drein wie der Chef. Mitleid verdrängt in mir die Verärgerung. Ich beschließe, Gnade vor Recht ergehen zu lassen und das Reisebüro *Kolibri* seinem schwermütigen Schicksal zu überlassen.

«Na gut, dann will ich mal nicht weiter stören. Und Montag ist der Chef wieder da?»

«Montag ab späten Vormittag. Montag ist der Chef wieder da.»

«Vielleicht komm ich. Oder ich probier's mal woanders.»

«Ganz, wie Sie meinen. Montag ab elf, so was.»

«Guten Appetit und tschüüs.»

«Danke. Schönen Tag noch.»

Jetzt kann sie essen und danach wieder in ihren Dämmerzustand verfallen. Morgen werde ich das *Panorama* aufsuchen und den heutigen Abend dazu nutzen, Informationen aus dem Netz zu saugen.

Am Abend googeln: KENIA, MOMBASA, HOTEL. Schnell wird klar, dass der entscheidende Parameter auf den Urlaubswebsites die sog. *Weiterempfehlungsquote* ist:

«Früher gut, jedoch schwer in die Jahre gekommen.»

«Zimmer voller Kakerlaken.»

«Durchschnittsalter zwischen 55 und 80.»

«Menükarte wiederholt sich sehr schnell.»

Und, mysteriös: «Nichts für Menschen mit Gehbehinderungen.»

Ich schalte den Computer aus und gehe ins Bett. Traumloser Schlaf.

Am Morgen geht es mir etwas besser. Vielleicht liegt es an der Ernährungsumstellung. Antidepressivum Pumpernickel. C. meldet sich Punkt 17 Uhr.

«Und? Ja oder nein?»

«Ich glaub, ich komm mit.»

«Also ja. Es geht nach Mombasa, liegt direkt am Indischen Ozean.»

«Aha.»

«Flugmäßig wird übrigens auch die sog. Comfort Class angeboten, die liegt irgendwo zwischen Holz und erster, kostet 200 Euro mehr, hat dafür aber deutlich mehr Beinfreiheit.»

«Wie viel mehr denn?»

«Vier Zentimeter.»

«Wie, vier Zentimeter bloß? Das sind für jeden Zentimeter 50 Euro.»

«Du wirst schon sehen, vier Zentimeter sind mehr, als du denkst.»

«Und was ist das für 'ne Anlage?»

«Nyali irgendwas. Angeblich das Beste, was es gibt. Also, soll ich jetzt buchen?»

«Ja, buch mal. Aber mit Reiserücktritt.»

«Hätte ich sowieso getan. Und mach dir schon mal Gedanken über ein Drehbuch.»

«Wie, Drehbuch?»

«Wir sollten die gemeinsame Zeit nutzen, um ein Treatment für einen Kinofilm zu schreiben. Hatten wir doch eh vor, und dort wäre es ideal.»

«Von mir aus. Wenn uns was einfällt.»

«Natürlich fällt uns was ein. Es muss weitergehen, immer weitergehen.»

«Gut, ich überleg mal. Aber dann ist das ja kein Urlaub im strengen Sinn, sondern eine Dienstreise.»

«Nenn es, wie du willst.»

«Und wie geht's dir sonst so?»

«Ich hab jetzt keine Zeit. Ich melde mich, wenn ich die Tickets habe.»

«Jaja. Servus.»

«Ahoi.»

Jetzt gibt es kein Zurück mehr. Mombasa. Klingt irgendwie gut, da hört man die Buschtrommel gleich mit. Trommel, Häuptling, Neger, Dschungel, Gnu, verbotene Begriffe einer Roten Liste. Afrika, Kontinent des Staunens. Asien, Kontinent des Reis. Reis, Beilage der Langeweile. Das sagt doch schon alles.

Die kommenden Wochen werden in bangem Warten verstreichen.

BLEIERNE ZEIT

Dienstag, 20. November
Wieder werde ich von einem idiotischen Traum geweckt. Arbeitstitel: *Falsche Waschmaschinenprogrammierung*. Ich sitze auf dem Sofa, plötzlich fällt mir siedend heiß ein, dass ich Strümpfe und T-Shirts versehentlich bei 90 Grad wasche. In Panik stürze ich ins Bad und versuche, die drohende Katastrophe in letzter Sekunde abzuwenden, kann jedoch den Ausschaltknopf nicht finden. Das war's schon. Ende, aus, wachwerd. Meine Güte, andere *träumen* wenigstens was Aufregendes, während ich im Schlaf von Geschirrspülern und TV-Zeitschriften heimgesucht werde. Fortschreitende Sinnerosion. Draußen drückt der Wind in Böen Regen gegen das Fenster.

Ein Treatment will C. also verfassen. Treatment ist ein Exposé in lang. Soso. Wenigstens *eine* brauchbare Idee sollte ich einbringen. Grübel, Kopf zerbrech, nachdenk.

Vielleicht so: Chile neunzehnhundertschießmichtot, das Land ächzt seit vielen Jahren unter der Knute einer ultrabrutalen Militärdiktatur. Hunderte von Kilometern südlich der Hauptstadt Santiago de Chile existiert ein vergessener Lebensborn, dessen Mitglieder im festen Glauben verharren, die Welt stünde unter der Regentschaft der Nazis. Die Junta versorgt die Borns mit allem, was gut und teuer ist. Doch plötzlich wird der Frieden von einer Gruppe internationaler Ökoaktivisten gestört, die sich im Dschungel verirrt haben ... Geil. Aber teuer. Was noch? Ein Privatsanatorium, irgendwo in der norddeutschen Pampa, eine Art moderner Zauberberg. Ich bin Chefarzt. Thema Gags und Psychosen. So was.

Noch drei Wochen bis zum Reiseantritt, höchste Zeit für eine Bestandsaufnahme. Ich stelle mich nackt vor den Spiegel: *massig.* Trotz Pumpernickel. *Massig,* das erste und einzige Wort, das mir in den Sinn kommt, noch vor *speckig.* In letzter Zeit beschleicht mich immer wieder das beunruhigende Gefühl, dass ich mehr und mehr einem Erdkundelehrer gleiche. Ich kenne zwar keinen und habe auch nichts gegen sie, trotzdem möchte ich nicht wie einer aussehen: schwer atmender Pädagoge, der sich nach mehreren schlechtverheilten Leistenbrüchen in Hüfthosen zwängt.

Die Waage zeigt 82,5, auweia, das sind mindestens vier Kilo zu viel. In drei Wochen zur Bikinifigur, Traumfigur, Strandfigur, Traumkörper, Bikinikörper, Strandkörper, Traumbody, Strandbody, Bikinibody, das wird natürlich nix, aber vielleicht wenigstens ein bisschen. Mir fällt auf, dass es speziell meinem Hals irgendwie an Spannkraft mangelt. Wie heißt nochmal der abschätzige Begriff für den schlaffen Hals in die Jahre gekommener Männer? Pelikanhals? Hühnerhals? Storchenhals? Irgendein Vogel jedenfalls. Schrottvogel.

Die verbleibende Zeit bis zum Reiseantritt gilt es, sich reiseantrittsfähig zu machen. Wenigstens jeden zweiten Tag Sport, wenigstens! Als flankierende Maßnahme ein Solarium aufsuchen, denn ich bin vollkommen ausgeblichen, weiß wie Oskar. Mein Hauttyp muss erst noch erfunden werden. Doppel A: Sieht aus wie ein Türke und brennt wie ein Däne, haha. Die ersten drei Sitzungen Vierhunderter Ergoline, ab Woche zwei in den Booster, Voiceguide aus, ich weiß Bescheid. Nächste Maß-

nahme: bis zum Abflug den Alkoholkonsum deutlich ein-
schränken. Erlaubt sind ab sofort nur noch Kinderportionen:
täglich maximal eine Flasche Wein oder Sekt, also praktisch
nichts. Langweilig. Öde. Freudlos. Das ureigenste Gefühl der
Deutschen: Freudlosigkeit.

Rauchen brauch ich mir nicht abzugewöhnen, hab ich mir
schon abgewöhnt. Leider. Leiderleider. Wieder eine Freude weniger. Aus irgendwelchen fadenscheinigen Gründen (Rauchen
schadet der Gesundheit) habe ich es vor vier Jahren unter Auf-
bietung aller Kräfte eingestellt, und jetzt ist der Rückweg offenbar auf ewig versperrt, da mein Körper auf jeden Versuch mit
hartnäckigen Anfängerbeschwerden wie Schwindel, Husten,
Schweißausbrüchen, Übelkeit und allgemeinem Unwohlsein
reagiert. Ich müsste richtig lange durchhalten, bis es wieder
geht. Ich lege großen Wert darauf, *Nichtraucher* zu sein. Haha,
was sonst, höre ich schon den vorlauten Zwischenruf. Also,
Folgendes: Ein Nichtraucher ist einer, der gern rauchen möchte,
es aber nicht tut, im Gegensatz zum *Nieraucher*, der, wie das
Wort schon sagt, nie geraucht hat und auch kein Bedürfnis danach verspürt. Gerade in Suchtfragen ist Genauigkeit oberstes
Gebot. Nieraucher vs. Alkoholiker. Vom Klang hört sich Alkoholiker doch ganz gut an, könnte fast eine wissenschaftliche
Disziplin sein. Alkoholiker: einer, der Ahnung von Alkohol hat.
Besser noch: Morphinist.

Mittwoch, 21. November, Buß- und Bettag
A-Temp 7 Grad. 82,7 Kilo, über Nacht explosionsartige Gewichtszunahme um dreihundert Gramm! Ich muss dringend
etwas tun. Laufen. Traben. Joggen. Minimum 12 Kilometer.
Draußen ist es grau wie Blei, ausgelaugtes Licht, trübes, diffu-
ses Regenwetter. Hoppel, keuch, schwitz, stolper. Heftige Re-
genschübe durchnässen mich binnen kurzem bis auf die Kno-

chen. Egal. Hunger. Das Pumpernickel kommt mir zu den Ohren raus, ich schwenke um auf Knäckebrot, genauer gesagt *Wasa Break*. Funktionsessen, Vernunftessen. Beim Essen füllt das Break den Schallraum meines Kopfes mit einem gleichmäßigen, mahlenden Geräusch.

Mir ist langweilig, aber ich kann mich beim besten Willen zu nichts aufraffen. Außerdem bin ich dauernd müde. Ich bin ja davon überzeugt, dass es an den Verhältnissen liegt. Unsere Verhältnisse (die westlichen) produzieren unablässig Erschöpfung. Vorzeitige Ermüdung. Langeweile. Und Verbitterung. Interessantes Thema. Das Jahr soll endlich vorbeigehen. Zum Glück geht's bald in Urlaub, das ist dann die dringend benötigte Zäsur.

Am Abend wieder googeln: URLAUBSOPFER. Nur so.

«Hallo, ihr lieben Urlaubsopfer. Ich hoffe, ich bin hier richtig. Wem ging es nicht auch schon mal so: schönes Hotel im Katalog gefunden und dann anstatt Spaß und Erholung nur Frust. Aber tröstet euch, anderen geht es auch nicht anders. Da gibt es ganz viele witzige Bilder und Videos von Urlaubern, die auch nicht so viel Glück hatten», schreibt Cindy 79. «Fast immer, wenn man verreist, gibt es unvorhergesehene Erlebnisse mit unfreiwilliger Komik, die nach dem Urlaub gerne erzählt werden. Wer möchte, kann hier ein (oder mehrere) Erlebnis(se) kurz niederschreiben.»

Und das lassen sich die lieben Urlaubsopfer nicht zweimal sagen:

«Morgens um ca. 6.00 Uhr geht im *Dolphin de Luxe* so alle drei bis vier Tage das Notstrom-Aggregat an. Und läuft dann so ca. 15 – 20 min. Nachtruhe ade, und das im Urlaub!!!!»

Sehr witzig. Nächster Begriff: LUSTIGE URLAUBSERLEBNISSE. Rechtschreibfehler habe ich mal dringelassen:

«Im Februar 2002 waren wir für eine Woche auf Gran Canaria. Wir hatten einen Ausflug gebucht und stellten unser Handy auf 7.00 wecken. Nachdem wir frühs schon geduscht und fast angezogen waren zeigte ein Blick auf die Uhr, dass es erst 6.25 früh war. Wir hatten die Zeitverschiebung um 1 Stunde nicht berücksichtigt, als wir am Handy die Weckzeit einstellten. ☺»

«Hei Ich packe heute noch etz is es 03.41 meinen Rucksack mit dem Nötigsten und meinen Schlafsack und fahre heute noch zum Bahnhof ich habe mir schon das Jugendticket gekauft damit kann man ganz Österreich bereisen. Ich steige in irgendeinen Zug ein und lasse mich überraschen wo ich lande. I muss schon sagen das ist ein Nervenkitzel den ich benötige OK Ciao Ciao vielleicht treffen wir uns einmal unterwegs ;)»

«Vom 24. 6. 2008 bis zum 26. 6. 2008 war ich ja in Lloret de mar. Der Gang auf die Toilette von McDonalds machte mich ein wenig wirr, denn da stand eine Frau die mich mit großen Augen anschaute, ganz klar dachte ich, die will 50 Cent fürs benutzen. Kein Ding, nur stellte sich raus, das sie gar keine Toi-Frau war, sondern nur bei den Damen anstand ☺. Ich hab mich natürlich hundertmal entschuldigt. Sorry liebe Tante Nochmal ☺.»

Kommentar von Moni: «loooool die Geschichte mit der Toiletten-Frau ist ja klasse ☺. Das wär mir so peinlich gewesen.»

Kommentar von Fighter: «Ich weiß ehrlich gesagt nicht, was so ein Thema in einem Bodybuilding-Forum zu suchen hat. Hinzu kommt, wie niveaulos und kindisch das ganze geschrieben ist. Am besten redet ihr über solchen Bullshit in einem eigenen Forum.»
Versteh ich irgendwie nicht.

Donnerstag, 22. November
Es ist feucht und ungemütlich, sehr ungemütlich sogar. Ich schaue aus dem Fenster. Der Regen verschleiert in eiskalten Fäden den Blick auf das Nachbarhaus. Seltsam, dass C. sich nicht meldet. Vielleicht ist alles ausgebucht, und er traut sich nicht, mir die Wahrheit zu sagen. Laut Statistik wären eigentlich mal wieder weiße Weihnachten fällig, die Wetterdienste stellen bereits die ersten entsprechenden Prognosen an. In meiner Erinnerung hat es immer ein paar Tage vor Heiligabend zu schneien begonnen, die Festtage inklusive Silvester und Neujahr wurden unter einer dicken Schicht jungfräulichen Pulverschnees begraben. Und einer noch dickeren Schicht aus Geschenken. Vielleicht würden sich die alten Gefühle wieder einstellen, wenn man in die Berge führe oder einen anderen Ort mit Schneegarantie. Einen Weihnachtsmann engagieren. In die Mitternachtsmette gehen. Kekse backen. Irgendwas basteln. Stattdessen unsportliche Flucht nach Afrika.

Samstag, 24. November
4 Grad, Sprühregen, trübe, kalte Nässe, aber: 81 Kilo, eineinhalb Kilo weniger. Der regelmäßige Sport zeigt Wirkung, und ich sehe irgendwie *entschlackt* aus. Mich beunruhigt, dass C. sich nicht meldet. Als ich vom Laufen zurückkehre, kaufe ich das *Hamburger Abendblatt*. Nur so, einer Eingebung folgend. Ich blättere und blättere und will die samstäglich dicke Langeweilerpastille schon wieder weglegen, als ich über eine Schlagzeile stolpere:

«Kein-Erlebnis-Reisen» am erholsamsten
Nicht tolle Erlebnisse, neue Anregungen oder Urlaubsbekanntschaften bewirken die Erholung bei einer Ur-

laubsreise, sondern die Nicht-Erkrankung, die körperliche Ruhe und keine Gewichtszunahme.

Den größten Erholungswert haben demnach Reisen, auf denen nichts passiert. Zu diesem überraschenden Ergebnis kommt ein amerikanischer Forscher. «Meine Ergebnisse widersprechen der allgemeinen Annahme, dass Freizeitreisen die Lebenszufriedenheit eines Menschen wegen der positiven Gefühle heben, die einen Bezug zu Gesundheit und Sicherheit haben», erklärt Joe Sirgy von der Virginia Tech. «Stattdessen ist die Zufriedenheit nach der Urlaubsreise stark davon beeinflusst, ob man sich nicht oft zu müde und zu erschöpft gefühlt hat, ob man nicht an Gewicht zugenommen hat und ob man sich keine Gedanken wegen einer Krankheit hat machen müssen.» Dass im Hotelzimmer keine Kakerlaken waren, dass man von «Montezumas Rache» verschont wurde, dass man sich mit Aktivitäten nicht übernommen hat und auch nicht an Gewicht zugelegt hat, war nach seiner Studie der eigentliche Erholungsgewinn der Reise.

Ein Wahnsinn. Den Artikel hätte ich schreiben können. Schreiben müssen. Natürlich besser, aber man weiß ja, was gemeint ist.

Mittwoch, 28. November
Werde bereits um sieben vom Piepen meines Weckers aus dem Schlaf gerissen. Dabei hatte ich ihn gar nicht gestellt! Rätselhaft, sehr, sehr rätselhaft. Pieppieppieppieppiep. Eine Abfolge von Piepstönen, wie alles heutzutage. Kann nicht mehr einschlafen, daher Spaziergang. Blasses Morgenlicht, dünne zerrissene Wolkenschicht mit vielen schwarzen Rinnsalen darin. Wetterdepressionen.

Jetzt habe ich schon vierzehn Tage nichts von C. gehört. Vielleicht ist ja tatsächlich etwas passiert. Kurze, schwere Krankheit. Oder er hat es sich anders überlegt. Oder Ärger mit der Steuer.

Ich stelle den Fernseher an. Fernsehen geht zum Glück immer. Mein Lieblingsprogramm sind Dauerwerbesendungen oder Astro TV mit Starmoderator Malkiel Rouven Marx. Das einzige Medium in siebter Generation empfiehlt sich durch erstklassige Wahrsagen und prognosestarke Astrologie.

Typischer Gesprächsverlauf:

«Hallo, wer hat es zu mir geschafft?»

«Helga.»

«Ich grüße Sie, Helga. Wie alt sind Sie?»

«Neunundfünfzig.»

«Gibt es einen Partner oder Wunschpartner?»

«Nein. Aber das wäre schön.»

«Aha.»

Der Meister deckt schweigend einige Karten auf. Dann:

«Ich sehe noch in diesem Jahr eine neue Partnerschaft.»

«Wann denn?»

«September. Spätestens Oktober. Etwas Festes.»

«Ach, das wäre so schön.»

Und jetzt kommt's:

«Etwas wirklich Festes. Helga, ich sehe die LEBENSEND-PARTNERSCHAFT!»

Wie das klingt! Lebensendpartnerschaft. Dann doch lieber gar keine. Umschalten:

TV Shop 24. «Captain Cook und seine singenden Saxophone sind von ihrer langen Reise zurückgekehrt und haben viele neue Lieder mitgebracht.» Da meine Gutgläubigkeit häufig Züge von Schwachsinn trägt, glaube ich das Wort für Wort: Captain Cook und seine singenden Saxophone haben TAT-

SÄCHLICH auf einem Viermaster die Welt bereist und von jeder Station ihrer entbehrungsreichen Weltreise (Skorbut, Seuchen, Hunger, Piraten) ein neues Lied mitgebracht.

Tja, so bin ich drauf.

Freitag, 30. November
Schnatterkalte 3 Grad, dafür herrlichster Sonnenschein. Ich bräuchte dringend eine neue Waschmaschine, meine habe ich noch zu D-Mark-Zeiten für zwei Blaumänner gebraucht gekauft. Man kann förmlich zusehen, wie die Waschleistung nachlässt. Deshalb wahrscheinlich die beknackten Träume. Außerdem könnte ich mal wieder den Keller entrümpeln. Die Wohnung soll sich mal so richtig auskotzen. Huch, wie bin ich denn drauf?

Sonntag, 2. Dezember
2 Grad, regnerisch, mit gelegentlichen Aufheiterungen, Schnee liegt in der Luft. 79,4 Kilo. Heute ist der erste Advent. Der Stadtpark ist voller Spaziergänger, die meisten von ihnen dick eingemummelte, rotbackige Pärchen, die die Vorweihnachtszeit in vollen Zügen genießen, während ich verbissen meine Runden ziehe. Streber. Arme Sau. Trotz Sport werde ich von Trübsinnsattacken und Sinnfragen durchgerüttelt. Je länger ich darüber nachdenke, desto weniger bin ich in der Lage, den Hauptkonflikt meiner Existenz überhaupt noch ausfindig zu machen. Es ist eben so, wie es ist, denn bei Licht besehen hatte ich in meinem Leben bisher nicht mehr Unglück und nicht mehr Glück als die meisten anderen auch. Kann man nix machen. Jeder Mensch hat eben einen persönlichen Identitätskern, einen Kern, dessen wesentliche Merkmale nicht veränderbar sind.

Punkt.

Unwiderlegbar.

Montag, 3. Dezember

Temperatursturz auf den Gefrierpunkt! Gewicht stagniert. Mit dem Film beschäftige ich mich überhaupt nicht mehr. Wozu soll ich in Vorleistung treten? C. rührt bestimmt auch keinen Finger. Abgesehen davon, dass er sich überhaupt nicht rührt. Aber ihm hinterherzutelefonieren kommt nicht in die Tüte, ich hab schließlich auch meinen Stolz. Ob es einen einzigen Kenianer gibt, der schon mal von Heinz Strunk gehört hat? Das wäre doch mal eine Herausforderung, die Marke HS am anderen Ende der Welt populär zu machen. Irgendwo hab ich mal gelesen, dass es eine Milliarde Dollar kostet, einen völlig Unbekannten weltweit bekannt zu machen.

Mittwoch, 5. Dezember

79,1 Kilo. Seit den Morgenstunden Dauerregen, zusätzlich bläst ein eisiger Wind polaren Ursprungs. Wenn das so weitergeht, bin ich pünktlich zum Reiseantritt zermürbt. Winter in Deutschland: Zermürbungstaktik. Führt IKEA mittlerweile eigentlich Waschmaschinen? IKEA, Kapitalismus zum Duzen, fällt mir ein. Es gibt bestimmt Kabarettisten, die das lustig finden und in ihr Bühnenprogramm aufnehmen würden. Bitte, hier, für lau. IKEA ist ein Scheißladen wie jeder andere auch, aber ich finde zumindest sympathisch, dass Gründer, Chef und Multimilliardär Kamprad öffentlich zugibt, depressiver Alkoholiker zu sein. Ich gehe zu einem kleinen Elektrofachgeschäft in der Nähe, wo mir Herr Wolpert, ein schwitziger Mittdreißiger, dringend zur Anschaffung einer Waschmaschine der deutschen Traditionsmarke Miele rät. Sie verfüge sogar über das Programm *dunkle Wäsche*, ich wusste gar nicht, dass es so was überhaupt gibt.

Donnerstag, 6. Dezember

Kurz vor der *Tagesschau* klingelt das Telefon.

«Bursche, ich grüße dich: Wie geht es dir?»

Er nennt mich fast ausschließlich Bursche oder Burschi.

«So lala. Warum hast du denn nichts gesagt?»

«Gesagt? Was sollte ich denn gesagt haben?»

«Dass es nichts geworden ist mit der Reise. Auch nicht die feine englische Art. Bald ist Weihnachten, und ich steh ohne Plan B da.»

«Ich habe keine Ahnung, wovon du sprichst. Zwei Tage nach unserem letzten Telefonat habe ich die Tickets besorgt, inklusive Reiserücktrittsversicherung.»

«Aha, das ist ja interessant. Und wieso sagst du mir das nicht? Wenigstens 'ne SMS hättest du schreiben können. Ich bin davon ausgegangen, dass es aus irgendwelchen Gründen nicht geklappt hat.»

«Also, folgendermaßen: Wenn tatsächlich etwas dazwischengekommen wäre, hätte ich dich *sofort* informiert. Du hast mich als Ehrenmann kennengelernt, der Absprachen einhält. Bist du eigentlich ausreichend geimpft?»

«Wie geimpft, was geimpft? Wogegen denn?»

«Malaria. Gelbfieber. Tropenkrankheiten.»

«Was denn noch alles? Natürlich nicht. Impfen, impfen, wo denn überhaupt?»

«Ihr habt doch in Hamburg das Tropeninstitut. Da musst du hin.»

«Ach Scheiße, auf Safari gehen wir eh nicht, und man kann man ja wohl erwarten, dass Speisen und Getränke im Hotel nicht hepatitisverseucht sind.»

«Ich darf dich darauf aufmerksam machen, dass sich die Malariamücke auch von einem Fünf-Sterne-Hotel nicht abweisen lässt.»

32

«Ja, ja. Ich überleg's mir.»

«Ich kann's dir nur dringend ans Herz legen.»

«Ich sag doch, ich überleg's mir.»

«Nun gut. Ich habe dich darauf hingewiesen, jetzt bist du selbst verantwortlich.»

«Und was ist sonst so passiert?»

«Das Übliche. Viel zu tun.»

«Ach so, ja. Und irgendwas Neues?»

«Umzug.»

«Ach so.»

«Ja. Kommende Woche. Und, freust du dich auf unsere Reise?»

«Geht so. Eigentlich schon.»

Pause. Ich höre, wie er sich eine Zigarette ansteckt.

«Dann sehen wir uns am Vierzehnten in Frankfurt.»

«Hä, wieso denn Frankfurt?»

«Von Wien oder Hamburg aus gibt es keine Direktflüge.»

«Das ist ja wohl die allerletzte Scheiße! Der Frankfurter Flughafen ist der schlimmste Ort der Welt.»

«Nun übertreib mal nicht so, Frankfurt ist einfach ein Flughafen.»

«Eben nicht, das ist die Vorhölle. Die Stadt ist schon scheiße, aber der Flughafen ist das Allerletzte. Das sind lebenswichtige Informationen, die du mir da einfach vorenthalten hast.»

«Jaja, ich hab jetzt keine Zeit mehr. Also, mach's gut. Wir treffen uns am Gate. Spätestens sechzehn Uhr.»

«Jaja. Also, tschüs dann.»

«Servus.»

Und aufgelegt.

Jetzt ist es also endgültig. Ich verreise. Ich trete eine Reise an. Urlaub. Dienstreise. Kontinente übergreifende Fernreise.

Reisesoziologe. Urlaubspsychiater. Tourismuswirt. Kann man bestimmt alles studieren, heutzutage kann man ja alles studieren. Kleiner Ausflug in die Reisetheorie, wen's interessiert:

1) Erholungsurlaub. Die anspruchsloseste Art, zu verreisen.
2) Erlebnisurlaub. Ein Mix aus Erholungs- und Abenteuerurlaub; man unterscheidet nach Schwierigkeitsgraden: Freeclimbing sehr schwierig, Safari schwierig, Begehung von Tempelanlagen leicht.
3) Individualurlaub. Der Reisende schlägt sich auf eigene Faust und auf eigenes Risiko durch. Unterkategorie: Extremurlaub.
4) Sporturlaub: Kitesurfen, Paragliding, was weiß ich. Kommt überhaupt nicht in Frage, da ich nicht willens bin, mich mit über vierzig in Anfängerkursen unter den Augen giggelnder Teenager zum Horst zu machen.
5) Wellnessurlaub. Mischung aus Erholungs- und Sporturlaub.
6) Cluburlaub. Ein dehnbarer, ungenauer Begriff.
7) Forschungsreise. Der Dino unter den Reisen.

Ab wann bezeichnet man eine Reise eigentlich als Reise? Ein Tag = Ausflug. Zwei bis vier Tage = Trip. Alles, was darüber hinausgeht, ist eine Reise. Weiter in Stichworten: Timesharing. Experimentalurlaub. Tierreisen. Singlereisen. Kreuzfahrten. Fast vergessen: Gesundheitsreisen. Gesellschaftlich nicht akzeptierte Reisen: Saufreise, Drogenurlaub, Sextourismus.

Montag, 10. Dezember

Minus 3 Grad! Der niedrige, graue Schneehimmel, aus dem nichts herauskommt, taucht die Stadt in käsiges Licht. Ein Tag gleicht dem anderen wie ein Ei, wenn's so weitergeht, läuft mein Leben irgendwann rückwärts. Mir ist so langweilig, dass ich mein Adressbuch nach Karteileichen durchforste. Mike Herforder. Wer oder was um Himmels willen ist Mike Herforder? Egal, streichen. Kurz nach ein Uhr klingelt es. Vor der Tür stehen zwei gutgelaunte Packer mit einem riesigen Überraschungspaket.

«Wir sind 'n büschen früh, macht aber nix, oder?»

«Nönö.»

Stumm und routiniert erledigen sie den Einbau. Ich gebe vierzig Euro Trinkgeld.

«Och, das üss ja nett. Danke und schönen Tach noch.»

«Ihnen auch. Tschöös.»

Die Waschmaschine zählt zu den Speerspitzen deutscher Ingenieurskunst, eigentlich ist sie viel zu kostbar, um jemals in Betrieb genommen zu werden. Je länger ich das Wunderwerk betrachte, desto weniger fühle ich mich ihm gewachsen. Muss man sich mal vorstellen: eine Waschmaschine, die dem Menschen überlegen ist. O-Ton Waschmaschine: «In den Schmutz, Unwürdiger! Erheben darfst du dich erst, wenn ich von alleine anspringe. Und zwar genau dann, wenn es mir gefällt!» Um runterzukommen, gehe ich ein letztes Mal laufen.

Donnerstag, 13. Dezember

6 Grad. 78,5 Kilo! Morgen geht's los. Der erste Schnee des Jahres ist gefallen. Dichte, volle, schöne, weiße, glitzernde Flocken. Die Waschmaschine steht jungfräulich an ihrem Platz. Es kommt mir so vor, als würde sie mir aufmunternd und freundlich zunicken. Weil ich sie nicht in Betrieb nehme und ihr so ihre Würde lasse. Um Punkt o Uhr stelle ich den Fernseher aus und lese mich mit unverständlicher Lektüre (Claude Lévi-Strauss, *Traurige Tropen*) in den Schlaf.

ABMARSCH

Als ich bereits um kurz nach sieben aufwache, ist mir schlecht, und ich bin mir sicher wie nie, dass das *alles* überhaupt keine gute Idee ist. Finales Wiegen: 78,3, das sind nochmal zweihundert Gramm weniger. Immerhin. Sensationell. Draußen schneit's. Die Chancen auf weiße Weihnachten liegen bei bummelig 80 Prozent, so viel wie seit Jahren nicht mehr. Ich mache mir eine Kanne grünen Tee und setze mich vor den Fernseher.

Die aktuellen Wetterverhältnisse verheißen nichts Gutes: Leipzig minus 16 Grad, München minus 12, Frankfurt minus 10, Hamburg minus 8, irgendwo in einem kleinen bayrischen Kaff wurde mit minus 34,6 Grad mal wieder der Kälterekord gebrochen. Der Düsseldorfer Flughafen ist geschlossen, alle Flüge nach Amsterdam und Nizza wurden gecancelt. Von Hamburg, Frankfurt und Wien ist Gott sei Dank nicht die Rede. Noch nicht. Ach, ach, ach. Es bleiben sechs Stunden, um zu tun, was getan werden muss: Heizung runter, Wasserhähne zu, versteckte Stromfresser aus. Ein letztes Vollbad. Da es in Kenia über 30 Grad heiß sein soll, entscheide ich mich für Jeans, Oberhemd und Pullunder. Pullunder lassen sich in Windeseile aus- und wieder anziehen. Ein Hemdknopf ist in zwei Hälften auseinandergebrochen. Die elektrische Zahnbürste thront seit Tagen vollständig geladen auf dem Aufladegerät. Taxi habe ich zur Sicherheit bereits am Vorabend bestellt. Verschicke eine Rund-SMS: «Bin ab heute für zwei Wochen in Afrika. Frohe

Weihnachten.» Letzte Kontrollrunde: Pass, Schlüssel, Telefon, Geldbörse, Telefon. Es schneit noch immer. Auf den paar Metern von der Haustür zum wartenden Taxi fingere ich schon mal mein Portemonnaie heraus, ein Zwei-Euro-Stück hat sich irgendwo verfangen, es fällt heraus und schlägt ein langes, dünnes Loch in den Schnee. Ich rutsche weg und lege mich volles Brett auf die Fresse. Mein erster Gedanke: Hoffentlich ist was gebrochen. Dann hat der Spuk ein Ende, und ich kann hierbleiben. Beweg, tast, tätschel, prüf. Offenbar nicht. Ungeschickt versuche ich, wieder hochzukommen, ich hoffe, es sieht niemand. Bis auf den Fahrer. Der *muss* es gesehen haben, aber statt mir behilflich zu sein, bleibt er in seinem schönen, neuen, warmen Mercedes sitzen.

Beim Ausladen meines Koffers ist er mir auch nicht behilflich, und ich behalte mir vor, ihn nach meiner Rückkehr bei der Zentrale anzuschwärzen. Während des Eincheckens studiere ich die Flugziele auf der Anzeigetafel. Montreal, Kairo oder Mauritius kann ich ja gerade noch verstehen. Aber Burma. Laos. Oman. Meine Güte, wer fliegt warum nach Burma?! Reisen ist einfach zu billig geworden.

Die Sicherheitskontrolle ist erst das dritte von insgesamt dreizehn Hindernissen (Taxifahrt – einchecken – Sicherheitskontrolle – Transfer – Gepäckband – Terminal suchen – einchecken – Sicherheitskontrolle – Flug nach Mombasa – Passkontrolle – Gepäck-Transfer – im Hotel einchecken), die es zu überwinden gilt. Am Gate werde ich mit der Ansage empfangen, dass sich Flug L 017 Hamburg–Frankfurt verspätet, neue Abflugzeit voraussichtlich 15 Uhr. Eine Stunde Verspätung, jetzt schon! Vorsorglich besorge ich mir ein Käsebrötchen, Hunger überkommt einen ja meist genau dann, wenn's grad nix gibt. Ich setze mich neben eine Frau mit kurzen, wirr abge-

37

schnittenen Haaren. Der schwere, schwarze Pelzmantel und die dazu passenden schwarzen Handschuhe unterstreichen ihren leicht verrückten Eindruck. Ein kleiner Junge kommt angerannt und zeigt schuldbewusst den halb abgelösten Absatz seines rechten Schuhs.

«Guck mal, Mami.»

«Was hast du gemacht! Die müssen wir sofort wegschmeißen. Wie hast du das bloß wieder gemacht?»

Als ob er etwas dafür könnte! Der Kleine starrt verzweifelt zu Boden und pult an einem dicken, schmutzigen Pflaster am Daumen. Für immer der Leibeigene seiner Mutter, wird er einmal an schlechtem Gewissen sterben. Ihr Handy klingelt. Sie schaut genervt aufs Display, unschlüssig, ob sie das Gespräch annehmen soll. Nach dem vierten Klingeln verstaut sie es in den Untiefen ihres Mantels, doch es will und will einfach nicht aufhören. Die Leute gucken schon. Der verbitterte, wütende Zug um ihren Mund tritt noch deutlicher hervor. Schließlich geht sie ran. Sie vermag ihre Wut kaum mehr zu unterdrücken:

«Tim, wenn du dich auch nur ein einziges Mal in mich hineindenken könntest ... einmal nur ... wenn du es wenigstens versuchen würdest ... So, dein Sohn will dich auch nochmal sprechen.» Die Todesursache des Vaters wird ebenfalls schlechtes Gewissen lauten. Lebenslänglich gespannt auf die Folterbank der Schuld, er wird noch sehr viel aushalten müssen. Druck, Sünde und schlechtes Gewissen, das Psychobesteck der Frauen. Wie machen die das bloß immer? Der Junge wechselt ein paar Worte mit seinem Vater, dann reicht er seiner Mutter schüchtern das Handy, die es einsteckt, ohne ihn anzuschauen. Der Junge kuschelt sich an sie, versucht, sie mit einer Umarmung versöhnlich zu stimmen, doch die Frau rückt von ihm ab. Der Junge faltet seine Hände wie zum Gebet und saugt sein Wangenfleisch nach innen. Dann reißt er sich kleine

Hautfetzen von der Handinnenfläche und zerkaut sie langsam. Mehr Elend geht nicht. Warum verdammt nochmal ist diese Frau so empörend unsensibel für die Verletzlichkeit ihres eigenen kleinen Jungen? Wie kann man durchs Leben gehen, ohne auch nur den kleinsten Zugang zu den Gefühlen, Wünschen und Sehnsüchten anderer zu haben? Für einen Moment treffen sich unsere Blicke. Wir wissen beide, dass ich recht habe.

Um 15 Uhr 05 ist Boarding Time. Im eiskalten Steg, Gehschlauch, Einfüllstutzen, Flughafenröhrenpassagiertunnel oder wie das heißt, geht es nicht mehr voran. Nach wenigen Minuten bin ich bis auf die Knochen durchgefroren. Naja, wir können von Glück sagen, nicht von einem Bus zur Maschine gebracht zu werden. Flughafenbus. Flughafenbusfahrer. Das Berufsbild *Flughafenbusfahrer* steht im Ranking um die ödesten Berufe der Welt auf einem der vordersten Plätze, fällt mir ein. Egal, wenig tröstlich. Um mich herum dürre, leise, stochernde Gespräche. Meine Laune steuert einen neuen Tiefpunkt an, ein einziger Satz hämmert in meinem Schädel: Du kommst nie an, niemals!

Im Flugzeug die nächste Ansage: «Hier spricht der Kapitän. Da in Frankfurt aufgrund starken Schneefalls eine der beiden Pisten gesperrt werden musste, können statt sechzig Flugzeugen pro Stunde nur fünfundzwanzig bis dreißig landen. Deshalb müssen wir noch circa sechzig Minuten warten.»

Um mich herum wird sofort hysterisch telefoniert. Und gesimst. Und gemailt. Und geirgendwast. Als ob es kein Morgen gäbe. Globales Gerassel, dessen einziger Sinn und Zweck es ist, den Weltlärmpegel zu erhöhen. Da mach ich doch mit. SMS an C.: «Wie ist die Lage bei dir?» Antwort: «Sehr schlecht, Flieger soll in frühestens eineinhalb Stunden gehen. Wenn überhaupt.» Kalter Schweiß, Hitzewallungen, irgendwelche Stiche. Zum tausendsten Mal studiere ich den Zettel mit den Reiseinformationen: Abholung der Tickets bei der REWE Touristik, Terminal 2, Halle E, Schalter 930.3 oder 930.4. Allein die Zahlen! 930.4, das klingt nach einer Art Weltraumterminal. Und wieso Abholung Terminal 2, wo die Maschine nach Mombasa doch von Terminal 1 startet? Welcher Flughafenhitler hat sich das schon wieder ausgedacht!? Ach, ach, ach. Halbe Stunde später. «... Ihnen die erfreuliche Mitteilung machen, dass sich unser Abflug nicht noch weiter verzögert.» Immerhin. Ich packe meinen Proviant aus. Körnerbrötchen mit Emmentaler, Tomate und Gurke. An den Seiten suppscht Salatsoße raus. Meine Sitznachbarin: «Das haben Sie gut gemacht, Sie haben sich wohl eingedeckt, hahahaha.» Sie lacht, als hätte sie einen besonders gelungenen Witz gerissen. Mir ist vor kurzem erst aufgegangen, dass die Menschen zu 80 Prozent aus Verlegenheit und/oder Dummheit lachen, zu 16 Prozent aus irgendwelchen anderen Gründen, die mir wohl für immer verschlossen bleiben, bei den restlichen 4 Prozent gibt es eine Schnittmenge, Stichwort Bananenschale. Meine Antwort müsste «Haha, als hätte ich's geahnt» oder etwas in der Art lauten, aber ich will mit der Frau kein weiteres Wort wechseln, unter keinen Umständen, und stammle daher halblaut etwas Nichtssagendes. Afrika! So ein Quatsch! Ich sollte das verdammte Käsebrötchen sofort wieder einpacken und flüchten. Zu spät, die Maschine rollt bereits auf ihre Startposition.

Der Hinbringerflug verläuft ohne Komplikationen.

Ich schlage mich zur Lichtjahre entfernten Gepäckausgabe durch, wo ich mich bei einer Stewardess nach dem schnellsten Weg zum Terminal 2 erkundige.

«Mit der Rolltreppe nach oben, dann rechts. Der Skyline ist aber ausgefallen und wird durch Busse ersetzt. Sie müssen sich dann nochmal erkundigen.»

Busse? Was kommt als Nächstes? Es ist kurz vor halb sechs, das schaffe ich niemals! Panischer Anruf bei der REWE Touristik. Zum Glück wird mir beschieden, dass ich das Ticket nicht abzuholen bräuchte, mein Pass würde genügen. Neue Hoffnung. SMS an C.: «Wie sieht's aus?» – «Soeben gelandet.» Jetzt wird doch noch alles gut, denke ich, am Ende wird sowieso immer alles gut. Aber bis dahin ist es noch ein weiter Weg.

Und wo bleibt eigentlich mein verdammter Koffer? Merkwürdig, wie wenig Abweichungen es beim Gepäck gibt. Kunstlederkoffer, Hartschalen- und Weichschalenkoffer, Trolleys, Samsonites, No-Name-Stoffpisse, Kosmetik-Cases, hin und wieder eine Reisetasche. Ich bin auf diesem Flug der mutmaßlich einzige Besitzer eines schönen, großen Aluminiumkoffers der deutschen Traditionsmarke Rimowa. Außer mir stehen sich jetzt nur noch vier Leute die Beine in den Bauch. Ungeduldig, nervös, fiebrig. Tucker, tucker, quietsch, quietsch, schepper, schepper. Gähnende Leere, so weit das Auge reicht. Abrupt stoppt das Band, um sich aber gleich wieder in Bewegung zu setzen. Nur steht an der Anzeigetafel jetzt nicht mehr L 017 aus Hamburg, sondern LH 1423 aus Berlin. Nein, nein, nein! Das halte ich nicht mehr aus! Ich bin kurz davor, mich in die Flughafenpsychiatrie einweisen zu lassen; bestimmt gibt es eine, wie es wahrscheinlich auch ein Flughafenerlebnisbad und eine Flughafenpferdezucht gibt. Am Lost&found-Schalter erfahre ich, dass es in Hamburg Ärger mit der Sortierungsanlage gegeben habe, insgesamt sechs Koffer seien betroffen, ich müsse ein Formular ausfüllen, dann werde er übermorgen über Düsseldorf nachkommen. Lieber Gott, das ist jetzt aber gerade echt nicht wahr! Den Laptop habe ich am Mann, zum Glück. Inhalt: *Abbitte*, *White Line Fever*, ein Paket Taschentücher, ein Filzstift und Zeitschriften. Das war's dann aber auch.

Wenn ich cool wäre, würde ich die Scheißreise einfach verfallen lassen. Man sollte überhaupt viel mehr verfallen lassen. Kaufen und wegschmeißen. Kaufen und verfallen lassen. Kaufen und vergessen. Aber ich trage doch die Verantwortung für einen Menschen! Aus Fleisch und Blut! Meinen Freund! 18 Uhr. SMS von C.: «Sitze noch im Flugzeug, warten auf den Bus.» Die Schlinge zieht sich zu. Mir bleibt noch eine halbe Stunde, um mich notdürftig einzudecken. Im BOSS-Labelstore erstehe ich zwei Paar Strümpfe (Kniestrümpfe natürlich, ab dem vierzigsten Lebensjahr sind ausschließlich Kniestrümpfe erlaubt, auch und gerade im Hochsommer), ein T-Shirt, ein Oberhemd, zwei Unterhosen und eine dunkelblaue Badehose. Mit der Plastiktüte nach Mombasa, prost Mahlzeit.

Halle C, 18 Uhr 50. Der Mann am Condor-Check-in, blonde Stoppelhaare, Nackenspoiler, erkundigt sich in breitem Sächsisch, ob ich denn kein Gepäck aufgeben wolle. Stumm halte ich meine Plastiktüte hoch. Und frage dann nach der Maschine aus Wien. Das wisse er auch nicht, aber langsam werde es Zeit, in genau 33 Minuten sei der Check-in beendet. Mein Handy klingelt. C.!

«Was ist los? Wo bist du?»

«Immer noch im Bus.»

«Check-in macht gleich dicht. Lass deinen Koffer doch nachkommen, dann schaffst du es vielleicht noch.»

«Nein, das geht unter keinen Umständen, da sind auch die ganzen Medikamente drin.»

Welche Medikamente?

«Dann bleibt dir wohl nichts anderes übrig, als die nächste Maschine zu nehmen. Die Lufthansa organisiert das, die sind schließlich schuld.»

«Schon mal was von höherer Gewalt gehört? Ich werde es unter gar keinen Umständen auf einen sich über Jahre hinziehenden Zivilprozess gegen eine Fluggesellschaft ankommen lassen. Morgen erkundige ich mich, wann der nächste Flug geht.»

«Wieso erst morgen? Sofort! Alle Maschinen sind so gut wie ausgebucht.»

«Ich glaube, der Bus fährt los. Ich melde mich später nochmal. Bist du sicher, dass du fliegen willst?»

«Was soll das? Ich habe bereits eingecheckt. Du kommst nach. Ich hol dich auch vom Flughafen ab, und wir machen die ganze Zeit alles, was du willst. Bitte lass mich nicht im Stich!»

«Du kannst jederzeit umkehren. Aber wie gesagt, ich melde mich später noch einmal.»

Klack. Aufgelegt. The nightmare continues (englisch).

36 E ist Mitte rechts, meine Sitznachbarinnen sind zwei korpulente Frauen um die vierzig, tränensäckig, mehlig, speckig, bereits verschmolzen mit ihren Sesseln. Ich grüße freundlich. Statt den Gruß zu erwidern, flüstert die etwas jünger wirkende ihrer Freundin ins Ohr. Unverschämtheit. Ihre gepiercte Nase glänzt von Fett. Sie hat gar keine Frisur, es sieht aus, als würden ihre Haare seit der Geburt rauswachsen. Das Gesicht der anderen, knallrot, wirkt irgendwie verbrüht und ist von unzähligen kleinen Leberflecken gesprenkelt. Vielleicht *Sugarmummys*, weibliche Sextouristen. Rechts von mir, auf den Plätzen 36 F und G, spielen eine Frau und ihr wesentlich älterer Mann Karten. Die Frau hat eine verblüffende Ähnlichkeit mit der untersetzten Hobbypsychologin Angelika Kallwass. Unbegreiflich, wie man bereits *vor* dem Start Karten spielen kann. Nerven wie Drahtseile, Nerven einfach wegtherapiert. Ich linse rüber. Sieht aus wie Mau-Mau, bin mir aber nicht sicher, ich habe mich vor etwa dreißig Jahren von der Gesellschaftsspieleszene verabschiedet. Mir ist völlig rätselhaft, wie ein erwachsener Mensch

seine Zeit mit Unterhaltungsspielen totschlagen kann. Mensch ärgere Dich nicht. Monopoly. Spiel des Lebens. Und, für die Schwachsinnigsten der Schwachsinnigen: DIE SIEDLER VON CATAN. Schrecklich. Mittwoch ist Siedlertag. Erst Raclette, dann wird gesiedelt. Zu trinken gibt's Tee und Fruchtsäfte. Mit solchen Leuten stimmt etwas nicht. Etwas ganz Grundsätzliches. Ab dem zwanzigsten Lebensjahr sollten ausschließlich Glücksspiele erlaubt sein; wer beim Gesellschaftsspiel erwischt wird, muss sich direkt ins Gefängnis begeben. Aber in echt.

Der Mann sieht aus, als hätte er nichts zu sagen, die treibende Kraft ist Frau Kallwass. Soweit ich weiß, benötigt die echte Frau Kallwass keine Sehhilfe. Ihre Doppelgängerin trägt eine witzige Brille mit witzigen roten Bügeln mit winzigen witzigen Strasssteinchen. 20 Uhr 40. Durchsage des Kapitäns: Bevor es losgehe, müsse die Maschine noch enteist werden. 21 Uhr. Die Sugarmummys dösen, Frau Kallwass gewinnt, und ich lösche Karteileichen aus meinem Handy. Warum bekommt man vom Enteisen eigentlich nichts mit? Enteisen, das müsste doch Geräusche machen, stelle ich mir jedenfalls so vor. SMS von C.: «Stehe mit fünf anderen Leuten vor dem Condorschalter, sie wollen uns nicht mehr in die Maschine lassen. Türöffnen kostet angeblich mehrere hunderttausend Euro Strafe.» Das darf doch wohl nicht wahr sein! Aber was soll ich machen, mir sind die Hände gebunden. Nirgendwo auf der Welt wird man so entmündigt wie in einem engen Flugzeugsitz kurz vor dem Start. Einziger Trost ist, dass C. sich offenbar bemüht. Es hätte mich nicht gewundert, wenn er bereits im Nachtzug zurück nach Wien gesessen hätte, vor sich eine Flasche schweren Bordeaux. 21 Uhr 30: «… Ihnen mitteilen, dass der Enteisungstrupp soeben eingetroffen ist.» Nein, o nein, o nein, die haben noch nicht mal *angefangen*! Ehepaar Kallwass im Spielfieber.

Mischpause. Herr Kallwass: «Hast du an die Steckdosenadapter gedacht?» Frau Kallwass schmunzelt. Man versteht sich. Vielleicht ist sie ja tatsächlich die Kallwass. Frau Kallwass heißt mit Vornamen Angelika, aber nach vielen Jahren täglicher Sendung ist sie nur noch FRAUZWEIBEIKALLWASS. Im Idealfall verschmelzen Moderatoren mit ihrer Sendung. Das vielleicht eindrucksvollste Beispiel der Fernsehgeschichte liefert der ehemalige Berufssoldat Jörg Draeger, der mit seiner Vorabendshow «Geh aufs Ganze» eins geworden ist. Hinter welchem Tor lauert der Zonk? Einmalig, wie der joviale Schnauzbartträger die Spannung aufs Äußerste zu steigern wusste. Er hat eine wirklich tolle, sonore Stimme, in die er selbst noch verliebter ist als seine sicher zahlreichen weiblichen Fans. Während er die Kandidaten mit Engelszungen zu immer halsbrecherischen Einsätzen überredete, lief unter seiner geilen Stimme immer ein Subtext mit: «Ey, Leute, hab ich nicht 'ne geile Stimme, ist das nicht 'ne geile Stimme?» Was der wohl heute so macht? Vielleicht zum Bund zurück. Vor seiner TV-Karriere hatte er es bereits bis zum Major gebracht. Was ich alles weiß. Wer außer mir kann sich noch an Jörg Draeger erinnern, geschweige denn an dessen militärischen Dienstgrad?

Ich habe das Gefühl, argwöhnisch beäugt zu werden. Nur so ein Gefühl. Ab einem gewissen Alter wird alleinreisenden Männern ein gewisses Misstrauen entgegengebracht. Wahrscheinlich zu Recht.

Wie die Sugarmummys wohl mit Vornamen heißen? Die jüngere Andrea, die ältere Sabine. So was in der Art. Andrea führt gerade eine Befragung durch.

«Dein Alter?»

«Nein.»

«Mein Alter?»

«Nein.»

«Dazwischen?»

«Nein.»

Älter?

«Nein.»

Häh? Was soll das denn?

«Jünger?» Sabines Stimme ist scharf und quäkend.

«Ja.»

«Berne?»

«Nein.»

«Farmsen?»

«Nein.»

«Lurup?»

«Ja.»

«Männlich?»

«Ja.»

«Fährt er einen Golf?»

«Ja.»

«Michael.»

«Aber welcher?»

«Petersen!»

Gelächter, Schenkelklopfen, Begeisterung. Andrea ist an der Reihe:

«Mein Alter?»

«Nein.»

«Dein Alter?»

«Nein.»

«Dazwischen?»

«Nein.»

«Älter?»

«Ja.»

Ich werde gleich wahnsinnig.

«Älter?»

«Nein.»

«Dazwischen?»

«Ja.»

Es hört nicht mehr auf.

«Dazwischen?»

«Ja.»

«Thomas!»

Dünnes, glucksendes Lachen: «Hahahaha, hehehehe, hoho-hoho.»

Ich dreh durch. Jemand anders würde einfach weghören, ein Buch zur Hand nehmen oder sich aufs Essen freuen. Ich nicht. Eines meiner vielen Probleme: Ich bin nicht *belastbar*.

22 Uhr. Nichts. C. hätte es locker geschafft, er hätte sogar noch beim Enteisen helfen können, haha. Durchsage Kapitän: «Endlich haben wir es geschafft. Wenn der Trupp abgebaut hat, rollen wir auf Startbahn neun. Die Reisezeit nach Mombasa wurde heute mit acht Stunden und fünfzehn Minuten berechnet ...»

Während des Starts klatschen ein paar Trottel. Schon während des Starts, muss man sich mal vorstellen! Andrea schraubt sich mühsam aus ihrem Sitz und geht den Gang hinunter. Dann wieder rauf. Rauf und runter, runter, rauf. Achtung, Kontrolle. Ordnungshüter im Einsatz. Sie wirkt noch fetter als im Sitzen, nichts an ihr ist auch nur einen Hauch liebenswürdig. Ich krame in meiner Plastiktüte und berühre dabei versehentlich den Ellenbogen von Sabine, die mich anglotzt, als hätte ich sie unsittlich berührt. Ich murmele eine Entschuldigung, sie reagiert nicht, sondern stellt ihre Lehne zurück, zufrieden mit sich und ihrer Korpulenz. Als sie von der Flugbegleiterin gefragt wird, ob sie einen Kopfhörer benötigt, deutet sie stumm auf das ausgeklappte Tischchen. Soll wohl so viel heißen wie:

47

«Ja bitte, herzlichen Dank, sehr aufmerksam.» Die Flugbegleiterin, an schlechtem Benehmen sicher einiges gewohnt, schüttelt stumm mit dem Kopf. Sabine setzt den Kopfhörer auf, lehnt sich zurück und starrt auf den Monitor. Eine amerikanische Komödie à la *Sex and the City*. In ihrem Gesicht zeigt sich keinerlei Regung. Naja, was hat so eine auch mit *Sex and the City* zu tun.

Mit einem Schlag bekomme ich Hunger. Wahnsinnigen, brüllenden, bohrenden, nagenden Hunger, eine Hungerattacke, einen Hungeranfall. Dabei dauert es bestimmt noch eine Stunde, bis der Service beginnt. Hunger. Langeweile. Verzweiflung. Einsamkeit. Kofferverlust. Ich bin mir sicher, dass ich der Einzige im ganzen Flugzeug bin, der sich so fühlt, wie er sich fühlt.

«Die Menschen stammen nämlich vom Affen ab.»

«Das glaube ich nicht.»

Ich schaue mich um. In der Reihe hinter mir sitzt ein kleines Mädchen mit ihrer Mutter.

«Doch, das ist aber so. Das Leben begann im Wasser. Die Entwicklung ging dann weiter über den Affen bis zum Menschen. Unsere direkten Vorfahren sind Affen.»

Wie kann man ein kleines Mädchen nur mit so einem Quatsch in Angst und Schrecken versetzen!

«Nein, ich stamme nicht vom Affen ab.»

«Doch, tust du.»

«Nein.»

«Doch.»

«Nein. Und du auch nicht. Und deine Mutti auch nicht. Und die Mutti davon auch nicht. Ganz vielleicht die davor.»

Haha, gut gegeben!

Halb elf. Ich bin vor Hunger halb wahnsinnig. In der Ferne setzt sich der Servicewagen in Bewegung. Endlich. Endlich. Endlich. Ich kaufe Bifi, Erdnüsse und Pringles. Und, viel wichtiger, zwei 0,187-Liter-Flaschen Rotwein. Um den vor mir liegenden Parforceritt durchzustehen, müsste ich eigentlich einen klaren Kopf bewahren. Aber das ist zu viel verlangt, es geht nicht, es geht einfach nicht, ich kann mich keine Sekunde mehr länger zusammenreißen. Es kommt mir vor, als hätte mein gesamtes bisheriges Leben aus nichts als Sich-Zusammenreißen bestanden. Und als müsste ich immer wieder von vorn anfangen. Und als hätte ich überhaupt noch nichts geleistet. Also gar nichts. Außer vielleicht Konfirmation und Freischwimmer. Die erste Flasche ist in nicht mal zehn Minuten weggegluckert. Und das auch nur, weil ich mich so wahnsinnig beherrsche. Ich bin der Einzige, der Alkohol trinkt. Ehepaar Kallwass sind die Karten genug, die Sugarmummys freuen sich aufs Essen, und die anderen haben einfach kein Bedürfnis. Keinen Jieper. Die können auch ohne Alkohol abschalten. So einfach ist das. Huch, die nächste Flasche ist auch schon leer. Kann ich auch nichts dafür. Muss ich deshalb ein schlechtes Gewissen haben? Klares Nein! Wenn die Fluggesellschaft keine Gelegenheit auslässt, ihre Gäste mit 0,187-Liter-Spatzenpfützchen zu demütigen, anstatt ihnen ganz normal Erwachsenenportionen auszuschenken, läuft's eben genau so und nicht anders. Ich verstaue die Fläschchen unauffällig unter dem Sitz. Als das Abendessen naht, beendet Andrea ihren Kontrollgang und setzt sich auf ihre vier Buchstaben oder vielmehr auf das, was davon noch übrig ist. Rigatoni Napoli, ein Schälchen Farmersalat, Brötchen mit Butter, ein Riegel Camembert. Ich bestelle eine weitere Flasche Rotwein und 5 cl Wodka. Nachlegen. Hoffentlich gelingt es mir einzuschlafen, bevor der Glimmer abklingt. Ich frage mich, was wohl in der Fluggastkabine vorgeht, kurz vor einem Ab-

sturz, ob es so was wie eine kollektive Erfahrung der letzten
Sekunden gibt. Egal. Schnarch.

Als ich um halb fünf von heftigem Blasendruck geweckt werde,
kloppt Ehepaar Kallwass bereits Karten. Fröhlich. Munter. Aus-
geschlafen. Mir ist völlig schleierhaft, wie man bereits jetzt
so unerträglich *wach* sein kann. Die Sugarmummys klappen in
Erwartung des Frühstücks ihre Tischchen auf. Mir ist völlig
schleierhaft, wie man jetzt schon wieder hungrig sein kann.
Eigentlich ist mir alles völlig schleierhaft. Als die Maschine in
eine Linkskurve geht, passiert, was passieren musste: Die Flaschen unter meinem Sitz rollen den Gang hinunter. Ich schaue
krampfhaft weg, aber Frau Kallwass entgeht nichts. Vielleicht
bietet sie mir gleich eine kostenlose Therapiestunde an.

Die Außentemperatur beträgt minus 48 Grad Celsius, die
Flughöhe 9741 Meter, die örtliche Zeit 7 Uhr 11. Der Kapitän
meldet sich. Guten Morgen. Es verblieben noch eineinhalb
Stunden Flugzeit, die Temperatur in Mombasa betrage *ange-
nehme* 31 Grad. Die Sugarmummys: «Ahhh, ohhh.» Angenehm? Was soll an 31 Grad angenehm sein? Grundfalsch! Der
Mann macht mich wahnsinnig. Weiter: «Wir überfliegen soeben den Kilimandscharo. Direkt unter uns.» Afrikas Zauberberg. Kann schon sein, interessiert mich nicht. Soll der Schnee
auf dem blöden Berg doch endlich schmelzen, dann ist Ruhe
im Karton, und der Kilimandscharo verschwindet für alle Zeiten aus den Schlagzeilen.

Als ich nach der Landung mit meinem bescheuerten Plastik-
beutel die Gangway runtertorkle, trifft mich ein Hitzeschock,
eine Hitze wie Fieber, schweres, ansteckendes Fieber, Vernich-
tungsflammen. Die Sonne knallt frontal herunter, und das am
frühen Morgen. Mein Blut ist zu dick für Afrika, denke ich. Bevor wir zur Passkontrolle durchgelassen werden, müssen wir

noch eine Art Gesundheitsunbedenklichkeitszeugnis ausfüllen und zwanzig Euro Zwangsgeld entrichten, wie damals in der DDR.

Ich frage mich zum Transferbus durch, einem maroden Achtsitzer der Marke Skoda oder Daihatsu oder Kia oder so. Ich bin der Erste. Der blutjunge Fahrer, der mit seinem ausgeprägten Unterbiss aussieht wie der kleine Bruder von Puffdaddy, schenkt mir keine Beachtung, sondern brüllt unablässig in sein Handy. Eine Viertelstunde vergeht. Puffy telefoniert und telefoniert und telefoniert. Ich werfe einen Blick auf *mein* Handy. Nichts. Was ist mit C.? Und wo bleiben die anderen? Ach ja, die dürfen ja ihre Koffer in Empfang nehmen, die Glücklichen. Endlich kommen zwei schwitzende, schwabbelige Männer angeschlurft, Amerikaner. Der eine trägt einen überdimensionalen Schnauzer, der andere hat einen albernen, gelben Schlapphut auf seinen Eierkopf geschraubt. Sextouristen, ganz klar, Bumsböcke, wie sie im Buche stehen. Offenbar sind wir vollzählig, denn Puffy beendet sein Telefonat.

Koffer einladen, Abfahrt! Ich schaue aus dem Fenster, es gilt, erste Eindrücke aufzusaugen, den Ort auf mich wirken zu lassen. Die Landschaft zerfetzt, kaputt, öde. Die zerfressenen abblätternden Außenwände von Häusern, Baracken, Wellblechhütten, Holzhütten, Baracken, Verschlägen, Kabuffs ziehen an mir vorbei. Offene Feuer, improvisierte Märkte, verkrüppelte Vegetation. Verwohnt, denke ich, Mombasa ist ja total verwohnt, ein einziger Schrotthaufen. Puffy rast wie ein Irrer, ich bekomme es mit der Angst zu tun, traue mich aber nicht zu protestieren. Vor uns taucht ein besonders hässlicher Betonklotz auf. Puffy hält direkt auf ihn zu. Nein! Der penisartige Bunker kommt näher und näher und näher. Lieber Gott! Der Wagen rollt aus und kommt vor der Einfahrt zum Stehen. Bitte, bitte, lass es nicht das Nyali Beach sein! Puffy dreht sich um: «Manson Hotel.» Gott sei Dank, Gott sei Dank, Gott sei Dank. Die Fickstörche sind ganz weiß im Gesicht. Haha, da gehört ihr hin, denke ich, Bumsbockhotel Manson, benannt nach dem gleichnamigen Psychopathen und Massenmörder. Ausladen, goodbye, gut Schuss, und weiter geht's. Puffy gibt Vollgas. Nach fünf Minuten halten wir vor einer Schranke. Zwei uniformierte Posten kommen aus ihrem Wachhäuschen geschlurft und inspizieren das Fahrzeug. Gründlich. Sehr gründlich sogar. Alles okay. Schranke hoch und im Schritttempo weiter. Alliance Safari Hotel. Nyali Grand Casino. Mombasa Continental Hotel. Mungo Casino. Medical Care Center. Velvet Casino. Hier kommt keiner lebend raus, denke ich. Dann, endlich: Nyali Beach Hotel + Spa, vor dem ein aus drei Musikern bestehendes Begrüßungskomitee wartet. Auf mich. Dschingdarassassa, peinlich, dass man so ein Aufhebens macht. Ich bedanke mich mit einer angedeuteten Verbeugung und gehe zur Rezeption, wo mich *Steve* freudestrahlend in Empfang nimmt:

«Jambo.»

«Hello.»

Das Einchecken dauert ewig. Wart, wart, wart. Von irgendwoher debiles Pfeifen. Das Stück kenn ich doch! Gleich hab ich's. Das kenn ich doch. Endlich fällt der Groschen: *Gimme hope, Jo'anna* von Eddy Grant. Wenn ich hier Chef wäre, würde ich dem Personal verbieten, während der Arbeit zu pfeifen. Und dann noch einen solchen Schrott.

«Gimme hope, Jo'anna, gimme ... hope, Jo'anna, gimme hope, Jo'anna ...»

Kurze Pause. Mach schon, denke ich. «'fore the morning come» muss es weitergehen. Wenn es schon so ein gruseliges Stück sein muss, dann bitte wenigstens zu Ende flöten. Von wegen. Von vorn:

Gimme hope, Jo'anna, gimme ... hope, Jo'anna, gimme hope, Jo'anna.

Das war's. Steve ist außergewöhnlich langsam.

Gimme hope, Jo'anna, gimme ... hope, Jo'anna, gimme hope, Jo'anna.

Offenbar bin ich in einem Irrenhaus gelandet. Entschuldigend mit den Schultern zuckend, händigt mir Steve den Schlüssel aus, der an einem Holzelefanten von ungefähr fünfzehn mal fünfzehn, ach was, zwanzig mal zwanzig Zentimetern Durchmesser baumelt. Ewiges Ärgernis Hotelschlüssel.

Gimme hope, Jo'anna, gimme ... hope, Jo'anna. Gimme hope, Jo'anna.

Wie hält Steve das nur den ganzen Tag aus? Egal. Er deutet nach links, erklärt, mein Zimmer mit der Nummer 32 befinde sich im Dumbohaus C, geradeaus durch die Halle, dann links bis zur Patestreet, könne man gar nicht verfehlen. Übermorgen um elf gebe es some information and a welcome drink. Ich habe bisher noch alle Welcomedrinks verfallen lassen, denke ich, und gehe einer ungewissen Zukunft entgegen. Dumbohaus, verarschen kann ich mich am allerbesten immer noch allein.

NYALI BEACH

Die in Einfachbauweise erstellten Dumbohäuser sind dreistö-
ckige, weißgetünchte Klötze, die sich fächerförmig bis zum
Strand erstrecken. Flachdach, außen verlaufendes Treppenhaus, sehr kleine Fenster. Luken. Bullaugen. Zimmer 32 liegt
im zweiten OG. Mir schlägt eine stechende Nikotinwolke entgegen. Dabei bin ich doch Nichtraucher! Bis der Geruch verflo-
gen ist, braucht es mindestens eine Woche, vielleicht auch
zwei. Mit dem Licht schaltet sich automatisch die Klimaanlage
ein. Der Raum ist gespickt mit Aschenbechern. Aschenbecher,
Aschenbecher, Aschenbecher, Aschenbecher, Aschenbecher,
sage und schreibe fünf Stück, positioniert auf den beiden
Nachtschränkchen, der Vitrine, dem Fernseher und dem Tisch.
   Das Interieur in den Modefarben Grau, Braun und Beige ist
nach erster Inaugenscheinnahme mindestens zwanzig Jahre
alt. Das einzig Bunte, Schöne, Fröhliche im Raum ist eine
Schale mit Frischobst. Minibar Fehlanzeige. An den Wänden
hängen *Black Whole Pictures* (eigene Wortschöpfung), Bilder
ohne Inhalt, beliebig, austauschbar – kaum schaut man weg,
hat man sie schon wieder vergessen –, die den Betrachter in ein
unendliches Nichts hineinziehen. Der Balkon soll laut Leis-
tungsbeschreibung Seeblick haben. Aber wo? Schlickwüste, so
weit das Auge reicht, vom verdammten Wasser keine Spur, offenbar ist der Indische Ozean ein ausgesprochenes Gezeiten-
meer. Auf dem Tisch eine krisselige Fotokopie mit einem sehr

großen Fisch. Überschrift «Endlich da: Buckelwale». Verstehe ich nicht. Ich verstaue meine wenigen Habseligkeiten im Kleiderschrank. Huch! Auf dem untersten Einschub kauert bewegungslos ein Salamander. Oder Echse. Oder Lurch. Rätsel Tier-/Pflanzenwelt. Ich kann gerade mal einen Elefanten von einer Kuh und eine Eiche von einer Birke unterscheiden. Vielleicht ist der grüngraue Plastiklurch das Wappentier des Landes, eine Art Schutzpatron. Aber im Schrank? Ich setze die Inspektion im Nassbereich fort: grauer, welliger Linoleumboden, graue Kacheln, Badewanne (Farbe Manhattan) mit eingefrästem Schmutzrand, marode, schwergängige Armaturen. Föhn Fehlanzeige. Shampoo Fehlanzeige, Bodylotion Fehlanzeige, lediglich ein winziges, eingeschweißtes Stück Kernseife liegt in einem Kernseifeschälchen. Ich klappe den Toilettendeckel hoch. Zum Scheißen reicht's. Plötzlich huscht der Lurch in einem affenartigen Zahn an mir vorbei und versteckt sich unter der Vitrine. Ach du Schreck, von wegen Plastik, ich werde mir das Zimmer mit einem Reptil teilen müssen, auch das noch. Nun denn. Bestandsaufnahme. Mit dem, was ich am Leib trage, besitze ich: eine Jeans, ein Paar Schuhe, zwei Oberhemden, ein T-Shirt, drei Unterhosen, drei Paar Strümpfe und eine Badehose. Tagsüber ist sowieso nur Badehose angesagt, jeden zweiten Tag Rei-in-der-Tube-Handwäsche.

Das muss reichen.

Modus Operandi: von Empfangshalle aus systematisch den gesamten *Komplex* erkunden. Einer Tafel entnehme ich, dass die Anlage am 12. 8. 1983 vom damaligen Staatspräsidenten Daniel Toroitich Arap Moi persönlich eröffnet wurde. Steve schiebt immer noch Dienst.

«Jambo.»

«Jambo.»

Jambo scheint hallo zu heißen. Wichtig. Merken.

Gimme hope, Jo'anna, gimme ... hope, Jo'anna, gimme hope, Jo'anna ...

Das schreckliche Gepfeife kommt irgendwo aus den Untiefen der Halle. Aber woher? Einer von der Putzkolonne muss das Melodiefragment irgendwann aufgeschnappt haben und flötet es seither zwanghaft vor sich hin.

Gimme hope, Jo'anna ... hope, Jo'anna, gimme hope, Jo'anna.

Pause. Dann wieder von vorn. Wenn ich ihn mit dem Rest des Songs vertraut machen würde, wäre er erlöst und könnte den nächsten Titel lernen *(Rivers of Babylon)*.

Gimme hope, Jo'anna, gimme ... hope, Jo'anna.

Latsch, latsch, latsch. Von wegen Putzkolonne, die Quelle der Kakophonie sitzt in einem Bambuskäfig und ist ein riesiger Kakadu. Als ich einen Finger durch die Stäbe stecke, hackt er nach mir. Blödes FDP-Schwein. Wenn ich hier der Chef wäre, würde der Vogel längst im Keller hängen. Weiter geht die Exkursion.

«Herr Strunk, Herr Strunk!» (Stimme aus dem Nichts, sehr laut)

«Ja?»

«Bitte beschreiben Sie in einfachen, verständlichen Sätzen die Hotelanlage. Beachten Sie, dass der Leser nicht mit einer enervierenden, sich über viele Seiten ziehenden literarischen Abhandlung gequält werden, sondern einfach nur wissen möchte, wie es im Nyali Beach aussieht. Er will es sich *vorstellen* können.»

«Na gut.»

Wenn man die Empfangshalle ganz bis zum Ende durchgeht, führt rechts eine Treppe nach oben ins Restaurant. Auf der linken Seite befinden sich der Gift-Shop (ein Kiosk, wo man allerlei Nützliches für den täglichen Bedarf erstehen kann), ein Tourismusbüro und drei weitere Räume, die leer stehen. Tritt man hinten aus dem Haupthaus, hat man einen wunderschönen Ausblick auf den Indischen Ozean, wenn er denn mal da ist. Zwischen Haupthaus und Ozean liegt der Hauptpool. Er ist mit Kinderplanschbecken, Nichtschwimmerbecken und einer gemütlichen Poolbar ausgestattet. Links, auf einem Hügelchen, befindet sich noch ein zweiter, kleinerer Pool. Verbunden sind der kleine und der große Pool durch einen künstlichen Wasserfall, der vom kleinen Pool in den großen sprudelt. Zwischen großem Pool und Ozean erstreckt sich eine mit Liegen bestückte Wiese, mitten drin zwei kreisrunde offene Hütten (Rondeele oder wie das heißt) mit Bambusdächern. In der linken Hütte werden Kaffeespezialitäten ausgeschenkt, in der rechten isst man mittags Lunch und nachmittags eine Kleinigkeit. Ganz unten, kurz vor dem Meer, ist eine Open-Air-Bühne aufgebaut, wo man nach dem Abendbrot das hoteleigene Unterhaltungsprogramm genießen kann. Sie sieht aus wie eine Muschel und lässt einen an Kurkonzerte denken.

«Herr Strunk, das war sehr, sehr schlecht. Sie sind nichts weiter als ein elender Hobbyautor, aus Ersatzteilen in den Werkstätten von Kleinmeistern gefertigt. Schämen sollten Sie sich!»

«Ja.»

Viertel nach elf. Kein Anruf, keine SMS, kein Nichts. Was ist mit C.? Wo ist er, was macht er, wie geht's ihm? Kommt er? Aus Angst vor schlechten Nachrichten traue ich mich nicht, ihn zu kontaktieren.

Plötzlich bekomme ich schrecklichen Durst. Durst, der mit Wasser nicht zu stillen ist. Ein Königreich für ein klitzekleines Gläschen.

Caramba, Karacho, ein Whiskey!

Ein Heller und ein Batzen, die waren beide mein, der Heller ward zu Wasser, der Batzen ward zu Wein!

Heute blau, morgen blau und übermorgen wieder!

Schön wär's. Aber wenn ich jetzt nicht standhaft bleibe, wird mein Untergang noch vor Einbruch der Dämmerung besiegelt sein. Also ab in den Pool, cool down, entspannen, runterkommen, relaxen, chillen, abkühlen. Wieso spannt die Badehose eigentlich so, hat doch sonst immer gepasst! Diese vermaledeiten Designersachen sind grundsätzlich eine Nummer zu klein. Ich werfe einen Blick in den Spiegel. Das sollen 78,2 sein!? Wieso sieht man ausgerechnet im Urlaub immer Minimum fünf Kilo dicker aus? Furchtbar. Und dann noch dieses erbarmungslose, grelle Licht. Wenn ich die Badehose bis zu den Hüftknochen runterziehe, hängt der Bauch drüber, wenn ich sie bis zu den Brustwarzen hochziehe, sehe ich aus wie ein Behinderter, ein Freak, ein Halbirrer. Gott, ach Gott, wo sind bloß meine *Konturen* hin. Ein weißer Batzen Fleisch, gallertige Masse, das einzig klar Umrissene ist meine Brille. Laufen allein bringt's in meinem Alter nicht mehr. Ich muss unbedingt das Krafttraining wiederaufnehmen. Und zwar nicht irgendwann, am Sankt-Nimmerleins-Tag, sondern jetzt, hier und heute: Vor dem Abendessen noch werde ich eine harte Trainingseinheit absolvieren, eine ganz harte. Am Buch arbeiten. Lesen.

IRGENDWIE WERDE ICH DIE VERDAMMTE ZEIT SCHON RUMBEKOMMEN!

Etwa die Hälfte der Liegen am großen Pool sind besetzt, überwiegend mit *deutschen* Rentnern, wie man den Titeln ihrer Urlaubslektüren entnehmen kann: *Dschungelkind. Das Geheimnis der Wanderhure. Sakrileg. Tintenherz. Moppel-Ich.* Und der Nachfolgebestseller, *Runzel-Ich.* Unter all den Paaren bin ich der einzige Alleinstehende, Single, Anhanglose, Einsame. Heinz Strunk? *Traur-Ich.* Bücher sind Schuhe für Gedankengänge, denke ich. *Mehlgnom.* So ein Scheiß. Randgruppenliteratur. Literatur? Klamauk! Egal, wennschon, dennschon. Wenn ich in einem gut bin, dann im Alberne-Buchtitel-Ausdenken. Genre Schmunzelkrimi: *Die rostige Zeugin.* Modernes Frauenbuch: *Prosecco und Orangenhaut.* Lebenserinnerungen: *Jesus war ein Brummifahrer – die Autobiographie von Pater Dekubitus, dem singenden Truckseelsorger.* Ein Leben zwischen Autobahnkirche, Truckershops und Brummifahrerschicksalen. Heiteres Sachbuch: *Priester in Jeans. Deutschlands frech(st)e Geistliche.* Echt geile Titel alles. Humor für Besserverdienende.

12 Uhr, High Noon. Ein sehr fetter Mann, Typ korrupter Baumogul, und seine noch fettere *Madame* kommen angewatschelt und beziehen ächzend, stöhnend und schnaufend die Liegen direkt neben mir. Der Mann, in breitestem Niederbayrisch: «Petri Heil.» Ich antworte: «Guten Tag.» Was soll das, hat der gerade einen Fisch gefangen? Seltsam. Sehr seltsam alles. Er ist nicht nur unglaublich fett, sondern sieht dabei ganz sonderbar aus, welk, runzlig, breiig, dellig, als wären Haut und Fettgewebe aneinander getackert oder von Bindfäden zusammengehalten, wie man sie für Rouladen benutzt. Seine Frau kramt in ihrer Tasche und holt die *Petra* und die DJZ, die

DEUTSCHE JAGD ZEITUNG, hervor. Vorsichtig trennt sie Rezepte für Eisbecher heraus, locht und heftet sie in einen Ordner. Wahnsinn! Sie hat einen *Locher* dabei! Alle verrückt geworden. Dann nimmt sie ein Buch mit einem sehr langen Titel zur Hand. Ich muss die Augen zukneifen, um ihn zu entziffern: *Das Kind im Horoskop. Begabungen erkennen und optimal fördern. Mit Transiten.* Verfasserin ist eine gewisse Gloria Star. Geiler Künstlername. Vielleicht sind Transite so was wie Aszendenten, Hokuspokus, erfunden für die armen Irren dieser Welt.

Alte, ich bin von lauter Alten umzingelt. Totes, von Totem umgeben. Das ganze verdammte Nyali Beach ist ein geriatrisches Hotel, eine Seniorenenklave! Wirklich, ich kann nur ein einziges Nicht-Rentnerpärchen ausmachen, ein sehr seltsames allerdings: Der Mann, Mitte dreißig, Vollglatze, vollkommen unbehaart, hellblaue, fast rosa Augen, sieht aus wie ein Albino. I wo, er *ist* ein Albino. Seine Frau oder Freundin, eine glanzlose, plumpe Erscheinung, blättert in einem Buch, das ein riesiger Aufkleber auf dem Cover als BESTSELLER ausweist: *You were born rich.* Ich stehe auf und lasse mich in den Pool plumpsen. Das Wasser hat bestimmt 30 Grad. Abkühlung Fehlanzeige. Als ich nach eineinhalb Bahnen wieder rauskrabble, schraubt sich der Albino aus seiner Liege. Jetzt sehe ich es: Sein Bauch wirkt, als wäre direkt im Nabel eine Handgranate explodiert. Über den gesamten Verlauf des Thorax verläuft eine riesige, unregelmäßig gezackte, tomatenrote Naht, der Oberkörper eine bizarre Krater-, Knorpel- und Risselandschaft. Außerdem ist irgendwas mit seiner Motorik nicht in Ordnung, er bewegt sich seltsam unkoordiniert, taumelnd, als hätte er einen Schlaganfall hinter sich.

Punkt 12 Uhr 30 erhebt sich lautes Getrommel. Buschgetrommel, Membranophongetrommel, Nachrichtengetrommel. Drei weißgekleidete Männer stehen auf der Restaurantterrasse und bearbeiten ihre Congas. Mahlzeitenglocke tropical. Essen ist fertig! Wie ferngelenkt erheben sich die Menschen und watscheln zum kalt-warmen Buffet. Die, die weniger Hunger haben, zur Speisekreishütte, die mit Erwachsenenhunger ins Restaurant. Die meisten haben Erwachsenenhunger. Ich verspüre nicht den geringsten, klitzekleinsten Hauch von irgendeinem Kinderappetit. Nur Durst, rasenden Durst, den Wasser nicht zu stillen vermag, aber das sagte ich ja bereits. Egal, man kann's gar nicht oft genug sagen: Bier her, Bier her! Lange werde ich mich nicht mehr zusammenreißen können.

Kreishütten. So ein Quatsch. Damit ich mit den ganzen Rondeelen und Pools nicht durcheinandergerate, einige ich mich mit mir selber auf neue, einfache, leicht zu merkende Begriffe: Die eine Hütte nenne ich *Kaffeerund*, die andere *Speiserund*. Der große Pool heißt ab sofort *Big Pool* und der kleine *Plumpspool*, von Plumpsklo abgeleitet. Witzig.

Der Rouladenbayer wird wohl nichts dagegen haben, wenn ich mir mal kurz seine Zeitschrift ausborge:
– DJZ Testrevier: Die Drückjagden, die Ergebnisse.
– Hundeausbildung im Schwarzwaldgitter.
– Sauhunde, Teil zwei.
– Ein Interview mit Friedrich Krauß (Spitzname Hirschpapst).
– Testbericht über den *kantigen Klotz fürs Revier*, den Jeep Commander 3.0 CDR.

Was es nicht alles gibt. Jetzt nackt sich im deutschen Pulverschnee rumwälzen und von geilen Weibern mit handwarmem Glühwein besudeln lassen! Ach, ach, ach.

«Lena, lalalalala, lalalalala. Wenn ich am Boden liege, erzählst du mir, dass ich bald fliege.»

Lena, einer der größten Erfolge der Gruppe Pur. Jetzt hab ich auch noch einen Ohrwurm. Ohrwürmer überwältigen einen beim geringsten Anzeichen von Schwäche. Einzige Möglichkeit, sie wieder loszuwerden, ist, sie durch einen anderen zu ersetzen: «Komm mit mir ins Abenteuerland, auf deine eigene Reise, komm mit mir ins Abenteuerland, der Eintritt kostet den Verstand.» Lange nichts von Pur gehört hat. Wie es Leadsänger Hartmut Engler wohl geht? Angeblich hat er ein Alkoholproblem. Ich auch, ich brauch was zu saufen, und zwar sofort!

Es ist gerade mal halb zwei, als ich mich mit drei Dosen Bier im Zimmer verkrieche. Ventilator an, Vorhänge zu, ab ins Bett und schluck. Monsieur Gluck Gluck. Exzentrisch, von der sozialen Norm abweichend. Exzentriker, ein Status, den ich mir im Laufe vieler Jahre hart erarbeitet habe. Exzentriker machen, was und wann und wo sie wollen, zum Beispiel bei strahlendem Sonnenschein in abgedunkelten Zimmern Alkohol trinken und/oder Sachen sagen wie:

«Man muss die Zusammenhänge kennen, der Rest steht im Lexikon.»

«Eine nüchterne Lösung, die besoffen nicht standhält, gehört in den Mülleimer.»

«Das meiste Große wird von Leuten bewirkt, denen es nicht besonders gut geht.»

«Ein mittlerer Schmerz führt nicht zu einer großen Karriere.»

«Die enorme Egozentrik, die ein Künstler haben muss, macht ihn für ein bürgerliches Leben ungeeignet.»

Allerdings, leider auch wahr, liegt zwischen Exzentriker und Sonderling nur ein schmaler Grad. Ich penne ein.

Tuuut. Tuuut, tuuut, tuuut, tuuut, tuuuut, tuuut. Tuut. Schlaf-trunkener Blick aufs Display. C.!

C. ruft an! C. ruft an! C. ruft endlich an!

«Bursche, ich kann nicht mehr. Ich habe die Nacht in einem Hotel in Bahnhofsnähe verbracht, Nuttengegend. Heizung ausgefallen, im Zimmer war es bitterkalt. Ich habe den Abend damit zugebracht, die Millionenshow zu gucken. Ein kleines Bier habe ich getrunken. Selbst fürs Casino war ich zu schwach und zu mutlos. Mein persönlicher Zerreißpunkt ist überschritten, ich befinde mich in einer Art Trance.»

«Gottachgott. Dann kommst du also nicht?»

«Ich habe mir gestern Abend noch ein Ticket besorgt, Kostenpunkt 1500 Euro, der allerletzte Platz, jetzt sitze ich bereits seit zwölf im Flughafen.»

«Das heißt, du kommst?!»

«Alles noch unsicher. Wieder Schneechaos, in der Nacht waren 8000 Leute eingeschlossen. Wenn das heute wieder nichts wird, geb ich auf. Dies ist die allerletzte Chance, die nächste Maschine nach Mombasa geht erst wieder in vier Tagen. So lange halte ich nicht mehr durch.»

«Und, wie stehen die Chancen?»

«Keiner kann etwas Genaues sagen. Ich melde mich, wenn es Neuigkeiten gibt. Servus.»

«Ahoi.»

Ein Bier habe ich noch. Austrinken, weiterschlafen. Dann, wie mit mir verabredet: Krafttraining. Tatsächlich gehörte gemäßigtes Krafttraining lange Zeit zu meinem Alltag, genauer gesagt seit Ende der Achtziger, als die Koelbel Trainingsforschung in der Zeitschrift Hörzu ganzseitig ihre Produkte bewarb und exorbitanten Kraft- und Muskelzuwachs binnen weniger Wochen versprach. Bizepsumfang: plus 4 – 6 Zentimeter! Brust: plus 8 – 12 Zentimeter! Beine: plus 16 Zentime-

63

ter! Schultern, Trizeps, Rücken, zweiköpfiger Armbeuger, Deltamuskel, Trapezmuskel, plus, plus, plus! Die Versprechungen der *Koelbel Trainingsforschung* erwiesen sich zwar als vollkommen haltlos, aber ich gehörte zu den paar Trotteln, die nicht nur die braunen, etwa vier Kilo leichten *Mars-Hanteln*, sondern auch die extraschweren, mit Sand befüllbaren *Omicron-Hanteln* erworben haben. Egal. Es gibt kein wirksameres Anti-Aging als Krafttraining. Und keine wirksamere Vorbeugung gegen Demenz (das Sturzrisiko verringert sich erheblich, Demenzkranke stürzen nämlich dreimal häufiger als Gesunde. Durch Kraftzuwachs verbessern sich Gehgeschwindigkeit, Schritt- und Streckenlänge sowie die Schnelligkeit bei der Übung, fünfmal (!) hintereinander vom Stuhl aufzustehen). Ebenfalls bemerkenswert: Die Drop-out-Rate ist sehr gering. Krafttraining = Antidepressivum und Antidementivum.

Da das Nyali Beach über keinen Fitnessraum verfügt, muss ich mir mit der sogenannten *Managerfitness* behelfen oder, wie der Fachmann sagt: *mit Progressivem Ganzkörpertraining mit Eigengewichtsübungen* (Progressive Total Body Workout with Weight Training). Beispiel Liegestütze. Liegestütze sind freilich nicht gleich Liegestütze: Durch Änderung des absoluten, vertikalen, horizontalen, totalen, senkrechten, waagrechten und schrägen Armabstandes in Potenz mit unzähligen Winkelkombinationen bietet dieser Klassiker des Kraftsports in der Summe mehr Varianten, als es Atome im Universum gibt. Kein Scheiß. Nächstes Beispiel Sit-ups: Gerader Crunch, Cross Crunch, Reverse Crunch, V-Sit, Windshield Wiper, Hüftstoß, Lemon Squeezer, Klappmesser, L-Sit, Bodendrücker, Blank, Maikäfer, Hollow Rock – auch hier: Varianten ohne Ende. Kniebeugen, die vergessene Übung, jedoch nach wie vor die Grundlage jedes ernstzunehmenden Work-outs, denn keine Übung trainiert mehr Muskelgruppen: Bethake, auch indische Kniebeuge, mit hohem Ausbreitungseffekt, einbeinige Kniebeuge *Pistols*, bulgarische Kniebeuge, eine Mischform aus Kniebeuge und Ausfallschritt, usw. Varianten, bis der Arzt kommt. Viertens: Beugestütz an der Bank (im Hotelzimmer behilft man sich mit Bett oder Stuhl) trainiert dreiköpfigen Armstrecker, großen Brustmuskel und vorderen Anteil des Deltamuskels. Varianten, bis der Arzt nach Hause geht.

In der nächsten, der *blauen Stunde*, tauche ich ab in die Welt der negativen und abgefälschten Wiederholungen, des Splittrainings, der Höchstkontraktion und des Schockprinzips. Merke: Nur wer weit bis in die Schmerzzone vordringt, trainiert effizient: no pain, no gain. Professionelles Muskeltraining steht auf der R-Säule: Reizdauer, Reizdichte und Reizintensität. Entscheidend für den Trainingserfolg ist die Überschreitung des Ausgangs-Energielevels, die Superkompensation.

Nach dem Training fühle ich mich hervorragend, und ich freue mich schon auf den morgigen Muskelkater, denn Schmerzen bedeuten Leben. Bevor es zum Abendessen geht, genehmige ich mir einen Drink. Den habe ich mir verdient! Vor jeder Mahlzeit sollte ein Aperitif stehen. Oder irgendwas anderes, Alkoholisches. Je leerer der Magen, desto schneller setzt die Wirkung ein. Und, vor allem: desto besser. Die Euphorie fühlt sich irgendwie anders an, geiler. Der einzige Ort, an dem man um diese Zeit etwas zu saufen bekommt, ist die Poolbar. Einsame Gäste sind ein Mann und eine Frau Mitte fünfzig. Ein Paar. Ehepaar. Lebensgemeinschaft.

Mann: «Ephesos ist ein Muss.»

Frau: «Ja, wirklich.»

Ach du Schreck, Deutsche, schon wieder. Und was für welche: er, Karottenjeans, unruhig gemustertes kurzärmeliges Hemd, hängeschultrig, akkurat gestutzter Arschbart. Sie, groß, flachbusig, kleiner Buckel mit leicht hervortretenden Schulterblättern, das Gesicht verhangen und blass, lange, spitze, bräunlich verfärbte Zähne.

Wovon träumen Leute, die so aussehen? Fies? Ach was!

Im Laufe eines langen, langweiligen Lebens zusammengewachsen. In allem. Ansichten, Vorlieben, Überzeugungen. Maßvoll. Reiselustig. Umgeben von einer Aura undurchdringlicher, humorfreier Vitalität. Selbst bei sengender Mittagshitze besuchen sie Grabstätten, Synagogen, Festungen, Moscheen, Häfen, alte und neue Ruinen, Ausgrabungen, immer auf der Suche nach dem alles entscheidenden achten Weltwunder, sie können einfach nicht genug kriegen. Artefakte, Artefakte, Artefakte!

Die Wolfs. Das ist es! Realschullehrer Volker Wolf und Ehefrau Sabine. Spitznamen erfinden ist kein Quatsch, sondern eine hohe Kunst, denn sie müssen atomgenau den *Kern* eines Menschen erfassen. Oft liege ich erschreckend richtig. Ich nicke den beiden zu, sie nicken schlecht gelaunt zurück, konzentrieren sich dann aber gleich wieder auf ihre alkoholfreien Getränke. Fremder als wir können Menschen sich nicht sein. Eine Urlaubsfeindschaft bahnt sich an. Herrlich. Urlaubsfeindschaften sind ohnehin viel origineller als Urlaubsbekanntschaften. Ich bestelle bei *Mandy* «One beer and one white wine, please».

Durcheinandertrinken ist übrigens auch ganz gut.

Der Wolfsmann: «Hast du an deine Malariatablette gedacht?»

Wolfsfrau: «Ja, natürlich.»

Wolfsmann: «Gut.»

Sie trinken aus und gehen, ohne mich eines weiteren Blickes zu würdigen.

SMS von C.: «Sitze am Gate. Abflug verzögert sich um eineinhalb Stunden. Mindestens.»

Der mit dunklem Holz getäfelte Speisesaal ist enorm verwinkelt
und verzahnt und verschachtelt. Um einmal an jedem Winkel
gesessen zu haben, müsste man ein halbes Jahr Urlaub machen. Mein Zwergentisch steht direkt an einer Säule. Ich bin der
Einzige, der allein essen muss.

«Herr, Strunk, Herr Strunk!» (Wieder Stimme aus dem
Nichts) «Beschreiben Sie bitte das Buffet.»

«Ja.»

Das kalt-warme Buffet ist sehr groß und anspre-
chend angerichtet. Das Angebot ist riesig; alles sieht
lecker aus: Wenn man genau hinschaut, lassen sich
sicher dreißig Vorspeisen und Salate ausmachen
und bestimmt die gleiche Anzahl an Nachspeisen. Es
ist für jeden Geschmack etwas dabei: Fleisch, Fisch,
Soup of the Day, Eintöpfe, Pizzas, Beilagen aller
Couleur, Nudelspezialitäten aus Bella Italia. Auch
an Kinder und Vegetarier und so wurde gedacht. An
verschiedenen Holzkohlegrills, Woks und Pfannen
kann man sich seine Wünsche *à la minute* brutzeln
lassen. Trotz der hohen Temperaturen tragen die Köche schwere Kochuniformen mit Mütze. In Windeseile schnippeln, schneiden, braten, wenden, rühren,
gießen, filetieren, dünsten, blanchieren sie die Köstlichkeiten aus aller Welt. Einer der Köche überragt
seine Kollegen um Haupteslänge, mit seinen wulsti-
gen Lippen und der fleischigen Nase sieht er aus wie
ein Kannibale aus einem Cartoon.

«Das war wieder sehr schlecht, Herr Strunk, und der rassistische Ausfall am Schluss ganz und gar unerträglich. Belegen Sie bitte einen Kurs für kreatives Schreiben!»

«Kein Geld.»

Da sich ein zufriedenstellender Trainingseffekt nur in Kombination mit gesunder Ernährung erzielen lässt, entscheide ich mich für Steak und kleinen Beilagensalat (Rote Beete, grüne Gurke, gelbe Paprika) ohne Dressing. Der Salat schmeckt nach weniger als gar nichts, es ist, als hätte man dem Gemüse den Eigengeschmack weggezüchtet. Egal. Trennkost nennt man das. Ich werde der erste Mensch sein, der im Urlaub ab- statt zunimmt. Die Leute um mich herum mampfen, schaufeln und stopfen, als bestünde darin der Sinn des Lebens. Als fräßen sie alles, was man ihnen ins Maul stopft. Ich hole mir noch eine Frikadelle ohne alles. Sieht ganz normal aus, schmeckt aber nach nichts. Total ungewürzt. Wie dem auch sei, mein Ernährungskonzept ist dem der anderen Gäste überlegen. Außerdem habe ich einen uneinholbaren Informationsvorsprung: Den größten Erholungswert haben Reisen, auf denen nichts passiert. Nicht tolle Erlebnisse, neue Anregungen oder tolle Urlaubsbekanntschaften bewirken die Erholung, sondern die Nicht-Erkrankung, die körperliche Ruhe und *keine Gewichtszunahme.*

Das alles wissen die nicht.

Das bescheidene Abendmahl ist schnell beendet. Und nun? Ein Unglückswurm, der sich zwecks seelischer Selbstbefingerung bereits um einundzwanzig Uhr im Bett verkriecht? Vor sich eine unförmige Zeitballung, pelzige Dämpfung, Isolationsfolter, funkelnde Stille, Zauber der Leblosigkeit. Liegen, liegen, liegen, bis alles mit allem verklebt?

Nein!

Da bekanntlich Formlosigkeit die Quelle allen Übels ist, beschließe ich, am Unterhaltungsprogramm teilzunehmen. Was wird überhaupt geboten? Einem Aushang an der Rezeption entnehme ich, dass erst Minidisco ist und danach die SUNSET-SHOWBAND zum Tanz aufspielen wird. Auf einem vergilbten Plakat posieren eine Sängerin im Abendkleid und zwei schnauzbärtige, osteuropäisch aussehende Musiker in gelben Hemden, Glitzersakkos und Pluderhosen vor einem Roland-Umhängekeyboard und einer Fender-Stratocaster. Wieso haben die keine einheimische Band? Egal. Genauere Informationen finden sich im Kleingedruckten:

Ewig Musik führte durch Rudi auf seinem Klavier mit einer Note von Frische durch, begleitet von Petr auf der Guitarre und sensationell Vocalist Karin welches deine Körper mit dem Rhythmus ihre Liede umziehen.

Steht da wirklich. Ohne Scheiß.

Vor der Muschel haben sich ungefähr einhundert Leute versammelt. Immerhin. Ich hole mir das nächste Glas Wein (5) und verziehe mich in die letzte Reihe. Im hinteren Teil der Bühne stehen bereits fertig aufgebaut Schlagzeug, Keyboard, Mikro, Bass und Gitarre.

Lautes Wummern kündet vom Beginn der Show. Nach wenigen Takten identifiziere ich den Verona-Feldbusch-Klassiker *Ritmo de la Noche*. Ein Off-Sprecher mit sich vor Begeisterung überschlagender Stimme: «AND NOW: IT'S MINIDISCO TIME! FOR ALL DA KIDS!» Aus den Untiefen des Backstage tanzt sich ein rhythmisch in die Hände klatschendes Animateurspaar, flankiert von einem Dutzend Kindern, in die Mitte der Bühne. Die Kids sind so zwischen sechs und zwölf, nur ein klobiger, großer Rotschopf könnte locker für zwanzig durchgehen. Sein Gesicht scheint aus mehreren, nicht genau passenden Teilen zusammengesetzt. Als wäre sein Kopf wie ein Apfel halbiert und dann nicht genau wieder zusammengefügt worden. Der arme Junge!

Die Kinder machen durch die Bank einen lustlosen Eindruck, nur eine Strebergöre versucht auf affige Erwachsenenart, das Publikum zu animieren. In dem männlichen Animateur erkenne ich einen der Kellner wieder, ein langer Lulatsch, dessen Nussknackerkopf auf einem rippigen Körper sitzt. Topspitzname: Boneman. Wahnsinn, vor ein paar Minuten hat er mich noch bedient, und jetzt sorgt er schon für Las Vegas pur! Seine Partnerin ist Mandy! Die von der Poolbar gerade eben! Die müssen sich in rasender Geschwindigkeit umgezogen haben. Ritmo, Ritmo de la Noche! Fade out. Boneman, aufgedreht, künstlich begeistert:

«WELCOME, LADIES AN GENTLEMEN, BONSOIR, MESDAMES ET MESSIEURS, BUENAS NOCHES, GUTEN ABEND, DAME UND HERRE, NOW IS MINIDISCO FOR ALL DA KIDS! PLEASE PUT YOUR HANDS IN THE AIR!»

Als Nächstes *Hands up*, auch nicht mehr ganz taufrisch. Die Band hieß Ottawan oder so ähnlich. Siebziger. Ich kann den Text auswendig und singe leise mit: Bei *hands up* schütteln die Animateure ihre Hände aus, zu *give me your* machen sie eine fordernde Bewegung, und bei *all your love* werfen sie beide Arme in die Luft und gucken sich dabei verliebt an.

Hands up, baby, hands up, give me your heart, give me, give me your heart, give me, give me all your love, all your love.

Die Choreographie dürfte seit Einführung der Minidisco unverändert sein, jede Bewegung, jeder Handgriff, jede Geste, alles sitzt. Die Kinder machen mehr oder weniger mit, nur der Rotschopf hat Koordinationsschwierigkeiten und rudert verzweifelt mit Beinen und Armen. Boneman leistet Hilfestellung:

«Come on, Meissa, very good.»

«Yeah, Meissa, come on.»

«You got it, Meissa.» Meissa. Der Name passt genauso wenig wie alles andere. Oder gerade. Boneman spricht Meissa seltsam breit und plattdeutsch aus. Meister. Lustig, mir gefällt das, endlich gibt's mal was zu lachen.

Let me be your Romeo, your wonder boy
And your super champ
Let me take you to the milky way
On a holiday, on a holiday
Follow me, why don't you follow me?
Just come my way simply kiss me and say …
Hands up, lala lala, lalalala lalalalala lalalala

Auf *Hands up* folgt der Ententanz mit der allgemein bekannten Choreographie:

- Ellenbogen anwinkeln.
- Daumen und Zeigefinger wie Entenschnäbel auf- und zuklappen.
- Hände auf die Schultern legen und mit den Armen flattern.
- In die Knie gehen und mit den Hüften wackeln.
- Viermal in die Hände klatschen.

Als der Refrain einsetzt, singt mein Vordermann plötzlich mit schneidender Stimme: «Ja, wenn wir alle Englein wärrrrrrren, dann wär die Welt nur halb so schön …» Er rollt die r wie ein Wahnsinniger. Wärrrrrrren. «Wenn wir nur auf die Tugend schwörrrrrrren, dann könnten wir doch gleich schlafen gehen.» Schwörrrrrrren. Selten habe ich jemanden so herzlos singen hören. Weihnachten in der Wolfsschanze, so etwa muss es gewesen sein. Der Führer gibt den Takt an: Und wenn wir alle Englein wärrrrrrren. Goebbels, Himmler und Heydrich halten sich bei den Händen, Göring hat vor lauter Rührung einen Kloß im Hals, seine Stimme stockt. Weiter geht's: Cherry cherry lady, going through emotion, love is where you find it, listen to your heart.

Break. Sämtliche Akteure verlassen die Bühne und ziehen durch die Zuschauerreihen: Hier fliegen gleich die Löcher aus dem Käse, denn nun geht sie los, unsere Polonaise, von Blankenese bis hinter Wuppertal. Wir ziehen los mit ganz großen Schritten, und Erwin fasst der Heidi von hinten an die Schulter.

Ein deutscher Abend.

Den letzten Akt des Dramas bildet eine Art Reise nach Jerusalem: Mandy setzt einem der Kinder einen Strohhut auf, es muss sich einmal um die eigene Achse drehen und den Hut weitergeben. Gimme hope, Jo'anna, gimme ... hope, Jo'anna, gimme hope, Jo'anna, 'fore the morning come. Gimme hope, Jo'anna, gimme ... hope, Jo'anna, hope before the morning come. Daher hat der blöde Vogel es also. Egal. Weiter: I hear she makes all the golden money, to buy new weapons, any shape of guns.

Das Playback stoppt. Ein kleiner Steppke hat den Hut nicht schnell genug weitergegeben und muss ausscheiden. Sofort beginnt er zu plärren und wird von Mandy nach hinten geführt. Kopfschuss. Ein Kind nach dem anderen scheidet aus, bis nur noch die Streberin und der Rotschopf übrig sind. Die Schöne und das Biest. Die Dramaturgie des Abends verlangt ganz klar nach dem Sieg des Glöckners. *Gimme hope.* Eine allerletzte halbe Umdrehung muss er noch schaffen; sobald die eklige Streberin den Hut in beiden Händen hält, wird der DJ die Pausentaste drücken, und der Glöckner hat gewonnen. Doch leidet der neben Koordinations- und Konditionsproblemen auch unter Kreislaufschwäche: Im Moment, als er den Hut weitergeben will, verliert er das Gleichgewicht, taumelt und fällt auf den Po. Großes Gejammer und Geschrei. Ein riesiger Mann mit feuerroten Haaren springt mit einem gewaltigen Satz auf die Bühne und erlöst seinen Sohn. Minidisco Ende.

Sunset schieben ihre Instrumente nach vorn, dann geht's

ohne Ansage los. Rudi stochert in seinem Korg-Synthesizer herum, von Petrs Gitarre ist wenig zu hören, und sensationell Vocalist Karin bedient vorerst nur das Tamburin. Ich hole mir den sechsten Weißwein. Mir wird es für immer ein Rätsel bleiben, wie man ohne Alkohol leben kann. *Looking for Freedom.* Erster Einsatz Karin. ... still the search goes on. David Hasselhoff behauptet, er habe mit diesem Song die Mauer zum Einsturz gebracht. In der Version von Sunset ganz bestimmt, haha. *Self Control* von Laura Branigan. Ein Achtziger-Gassenhauer jagt den nächsten. Wieso haben die kein aktuelles Repertoire? Dann, ich traue meinen Ohren kaum: *Sieben Tränen,* die deutsche Fassung des vergessenen Titels einer vergessenen Band: *Seven Tears* von der Goombay Dance Band: Sieben Tränen muss ein Mädchen weinen, sieben Tränen auf dem Weg zur Frau. Eines Tages muss sie sich entscheiden, wer sie weckt aus ihrem Kindertraum.

Es wird Zeit für mich zu gehen. Jeden Abend Wolfs, Minidisco und Sunset. Das halte ich nicht aus.

WALDNUTTEN

Ich schlafe schlecht. Sehr schlecht sogar. Ist der Ventilator an, kühlt das Apartment binnen Minuten auf arktische Temperaturen ab. Lässt man ihn aus: Schmorhölle. Nachdem ich die halbe Nacht wach gelegen habe, falle ich in den frühen Morgenstunden in einen komatösen Erschöpfungsschlaf, aus dem mich vernehmliches Scharren, Rascheln und Knistern weckt. Ach du Schreck: Ich blicke in die haarlose, pechschwarze Visage einer grünen Meerkatze, die sich gerade eifrig über die Obstschale hermacht. Die Schalen, Kerne und Stiele hat sie im ganzen Zimmer verteilt. Nun stopft sich das Vieh ein großes Stück Banane in sein verdammtes Affenmaul und fixiert mich dabei ungerührt. Ich versuche, es mit halbherzigen «Buh»- und «Schschsch»-Rufen zu verscheuchen, für eine offensivere Gangart fehlt mir der Mut. Ich habe Angst, gebissen zu werden. Der Affe macht ein Gesicht, als wolle er mich auslachen, dann setzt er in aller Seelenruhe seine Mahlzeit fort. Und nun? Lässt man sich von einem verdammten Primaten in Schach halten. Ist das furchtbar alles. Der Affe frisst und frisst und frisst. Neue Strategie meinerseits: «Hontschipontschi, pfui. Hontschipontschi, nein.» Die Decke wie einen Schutzschild vor mich haltend und gebetsmühlenhaft meinen satanischen Vers aufsagend, bewege ich mich erzlangsam auf das Viech zu, bis es mit einem hohen Fiepen durch die Balkontür flüchtet. Ab jetzt bleiben Türen und Fenster Tag und Nacht geschlossen. Auch nicht schön. Wenn ich wenigstens einen eigenen Koffer hätte mit was drin!

7 Uhr 53. Noch nicht mal acht. Da kann ich mich ja guten Gewissens wieder aufs Ohr legen. Banger Blick aufs Handy. Kein entgangener Anruf, keine SMS, keine MMS, kein Sendeprotokoll, kein Nichts. Das war's, mein Schicksal ist besiegelt, C. wird nicht mehr kommen. Aua, aua. Der Muskelkater ist wirklich verheerend, ich kann kaum den Kopf drehen. Morgen wird es noch schlimmer werden. Trotzdem: weitertrainieren! Auf dem Tisch stehen die beiden Biere. Soll ich? Nein! Obwohl, eigentlich ist es ja auch schon egal. Ich falle in einen unruhigen Schlummer, aus dem ich durch das SMS-Signal meines Handys gerissen werde: *Bitte werfen Sie eine Münze ein!*, ein Sample aus dem Film *Kein Pardon*. Allein deshalb freue ich mich über jede SMS. Obwohl das auch schon wieder Quatsch ist, denn eigentlich freut man sich über jede SMS, und wenn es nur Informationen über die Punkte sind, die demnächst verfallen. Egal:

«Gleich da.»

Juhu! Jippie! Hossa! Ich bin gerettet. Mein lieber, lieber Freund hat es allen Widrigkeiten zum Trotz geschafft! Jetzt wird tatsächlich in echt doch noch alles gut! Ich eile das Treppenhaus hinunter, um ihm bereits an der Rezeption einen herzlichen Empfang zu bereiten, zu spät, er schlurft schon in Begleitung eines Kofferträgers Richtung Dumbohaus E. Als er mich sieht, hebt er kurz die Hand zum Gruß, meinen Umarmungsversuch weist er mit der Begründung zurück, er habe sich in die Hose gemacht. In fünfzehn Minuten erwarte er mich am Pool.

«Ja, klar», sage ich, «wie du willst. Es ist so schön, dass du endlich da bist. Wie geht's dir denn jetzt?»

75

Er deutet auf seine Ohren. «Komplett dicht. Beide. Ich höre praktisch nichts mehr.»

«Wie, dicht? Seit wann?»

«Während des Starts sind beide Ohren zugegangen. Ich habe mir in dem scheißkalten Zimmer was weggeholt.»

«Mmh. Aber hier ist es doch ganz schön. Wie ist denn dein erster Eindruck?»

«Ich habe keinen ersten Eindruck.»

«Ach so.»

«Alles Weitere später. Also, bis gleich am Pool. Servus.»

«Ahoi.»

Herzlich ist was anderes. Und Wiedersehensfreude auch. Und Erleichterung auch, Ohren hin, Ohren her. Wenn ich ihn nicht so gut kennen würde, wäre ich ernsthaft beleidigt. Er hat mir mal gesteckt, dass er so lange den Unsympathen gemimt hat, bis er *tatsächlich* einer geworden ist. Die ersten Tage mit C. sind, gerade wenn wir uns länger nicht gesehen haben, immer etwas schwergängig, doch dann, wenn wir uns aneinander gewöhnt haben, stellt sich ein wunderbarer Gleichklang ein, es liegt keinerlei Anstrengung in unserem Umgang. Und wir müssen uns nichts vormachen. Und wir müssen uns nicht anlügen. Die Eltern muss man anlügen, die Frau sowieso, vorausgesetzt, man hat Interesse am Fortbestehen der Beziehung. Und viele andere auch. Nur C. nicht.

Aber wenn er nun wirklich krank ist? Beide Ohren zu, das hört sich gar nicht gut an. Obwohl, kann passieren, erst mal abwarten, die Ohren werden schon wieder aufgehen. Zur Feier des Tages gönne ich mir eine Extradusche. Das tut gut. Geheimnis Urlaubsdusche. Aus irgendwelchen Gründen fühlt man sich in der Fremde immer schmutziger als daheim. Angstschweiß, vermischt mit Sonnencreme und allerlei geheimnisvollen Ausdünstungen. Urlaubswahrheit Nr. 24: Nie fühlt man sich sauberer als nach einer Urlaubsdusche! Ich gönne mir eine Rasur. Und eine ausgiebige Haarwäsche. Die Nägel schneide ich mir auch. Dann tippele ich mit nassen Haaren ins Wohnzimmer. *Bitte werfen Sie eine Münze ein!* In der Zwischenzeit sind sage und schreibe 5 (in Worten: fünf) SMS aufgelaufen. Inhalt: Fragezeichen. SMS Nr. 1: ein Fragezeichen. SMS Nr. 2: zwei Fragezeichen. Usw. Die Hälfte aller Kurzmitteilungen, die ich von C. in meinem Leben erhalten habe, besteht aus Fragezeichen. Ohne Punkt und Komma oder sonstige Zusätze. Zuerst habe ich es für eine Art subtilen Spaß gehalten, Big-Styler-Humor auf extrahohem Niveau, doch das war eine Täuschung, denn mit Fragezeichen macht C. keine Späße. Ich hetze zum Pool, wo er gerade SMS Nr. 6 vorbereitet. Er schaut mich fassungslos an, schüttelt den Kopf und sagt mit Blick auf die Uhr:

«Neun Uhr zwanzig. Ein Wahnsinn. Bereits am ersten Tag Verspätung.»

«Ich dachte, du brauchst länger.»

«Was soll das? Wie lange kennen wir uns jetzt? Fünfzehn Minuten waren ausgemacht. Eine Viertelstunde. Dreimal fünf Minuten. Ich gehe davon aus, dass es sich um einen einmaligen Ausrutscher handelt.»

«Jaja. Wie geht's den Ohren?»

«Von einer frischen Unterhose gehen die Ohren leider auch nicht auf.»

Erregt deutet er auf den Holzelefanten, der neben ihm auf dem Tischchen liegt.

«Hier, schau dir das an! Riesengroß, sperrig. Wiegt mindestens ein Pfund. Schikane. Zeig mir die Hosentasche, in der man so etwas mit sich führen kann.»

Ich zucke mit den Schultern.

«Ewiges Ärgernis Hotelschlüssel. Um halb zehn wird das Buffet dichtgemacht. Los, Abmarsch, ich hab Hunger.»

So habe ich ihn ja noch nie erlebt. Aber nach den Strapazen ist es wohl kein Wunder. Ich muss ihm Zeit lassen, um runterzukommen.

Unablässig *eins, zwo* oder *eins, zwo, drei* oder *eins, zwo, drei, vier* oder *drei, vier* vor sich hin murmelnd schreitet er voran. Alle paar Sekunden sperrt er in Karpfenmanier seinen Kiefer auf und zu.

«Eins, zwo, drei. Eins, zwo.»

«Was soll das mit dem eins, zwo?»

«Ich hab das Gefühl, es könnte helfen. Dass sich die Sperre plötzlich löst. Der Pfropfen. Verstehst du?»

«Nein.»

So ein Quatsch.

Am Buffet wählt C. eine hochkalorische Variante mit ham, eggs, bacon, ketchup, bread, butter, coffee with milk. Ich begnüge mich mit frischem Obst. Misstrauisch linst er zu mir herüber.

«Was ist los mit dir, Bursche? Warum isst du nichts?»

«Ich ess ja. Aber eben anders. Trennkost. So ein Urlaub ist die ideale Gelegenheit, um mal ein anderes Ernährungskonzept auszuprobieren.»

«Aha, interessant. Trennkost. Du weißt doch gar nicht, was das ist.»

«Doch. Eiweiß und Kohlenhydrate nie zusammen. Ansonsten gibt es keine Einschränkungen. Natürlich ist es trotzdem ratsam, die Ernährungspyramide umzustellen.»

«Was? Was für ein Vieh?»

«Die Ernährungspyramide. In welchem Mengenverhältnis zueinander verschiedene Nahrungsmittel konsumiert werden sollten, wenn man sich gesund ernähren will»

«Dann mach mal. Ich bleibe bei *meiner* Pyramide, die

schmeckt wenigstens. In meinem Zustand bedeutet nämlich schmackhaftes Essen die einzig verbliebene Freude.»

Mit der Begründung, *total ausgehungert* zu sein, holt er sich Nachschlag: Rührei mit Schinken, Würstchen, Toast. Dazu eine Handvoll Miniatur-Ketchuptütchen, fünf Milliliter, oder drei oder einer. Ich habe noch niemals so winzig kleine Tütchen gesehen. Wer in Gottes Namen erfindet so einen Schwachsinn? Und ohne Kerbe zum Aufreißen. Fluchend versucht C., der Zwergentütchen Herr zu werden, bei jedem Aufreißen gibt es einen obszönen und saftigen Schmatzer. Eine zeitraubende, trostlose Plackerei, bei der die Hälfte danebengeht, Hemd und Hose sind bald total eingesaut. Nachdem er die Vorbereitungen abgeschlossen hat, schiebt er sich, fortwährend *eins, zwo* murmelnd, die Sachen in rasender Geschwindigkeit rein. Ab und an unterbricht er die Schaufelei, schaut mich hilfesuchend an und deutet achselzuckend auf seine Ohren. Lässt sich ein trostloseres Frühstück vorstellen? Es läuft jetzt schon schief, was schieflaufen kann: Krankheit, Gewichtszunahme, außerplanmäßige Ausgaben.

Zu meiner Überraschung plädiert C. dafür, die auf elf Uhr anberaumte Welcome-Veranstaltung aufzusuchen; vielleicht, so seine Begründung, wären die gar nicht so sinnlos, wie bisher immer angenommen. Bis es so weit sei, wolle er sich ausruhen. Ob er «mich auffordern dürfe, ihm ein wenig Gesellschaft zu leisten». Je weniger es drauf ankommt, desto gestelzter fällt bei C. die Sprache aus, desto förmlicher das Benehmen.

Ab zum Big Pool. C. schwimmt, seinen Kopf krampfhaft über Wasser haltend, eine halbe Bahn, klettert ungeschickt über den Beckenrand und lässt sich in Käfermanier auf die Liege plumpsen. Verzweifelt deutet er auf seine Ohren.

«Wenn ich mit dem Kopf untertauche, bin ich ganz hinüber.»

Er steckt sich eine Zigarette an. Schweigen. Hitze. Senioren. Ein zusammengeschrumpeltes, schwarzbraun gebranntes Greisenpärchen liest quasi synchron in der Bildzeitung vom Vortage; synchron blättern sie auch um. Das ist Timing, denke ich, besser kann man nicht aufeinander eingespielt sein. Mann und Frau, Frau und Mann. Die schlohweißen Borsten, die ihm aus den bizarrsten Stellen seines Körpers sprießen, heben sich deutlich von der verkohlten Haut ab. Seine Frau hat ein frisch gestochenes Seepferdchen auf der Wade. Ätzender Trend, dass sich jetzt auch Greise tätowieren lassen. Wollen einfach nicht alt werden, die Alten. Hochbetagt besteigen sie den Mount Everest, lassen sich mit Ende neunzig immatrikulieren, wissen einfach nicht, wohin mit der sinnlosen Lebenserwartung. Blätter, blätter, raschel. Ich kann die Schlagzeile auf der Titelseite erkennen: SO VIEL KRIEGEN RENTNER WENIGER. Der Mann reckt seinen faltigen Schildkrötenhals und schaut missmutig in die Runde. Ich mache so unauffällig wie möglich ein Foto.

«Was machst du da, Bursche?»

Ich zeige C. das Bild. Er reagiert überraschend humorlos:

«Auch du wirst einmal alt und bist dann froh, wenn Vater Staat für dich sorgt.»

«Für mich muss niemand sorgen und Vater Staat schon gar nicht. Falls es dich interessiert: Laut meinem letzten Bescheid habe ich beim Renteneintrittsalter monatlich 164 Euro zu erwarten.»

«Da wirst du nicht weit mit kommen.»

«Weiß ich selber. Aber nenn mir nur einen bedeutenden Menschen, der in Rente gegangen wäre. Goethe, Picasso, Freud, Darwin, Kant, Bach, die haben gearbeitet, bis sie tot umgefallen sind. Einstein, der Unkraut zupft und sich auf die nächste Mahlzeit freut. Absurd.»

«Absurd finde ich allerdings, dass du dich in eine Reihe mit Universalgenies stellst. Und ich darf dich daran erinnern, dass Freud an einer sehr schmerzhaften Form von Zungenkrebs verreckt ist.»

«Was hat das denn damit zu tun?»

«Gleich drei viertel elf. Wir müssen los.»

Der Welcomedrink ist ein ekliger, dickflüssiger Schleim und erinnert von Aussehen, Geschmack und Konsistenz her an den Getränkesirup Tri Top. Wenn ich mich recht erinnere, reichte ca. eine halbe Verschlusskappe für ca. einhundert Liter Fruchtjauche, Tri Top dürfte somit das billigste Getränk der Welt gewesen sein. Zum Glück schon lange Geschichte. Oder behauptet sich Tri Top inzwischen im gutsortierten Fachhandel als Kultgetränk? Nachdem endlich Ruhe eingekehrt ist, scharwenzelt Boneman (BONEMAN!) zu einem provisorischen Rednerpult! Allzweckwaffe Boneman, Wundermensch Boneman. Kellner, Animateur, Teacher, Entertainer. In der folgenden halben Stunde erfahren wir alles Wissenswerte über Surfing, Horse-Riding, Swimming with Dolphins, Safari und natürlich Buckelwale. Als er fertig ist, übergibt er das Wort an einen gewissen Walter, der sich als gebürtiger Schweizer vorstellt und einen vierstündigen Angelausflug anbietet. Die Fische könne man abends vom Koch zubereiten lassen. O-Ton Walter: «Es hat mich vor nunmehr zweiundzwanzig Jahren nach Kenia verschlagen, und glauben Sie mir, es ist eines der schönsten Länder der Welt. Und außerdem: Wenn Gott gewollt hätte, dass ich Kellner geworden wäre, hätte er keine Restaurants erfunden.» Ein Witz. Walter schmunzelt und blickt in leere Gesichter. Typisch deutsch, humorlos bis ins Mark. Das war's dann mit Welcome. Die

81

Gäste stellen ihre Gläser ab und bilden wie auf Kommando kleine Gruppen. Fröhlich schnatternd stehen sie beieinander und benehmen sich wie alte Bekannte. Schnatter, schnatter, plapper, plapper, tuschel, tuschel. Offenbar wurden bereits erste Freundschaften geschlossen. Wie, wann, wo? Ich habe nichts davon mitbekommen! Schweinerei. Mein Außenseiterstatus auf ewig zementiert. Die negative Strahlung des Ungeselligen. Ich verströme eine Aura des Überflüssigseins, meine Anwesenheit irritiert die anderen, sie möchten, dass ich weggehe. Jahre könnte ich hier verbringen, ohne auch nur einen einzigen Menschen kennenzulernen. Beunruhigend. Halb zwölf, noch eineinhalb Stunden bis zum Mittagstisch.

«Darf ich dich nach deinen heutigen Plänen befragen?»

Eine seiner gebräuchlichsten Formulierungen: «Darf ich dich befragen ...» Nicht: «Was machen wir jetzt?» oder «Und nun?» oder «Hast du irgend'ne Idee?» C. fragt nicht, er befragt. Er lädt auch gerne ein, allerdings werden Einladungen grundsätzlich nur dann ausgesprochen, wenn sie ihn nichts kosten. «Darf ich dich einladen, mich an den Pool zu begleiten?/Darf ich dich einladen, mit mir gemeinsam das Mittagessen einzunehmen?» Und, Gipfel C.'scher Einladungskultur: «Darf ich dich einladen, einen Blick aufs Meer zu werfen?»

«Pläne? Um 13 Uhr 30 Mittagstisch, danach Pool, 16 Uhr Tasse Cappuccino am Kaffeerund.»

C. nickt. Jeder andere hätte beim Wort Kaffeerund gestutzt; er jedoch scheint genau zu wissen, was gemeint ist. So was ist wiederum gut und wichtig, ganz wichtig und gut. Und angenehm. Und überhaupt. Er schaut kopfschüttelnd auf sein Handy.

«Seit Stunden hat mich außer A. weder jemand angerufen noch mir eine SMS geschickt.» A. ist seine Freundin.

«Man darf eben niemandem erzählen, dass man wegfährt, schon gar nicht, wenn es auf einen anderen Kontinent geht. Die Leute ruinieren sich doch nicht freiwillig.»

«Wir sind achttausend Kilometer von der Heimat entfernt, da ist es doch ganz normal, wenn man sich isoliert fühlt.»

«Ja.»

Wir schlurfen zurück zum Pool.

«Eins, zwo, eins, zwo, drei, vier.»

C. raucht trotz Krankheit eine nach der anderen.

«Bursche?»

«Ja?»

«Wir sollten den Realitäten ins Auge schauen. Ich bin krank, du bist ohne Gepäck, das Hotel entspricht keinesfalls den Erwartungen. Wenn wir der Reise noch etwas Sinn einhauchen wollen, sollten wir zügig die Arbeit am Drehbuch aufnehmen.»

«Wie, wann? Gleich heute schon?»

«Worauf willst du warten? Uns bleiben abzüglich des Rückreisetages gerade mal eben zehn Tage. Das ist einigermaßen wenig für ein Treatment.»

«Hast ja recht.»

Ich erläutere ihm meine Idee mit dem Lebensborn, er zeigt sich wenig begeistert.

«Ach, Nazikram, das ist doch total durchgenudelt, will kein Mensch mehr sehen. Warum versuchen wir uns nicht mal an einer hundertprozentigen Komödie ohne Netz und doppelten Boden. Pointierte Dialoge, überraschende Wendepunkte, Verwicklungen, Albernheiten am laufenden Band. Pass auf: Ich nenne jetzt ein Stichwort, und du sagst, ob es klick macht: Pudelwettbewerb. Die 21. Pudel Open, also offen für Amateure und Profis.»

«Klack. Erzähl mal.»

«Drei Männer, drei Pudel, drei Motive. Ich spiele einen nervösen Unsympathen, du einen aggressiven Unterschichtstypen und unser Freund D. einen melancholischen Eigenbrötler.»

«Weiter.»

«Ich bin Graf Dracul, Nachfahre des originalen Dracula, ein erzkonservativer Tiroler Hundesalonbesitzer.»

«Graf Dracul, wie klingt denn das? Das ist doch Sesamstraße!»

«Jo. Komödien leben von Übertreibungen und Filme von Behauptungen. Weiter: D. ist Radiomoderator, der deutsche Sidekick eines beliebten österreichischen Morning-Man. Seine im Grunde genommen einzige Funktion ist es, sich zur Gaudi der Hörerschaft demütigen zu lassen.»

«Ja.»

«Was ja?»

«Mach mal weiter.»

«Du besitzt selbst keinen Hund, sondern begleitest lediglich deine Freundin, ein bekanntes österreichisches Pornostarlet, das seit Jahren im Hamburger Exil lebt. Eure Beziehung kriselt, und du begleitest sie, weil du für gute Stimmung sorgen willst. Ein Liebeswochenende im schönen Wien.»

«Aha, Wien.»

«Der ganze Film spielt an nur einem Wochenende. Ich werde nach dem Mittagstisch im Netz recherchieren.»

«Wie recherchieren, was recherchieren?»

«Wie das zugeht auf solchen Wettbewerben. Fachbegriffe, Pudellatein, wir müssen uns in die Materie einarbeiten.»

«Von mir aus. Die Reise wäre damit allerdings endgültig keine Urlaubs-, sondern eine Dienstreise, ein Arbeitsurlaub.»

«Nenn es, wie du willst. Jetzt würde ich gern ein Bad im Indischen Ozean nehmen und darf dich einladen, mich zu begleiten.»

Das Wasser ist kochend heiß, dreißig Grad, fünfunddreißig, was weiß ich. Und total verschmutzt. So, wie man sich Reaktorkühlwasser vorstellt. Naja, bestimmt wird's irgendwann kühler. Sauberer, tiefer. Latsch, watschel, stelz. Nix, das Meer bleibt flach wie Oskar, es kommt mir im Gegenteil vor, als würde die Brühe heißer und heißer. Und heißer und heißer und heißer. Hat keinen Zweck. Aufgabe. Umkehr. Kurz bevor wir den Strand erreicht haben, setzt sich C. unvermittelt hin. Bis zum Bauchnabel hockt er im Wasser. Das sieht vielleicht bescheuert aus.

«Was ist, was machst du da?»

«Siehst du doch. Ein Sitzbad. Im Meer *schwimmen* fällt ja wohl offensichtlich flach. Aber mit einem Sitzbad lässt sich dem *Abenteuer Ozean* auch etwas abgewinnen.»

Meine Güte, Sitzbad. Kaffeerund, Dienstreise. Deutsche im Urlaub. Egal. Ich setze mich zu ihm. Schweigen. Wellenplätschern. Hitze. Angeleint an eine Palme stehen zwei Kamele und warten auf ihren nächsten Ausritt.

C., nach einer Weile: «Siehst du da die Kamele?»

«Ja, sicher seh ich die.»

Pause. C. starrt und starrt und starrt. Schließlich:

«Ich frage mich, ob Tiere politisch eher rechts stehen oder eher links.»

Pause. Er beantwortet sich die Frage selber:

«Beides denkbar.»

Unser Gespräch kommt auf die R T L-Dokusoaps *Raus aus den Schulden* und *Rach, der Restauranttester*. C. vertritt die Meinung, Schuldenexperte Peter Zwegat sei eine grundehrliche Haut, dem die Schicksale seiner Klienten wirklich zu Herzen gingen, Rach hingegen eine unsympathische Sau.

«Das ist doch völlig überzogen. Dass er nicht sympathisch ist, ist das eine, aber ihn deswegen gleich als unsympathische Sau zu bezeichnen?»

«Rach ist ein Arschloch, wie es im Buche steht, Punkt, aus. Restauranttester, so ein öder Scheiß. Dich hingegen könnte ich mir in so einem Format sehr gut vorstellen. Strunk, der Kaugummiautomatentester.»

«Was soll das denn sein?»

«Ist doch ganz einfach: Dich ereilt der Hilferuf eines verzweifelten Kaugummiautomatenaufstellers. Die Geräte sind Jahrzehnte alt, das Drehdingens ist verrostet, der Schacht verstopft. Die Kaugummis, steinhart, lassen sich nicht kauen oder zerfallen bei der kleinsten Berührung. Das Spielzeug ist veraltet. Und so weiter. Und jetzt kommst du!»

«Bauherr sucht Frau.»

«Was, wieso? Grundfalsch. Nicht *Bauer sucht Frau*. Strunk, der Kaugummiautomatentester.»

«Nicht Bauer, sondern Bauherr.»

«Nein, grundfalsch. Strunk testet. Nächster Vorschlag: Strunk, der Telefonzellentester. Kabel rausgerissen, Scheibe zersplittert, Telefonbücher zerfleddert. Da kann nur Strunk helfen.»

«Ja.»

«Das absolute Gegenteil von Freunden sind Bekannte. Bekannte sind das Allerschlimmste, ich verabscheue nichts mehr als zufällige Begegnungen mit ehemaligen Schulfreunden. Da sind mir völlig Unbekannte, die einem nachts irgendwo besoffen über den Weg laufen, tausendmal lieber.»

«Ja.»

Pause.

«Ach so. Ja.»

Pause.

«Wusstest du, dass nur sieben Prozent der Menschen auf Worte und Aussagen reagieren? Tonfall und Stimme beeinflussen das Urteil zu achtunddreißig Prozent, den Rest – fünfundfünfzig Prozent – prägen Körperhaltung, Gesten, Gang und Mimik.»

«Ach so.»

Pause.

«Was ist eigentlich der Unterschied zwischen Sorgen und Problemen? Weiß ich gar nicht so genau. Komisch.»

«Ja, komisch.»

Pause.

«Alkoholismus ist der Imperialismus des kleinen Mannes.»

«Klingt gut.»

Auf höchstem Niveau wenig oder nichts zu sagen, das zeichnet das gute Gespräch aus.

Als ich den Fluten entsteige, verströmt mein Körper einen widerlichen Gestank, als wäre ich kontaminiert. So könnte man sich die Hölle auch vorstellen: verdammt zu sein, bis in alle Ewigkeit als gallertiger Organismus in einem unbeweglichen, stinkenden Zwielichtmeer schwimmen zu müssen.

Da ich nicht den geringsten Appetit habe, schlage ich vor, den Mittagstisch ausfallen zu lassen. C. ist einverstanden und kündigt an, sich zwecks Netzrecherche ins Internetcafé zu begeben. Punkt 14 Uhr 30 dann *wünscht er mich zur nachmittäglichen Arbeitseinheit am Pool zu begrüßen.* Er beendet das Bad und verschwindet Richtung Dumbohaus. Ich stinke, dass mir schlecht wird. Mehrmaliges Duschen, Ströme von Wasser rinnen als schmutzig-bräunliche Brühe an mir herunter.

Bereits fünf Minuten vor der verabredeten Zeit finde ich mich am Big Pool ein. C.s Zustand hat sich verschlechtert, er ächzt, stöhnt, schnauft, rasselt, schnieft und klagt über Halsschmerzen, Tropfnase und dichte Ohren. Er habe ein *manifestes Krankheitsempfinden.* Immer noch benutzt er das gleiche schmuddelige, durchweichte Papiertaschentuch von vorhin. Wir beschließen, die nachmittägliche Arbeitseinheit am Ozean abzuhalten. Hotelanlage und Strand sind durch ein schmales, muffiges Bächlein getrennt, das von einer wackligen Holzbrücke überspannt wird.

Am Übergang steht ein Wachhäuschen, vor dem zwei in paramilitärische Uniformen gewandete Grüßauguste herumlümmeln.

Grüßaugust 1: «HELLO, AMIGOS, WHERE DO YOU COME FROM? HOW ARE YOU?»

Ich, leise: «I am from Germany, he comes from Austria.»

Grüßaugust 2: «HAHA, DEUTSCH, SEHR GUT. SCHWEINEHUND, ACHTUNG, ACHTUNG! ALLES KLAR!»

Blöd, wie wir sind, grinsen wir. Was sind wir nur für Schwächlinge. Wir beziehen zwei Liegen und saugen die neuen Eindrücke in uns auf. Eine kleine Gruppe rotgekleideter, mit Speeren gerüsteter junger Männer geht feierlich an uns vorbei. C. erklärt mir, es handele sich um Massaikrieger. Aha. Ja, Massai reden praktisch nie und gelten als außerordentlich gerecht.

«Die Massai glauben, der Regengott Ngai habe ihnen alle Rinder dieser Erde überlassen, woraus folgt, dass alle anderen Rinderbesitzer Viehdiebe sind. Daraus leiten sie das Recht ab, anderen Völkern die Rinder gewaltsam abzunehmen.»

«Das denkst du dir doch gerade aus!»

«Glaubst du, dass ich mir in meinem Zustand irgendwelchen Hokuspokus erfinde? Glaubst du das wirklich?»

«Klingt zumindest sehr unwahrscheinlich.»

«Die Kultur der Massai dreht sich ums Rind. Das Trinken von Rinderblut gehört dazu. Dabei wird dem Rind der Kopf festgehalten und mit einem Pfeil die Halsvene angeritzt, aber nicht durchtrennt. Nach der Entnahme von zwei Litern Blut wird das Rind verbunden und lebt weiter. Nach Zugabe von Milch wird das Gefäß geschüttelt, um die Bildung eines Blutkuchens zu verhindern.»

«Ja, ist ja gut.»

«Du interessierst dich also nicht für die Kultur des Landes, dessen Gast du bist?»

«Nein. Doch. Natürlich.»

Schweigen. Hitze. Vogelkreischen.

Um uns herum schleichen unentwegt fliegende Händler, deren blau-gelbe Hemden sie als Mitarbeiter der *Nyali Dorada Crew* ausweisen. Die Männer verkaufen T-Shirts, Bilder, Teppiche, Puppen und allen nur denkbaren Nippes, die Frauen haben mobile Massage, Pediküre, Maniküre und *Dreadlockflechten* im Angebot. Dann gibt es noch eine winzige Hütte, in der man sich mit einer *Ocean-Massage* verwöhnen lassen kann.

Ein großer, finster blickender Mann, wohl so etwas wie der Chefverkäufer, schreitet in Riesenschritten über den Strand und preist Affenpuppen an. Alle paar Meter bleibt er stehen, stellt sich auf die Zehenspitzen, verrenkt seinen Oberkörper und intoniert einen langgezogenen Shout: «I'VE GOT THE MONKEYYYYYYYS. MONKEY SEEEEE, MONKEY DOOO.» Gleich nochmal: «I'VE GOT THE MONKEYYYYYYYS. MONKEY SEEEEE, MONKEY DOOO.» Und nochmal: «I'VE GOT THE MONKEYYYYYYYS. MONKEY SEEEEE, MONKEY DOOO.» C. zündet sich eine Zigarette an und macht mich mit den Ergebnissen seiner Recherchen vertraut: Widerrist und Kruppe sollten im Idealfall auf gleicher Höhe sein. Ich erfahre, was Wurfbuch, Ahnentafel, Gangwerk, Vorführleine und Leipziger Lefzen sind. Dass sich Pudel besser als jede andere Rasse als Lawinen-, Blinden-, Drogen-, Katastrophen- und Leichensuchhunde einsetzen lassen. Dass Pudel Wasserhunde sind (Pudel kommt von puddeln, was in manchen Mundarten so viel bedeutet wie *im Wasser planschen*). Dass Pudel als rassisch minderwertig gelten, wenn sie durch einen Karpfenrücken entstellt sind, Verzwergungsmerkmale aufweisen oder zu kleine Nasenschwämme. Dass Hunde mit Ramsnase, Staupegebiss, Apfelköpfen oder Glotzaugen chancenlos sind.

«Apfelköpfe? Ich glaub, ich hör nicht richtig. Das ist ja Naziterminologie. Ich dachte, wir wollten extra *keinen* Nazifilm machen.»

«Jaja, machen wir doch auch nicht. Solche Begriffe werden selbstredend nicht verwendet. Wichtig ist nur, dass *wir* Bescheid wissen. Ich hab übrigens 'nen guten Namen für den Radiotypen: Pit Steiger. Hat bereits viertausend Sendungen auf dem Buckel, sein einziger Freund ist der Taxifahrer, der ihn jeden Morgen zum Sender bringt.»

«Und was ist das für ein Typ?»

«Wer? Pit oder der Taxifahrer?»

«Der Taxifahrer.»

«Keine Ahnung.»

«Ein afghanischer Student im tausendsten Semester. Mit den Jahren sind sie Freunde geworden. Pit wird sogar zu Familienfeierlichkeiten eingeladen. Was hältst du davon: Der ganze Stolz der Familie ist ein Pudel, ziemliches Mittelmaß, aber sie sind felsenfest davon überzeugt, dass er nur deshalb nie gewinnt, weil sie als Afghanen vom Juryvorsitzenden gemobbt werden. Jetzt soll Pit den Hund zum Sieg führen und gleichzeitig den Vorsitzenden als Rassisten enttarnen!»

«Sehr gut, Bursche. Du scheinst das Prinzip einer Komödie begriffen zu haben.»

«Jaja. Sehr witzig.»

«Sei nicht so empfindlich. Wir brauchen auch noch vier oder fünf andere Teilnehmer. Vorschläge?»

«Neureiche Russin mit sündhaft teurem Elitehund, eine bereits zum Inventar zählende Oma, ein debiler Hinterwäldler und ein Kind.»

I GOT THE MONKEYS. MONKEY SEEEEE, MONKEY DOOO.

C. steckt sich die nächste Zigarette an und macht einen zufriedenen Eindruck. Nichts pumpt einen mehr auf als gute Ideen. Außer vielleicht die schweren Omicron-Hanteln. Genüsslich lässt C. den Rauch vom Mund in die Nase steigen. Ich würde jetzt auch gern eine rauchen, zur Belohnung. Geht nicht, schade. Das Leben besteht aus der Summe der versagten Genüsse. C. schlägt vor, es für heute seinzulassen. Ruhe auf dem Zimmer, 19 Uhr Poolbar.

Zeit für die tägliche Trainingseinheit, in deren Mittelpunkt heute Bauchmuskeltraining steht: Diagonalcrunch mit wechselnden Beinbeugen, Scherencrunch, Grätschcrunch und Bodendrücker. Meine Sprache, meine Welt: Höchstkontraktion (Peak contraction). Schockprinzip. Super Sets. Abnehmende Sätze (Staggering Sets). Teilwiederholungen (Burns).

Ich habe kürzlich irgendwo gelesen, dass man sich ein Sixpack auch transplantieren lassen kann. Ein Schwabbelbauch, auf den ein Waschbrett montiert ist, stelle ich mir lustig vor.

19 Uhr. Poolbar. Wir vs. Ehepaar Wolf. Vielleicht heißen sie gar nicht Wolf, sondern Garbers. Naumann. Lohse. Sehl. Sie schauen demonstrativ weg. Man kann unsere Feindschaft körperlich spüren. Wir werden jeden Abend um Punkt 19 Uhr antreten und unsere Kräfte messen, bis eine der Parteien ihre Kapitulation durch Wegbleiben signalisiert. *Wir werden es nicht sein.* Wir sind den Wolfs überlegen, unser Lebenskonzept, was auch immer das sein mag, ist stimmiger, durchsetzungsfähiger, flexibler. Typen wie wir überleben einen Krieg, während

91

Wolfs zu den Opfern der ersten Stunde zählen. Sie stoßen an. Cola / Fruchtsaft. Das ist also neben vielen anderen ihr eigentliches Problem: Wolfs sind Abstinenzler, Antialkoholiker, Nichttrinker. Mit Leuten, die keinen Alkohol trinken, stimmt etwas Grundsätzliches nicht. Wolfs sehen das natürlich ganz verquer, für sie ist es normal, nicht zu trinken, sie glauben, dass mit uns etwas nicht stimmt.

Ich (leise): «Was die wohl von uns denken?»

«Dass wir Sextouristen sind. Oder stockschwul. Oder beides.» Er hebt demonstrativ die Stimme, damit Wolfs es ja auch mitbekommen: «Bursche, Frage. Stell dir vor, ein Platz, ein Marktplatz zum Beispiel, auf dem bereits mehrere Rettungssanitäter und Ärzte versammelt sind, ein Krankenwagen wartet mit laufendem Motor. Frage also: Würdest du dir für 750 000 Euro in den Bauch schießen lassen?»

«In den Bauch?»

«In den Bauch. Aus einem Meter Entfernung. Du wirst es wahrscheinlich überleben, Notoperation noch vor Ort, dann auf dem kürzesten Weg ins Krankenhaus.»

«Aber wenn die Hauptarterie getroffen wird? 750 000 sind zu wenig. Eineinhalb Millionen.»

«Nein, die Summe ist nicht verhandelbar. Also du würdest es nicht machen?»

Die Wolfs schauen angeekelt weg.

«Nächste Frage: Würdest du für eine Million Euro zwanzig IQ-Punkte abgeben?»

Ich schaue fragend.

«Gell, da musst du überlegen. Das Problem ist, dass die allermeisten Menschen ihren IQ nicht kennen. Wenn du beispielsweise von einhundertsechzig auf einhundertvierzig plumpst, merkst du das gar nicht, aber von hundert auf achtzig kommt einer geistigen Behinderung gleich.»

«Nee, würde ich nicht. Ich fürchte nämlich, dass ich keinen besonders hohen IQ habe.»

«Gut, also auch nicht.»

Die Wolfs gehen, ohne auszutrinken.

Auch beim Abendessen bleibe ich meinem neuen Ernährungskonzept treu: gedünsteter Fisch mit Salat. Auf C.s Teller identifiziere ich Rinderbraten, Hähnchen, Auberginen-Tomaten-Gemüse, Salzkartoffeln und Lasagne. Als er meine kritischen Blicke bemerkt, schaut er mich kiebig an: «Ich verbitte mir jegliche gehässige Bemerkung. Morgen schaltet mein Körper auf Fettverbrennung um, und ich mag dann nur noch ganz kleine Portionen. Mein Stoffwechsel befindet sich im Gegensatz zu deinem nämlich im Gleichgewicht.»

Er hat das Oberhemd vorausschauend gegen ein schwarzes Tanktop eingetauscht und seine Ketchuptütchenaufreißtechnik so weiterentwickelt, dass er die Mahlzeit mehr oder weniger kleckerfrei übersteht. Zum Nachtisch gönnt er sich zwei Förmchen Crème brulée. Er hat rote Augen und schnäuzt sich mit einer Stoffserviette. Die Nase läuft. Alarmzeichen.

«Das geht so nicht weiter. Morgen bring ich dich zum Arzt.»

«Wer soll das bezahlen, Bursche? Ich lieg jetzt schon 5000 hinten.»

«Dann leih ich dir eben was. Wollen wir uns das Unterhaltungsprogramm anschauen oder gleich ins Casino?»

«Was wird denn geboten?»

Today: Rudolf Mezaros, ein Künstler, dem kann zu, schließt an seine Publikum an verursachen einer entspannen alternativen Atmosphäre durch seine Musik.

Also gleich daddeln.

Wir beschließen, unser Casinohopping im am weitesten entfernten Hotel, dem *Nyali Grand*, zu starten und uns über das *Mungo* und *Velvet* wieder Richtung Basis zu arbeiten. Als wir am Medical Care Center vorbeikommen, sagt C.:

«Schau, Bursche, ein Krankenhaus. Beruhigend.»

Es ist kein Stück kühler geworden, jeder Schritt wiegt schwer wie Blei, die Kleidung klebt am Körper. Nach etwa zwanzig Minuten erreichen wir das *Nyali Grand*. Also fast. Das Casino liegt nämlich auf der anderen Straßenseite. Die mutmaßlich einzige Ampel des gesamten Areals zeigt Rot. Es ist vollkommen rätselhaft, wer hier aus welchen Gründen eine Ampel aufgestellt hat, denn das Verkehrsaufkommen liegt auch tagsüber bei ungefähr null. Ein schlechter Witz, eine Schikane oder die Spende eines reichen kenianischen Geschäftsmanns. Seit Inbetriebnahme dürfte C. der erste Mensch sein, der sich an die *Phase* hält. Rot. C. wartet. Einundzwanzig, zweiundzwanzig, dreiundzwanzig. Rot. C. wartet geduldig. Rot. C. wartet immer noch. Die Rotphase dauert jetzt schon mindestens eine Minute. Hinter uns Geschnatter und Gelache, Gelärme und Gekreische. Ich drehe mich um, Jugendliche in Partylaune. Sie laufen über die Straße. C. schüttelt heftig mit dem Kopf und bellt ihnen hinterher: «Regelverstoß!» Ein muskelbepackter Hüne dreht sich um und schaut uns drohend an: «What?»

C., unbeirrt, wütend: «Regelverstoß!» Um die Situation halbwegs zu retten, lache ich. Der Hüne, im Bewusstsein, es mit harmlosen Spinnern zu tun zu haben, lacht freundlich zurück und setzt seinen Weg fort. C., verständnislos: «Regelverstoß! Was gibt's da zu lachen?»

Das *Nyali Grand* ist, wie der Name schon sagt, groß. Geradezu riesig. Im vorderen Bereich stehen die Automaten, hinten werden Roulette, Black Jack und Poker gespielt. Wir bleiben vorn.

C. und ich spielen ausschließlich Automaten. Viele Nächte haben wir schon nebeneinandersitzend vor blinkenden Zaubermaschinen zugebracht, kauernd in ewiger, stummer Zwiesprache. Also nicht ein oder zwei Stunden, sondern fünf oder sechs oder acht oder neun. Unser Rekord liegt bei dreizehn Stunden ununterbrochenen Spielens. Wenn man uns so zuschaut, muss es jedem Außenstehenden unbegreiflich bleiben, was wir am Automatenspiel finden: Betongesicht, glasige Augen, eingefallene Schultern, ununterbrochenes, verzweifeltes Seufzen und Durchschnaufen – weniger Vergnügen, Fun, Spaß, Freude, Begeisterung können zwei einzelne Menschen nicht ausstrahlen. Zwillingsstudien in Sachen Trübsal.

In der Casinohierarchie, wenn's denn eine gibt, stehen Automatenspieler auf der alleruntersten Stufe, Unberührbare, die selbst beim Personal als arme Schweine gelten. Die Gewinnchancen sind verheerend niedrig. Nicht selten lösen sich 10 000 Euro binnen sechzig Minuten in Luft auf. Selbst lächerlichen Kleingewinnen gehen zermürbende Durststrecken voran, unendlich sich dehnende Phasen, in denen nichts, rein gar nichts passiert und der Spieler in einen Zustand unermesslicher Verzweiflung gerät. Aber wenn etwas kommt, dann oft richtig. Also richtig viel. Und genau das macht den Reiz aus: Nie weiß man, wann und in welcher Höhe ein Gewinn einläuft. Während der Höchstgewinn beim Black Jack das Eineinhalbfache und beim Roulette das Sechsunddreißigfache des Einsatzes beträgt, kann es bei Automaten das VIELTAUSENDFACHE sein. In den zur *Spielbank Hamburg* zusammengeschlossenen Casinos beispielsweise sind bestimmte Automaten zu einem Jackpot verbunden. Eine Leuchtschrift kündet von dessen Höhe, einmal stand er bei schwindelerregenden 1,4 Millionen Euro. So, Äuglein gespitzt, denn jetzt kommt's: Wenn beim Höchsteinsatz von 15 Euro auf ALLEN DREI GEWINNLINIEN DIE ROTEN

SIEBENEN einlaufen, geht eine Sirene los und kündet vom Höchsten, Schönsten, Erhabensten, Wunderbarsten und Herrlichsten, was einem Spieler je widerfahren kann:

DER JACKPOT IST GEKNACKT!

IM BRUCHTEIL EINER SEKUNDE IST ALLES GLÜCK DIESER WELT DESTILLIERT IN DEN ROTEN SIEBENEN.

Wenn in letzter Sekunde, mit den letzten Euros DIE ROTEN SIEBENEN EINLAUFEN, öffnet sich die Tür zum Paradies. Dem Nichtspieler bleibt diese Tür für immer verschlossen, wie dem Nichttrinker die andere Tür. Aber das unfassbare Glück widerfährt einem leider beknackterweise im Grunde genommen nie.

Das alles wissen Automatenspieler, und es interessiert sie einen Scheißdreck. Darüber hinaus sind Automaten perfekte Gleichgültigkeitsmaschinen. Meditation, Stilllegung des Gehirns, selbstgewählter Stumpfsinn, der Verstand zieht sich aus der Welt zurück. Allerdings ist Automat nicht gleich Automat gleich Automat gleich Automat. C.s große Leidenschaft gehört dem Spiel *Lucky Lady's Charm*, im Fachjargon Kugelautomat oder einfach nur *die Kugeln* genannt, ein Maschinchen, das leider längst nicht überall zu finden ist.

Typischer Dialog zwischen C. und mir:

«Was ist, Bursche, hast du *die Kugeln* schon entdeckt?»

«Nein.»

Nervös schreitet er die etwa einhundert Gurken ab. Kugelautomat Fehlanzeige, die Maschinen sind hoffnungslos veraltet. In unserer Not entscheiden wir uns für den sog. *Feuerwehrautomaten*, dessen Supersymbole Feuerwehrzüge sind; im Gewinnfall rückt die Feuerwehr aus und löscht Brände. Oder so ähnlich. Ich kapiere das Spiel irgendwie nicht und verliere in einem fort. Ich bestelle ein Bier und einen Rum. C., der krankheitsbedingt nüchtern bleibt, mustert mich forschend:

«Sag mal was.»

«Wie sagen? Was soll ich denn sagen?»

«Siehst du, es geht schon los.»

«Was geht schon los?»

«Deine Aussprache. Merkst du es nicht?»

«Nein.»

«Du lallst. Ich sehe es kommen: spätestens auf dem Rückweg lallend und auf allen vieren.»

«Ach Quatsch.»

«Von wegen. Nur ungern erinnere ich dich an deine Entgleisungen vergangener Jahre. Ich kenne niemanden, dessen Verfall so rasend schnell vorangeht. Einmal hast du dir sogar in die Hose gemacht.»

«Das lag an was anderem.»

Nach einer fruchtlosen halben Stunde bläst C. zum Aufbruch:

«Hat keinen Zweck. Abmarsch.»

Die Ampel steht auf Rot. Wir warten. Grün. Gehen.

«Eins, zwo. Eins, zwo, drei.»

«Wird's gar nicht besser?»

«Nein. Schlechter.»

Nach zehn Minuten erreichen wir das *Mungo*. Im Inneren schlägt uns beißende Kälte entgegen.

C.: «Du nimmst die linke Seite, ich nehm die rechte.»

Doch auch im *Mungo* bleibt die Suche nach den Kugelautomaten ergebnislos, und da wir keine Lust haben, mit unserem sauer verdienten Geld langweilige Schrottkästen zu füttern, begeben wir uns an einen der Black-Jack-Tische, an dem drei fette, passend mit dicken Goldketten behängte Schwarze sitzen, die aussehen wie Karikaturen amerikanischer Hiphop-Produzenten. Wir setzen 500. Die Bank gewinnt. Wir setzen nochmal

500. Wieder gewinnt die Bank. Wir setzen abermals 500. Diesmal gewinnen wir. Nochmal 500. Wir. Dann die Bank, dann wir, dann zweimal die Bank, einmal wir usw. Black Jack gilt als das fairste aller Glücksspiele. Nach einer halben Stunde liegen wir bei plus/minus null. Gott, ist das langweilig. Man geht schließlich nicht wegen Fairness ins Casino, sondern wegen Thrill.

Nach einer halben Stunde brechen wir das Experiment ab. Als ich aufstehe, zeigt der Rum schlagartig Wirkung, ich stolpere und kann einen Sturz nur mit Mühe verhindern.

«Siehst du. Wie ich's vorausgesagt habe: lallend und auf allen vieren. Ich flehe dich an, reiß dich zusammen und blamier mich nicht wieder bis auf die Knochen.»

Um 22 Uhr 30 erreichen wir das *Velvet*, die mutmaßlich letzte Station des heutigen Abends. Das runtergeranzte, mit anderswo ausgemusterten Uraltmaschinen der ersten Generation bestückte Casino ist von ungeahnter Schäbigkeit, die Auslegeware total verdreckt, das Mobiliar zerschlissen, spackig, es ist drückend heiß. Von den ursprünglich drei Spielsälen ist nur noch einer in Betrieb, die anderen sind zu Abstellräumen umfunktioniert worden. Ich muss mal. In einem den Toiletten vorgelagerten Raum stehen neben einem defekten Konzertflügel mehrere Regale mit leeren Fässern. Alt. Mit Kreide Zahlen draufgemalt. Ganz, ganz hinten, irgendwo, die Toilette. Auf einem weißen Plastikstuhl schläft ein Klomann mit halboffenem Mund, aus einem Radio plärrt quäkend, verzerrt und in ohrenbetäubender Lautstärke undefinierbarer Musikmatsch.

Als ich wiederkomme, wartet C. vor den Black-Jack-Tischen.

«Ich hab schon überall nachgeschaut. Wieder keine Kugeln.»

«Oje. Und nun?»

«Black Jack. Jedenfalls besser als im Hotel hocken.»

Ich steige um auf Rotwein.

«Trink doch mal Wasser zwischendurch. Wenigstens ein Glas!»

«Keinen Durst.»

Wir verlieren. In einer Tour. Beide. Vier von fünf Spielen geben wir ab, so was habe ich überhaupt noch nicht erlebt. Nach einer Stunde liege ich mit 80 000 Schilling hinten, C. hat 100 000 verbraten.

«Was geht hier vor? Die schummeln doch.»

Eine Stunde später bin ich so betrunken, dass ich dauernd vom Stuhl rutsche, C. lehnt sich stöhnend zurück:

«Darf ich dich nach deiner Bilanz befragen?»

«Verheerend. 140 000 im Minus. Und du?»

«170 000. Das sind eintausendsiebenhundert Euro. Ich hab nichts mehr. Abmarsch.»

Wenn das so weitergeht, bin ich übermorgen pleite.

C., auf dem Rückmarsch: «Darf ich dich befragen, welches dir am besten gefallen hat: das große, das kalte oder das schmutzige?»

«Das schmutzige ist ja nicht etwa das billigste, wie man annehmen könnte, sondern verlustreicher als das große und das kalte zusammen.»

Erstaunlich, dass mir diese komplizierte Formulierung noch fehlerfrei über die Lippen kommt. Ich kann mich kaum noch auf den Beinen halten. Mein Gott, warum kühlt es denn nicht wenigstens in der Nacht ein bisschen ab?

«Eins, zwo, drei, eins, zwo, eins, zwo.»

C. steckt sich die nächste Zigarette an. Er hat bestimmt schon zwei Schachteln geraucht, und das in seinem Zustand. Plötzlich ein lautes Rascheln, Stapfen, das Geräusch brechender Zweige. Ein Überfall, jetzt heißt es die Beine in die Hand nehmen! C. greift nach meiner Hand.

«Was ist das? Bitte lass mich nicht im Stich.»

Doch statt eines Schlägerkommandos huscht eine dürre Frau aus dem Gebüsch:

«Hello, guys. How are you? Where are you from?»

Sie ist sicher nicht älter als dreißig, aber selbst in der Dunkelheit sieht sie aus, als wäre ihr Körper von ansteckenden Krankheiten befallen. Ein seltsam verschwommenes, wie betäubt wirkendes Geschöpf. Sie legt ihren Kopf schief und lächelt uns aus zahnlosem Mund an. Dann:

«Fuckifucki, suckisucki?»

Pause.

«Fuckifucki, suckisucki?»

C., geistesgegenwärtig: «No thank you.»

Wortlos verschwindet sie, wie sie gekommen ist.

C. schaut mich vielsagend an:

«Waldnutten.»

FREAKSHOW

Als ich gegen sechs Uhr wach werde, ist mir speiübel. Auch das noch. Ein ganz und gar unerträglicher, süßlich-stechender Geruch liegt in der Luft, wie nach vergorener, medizinischer Salbe. Die Decke! Irgendwann in der Nacht bin ich vor Kälte schlotternd aufgewacht, habe das Zimmer nach einer weiteren Decke durchsucht und bin schließlich im Schrank fündig geworden. Jetzt, bei Tageslicht, sehe ich, dass sie total verdreckt ist. Und stinkt, als hätte sie meinem Vorgänger als Leichentuch o. Ä. gedient. Ich knülle den Fetzen zusammen und stopfe ihn zurück in den Schrank, schalte den Ventilator ab und reiße das Fenster auf. Gegen sieben schlafe ich ein. Gegenstand meiner Träume sind zur Abwechslung mal keine Fernsehzeitschriften oder Waschmaschinen, sondern die Festspiele in Bayreuth. Ich spaziere zwischen den Beinen meiner Eltern auf dem roten Teppich durch ein Spalier von Fotografen zum Königsbau. Meine Eltern sind riesig groß; als ich zu ihnen hochschaue, sehe ich, dass es sich nicht um meine leiblichen Eltern handelt, sondern um Angela Merkel in Begleitung ihres Ehemanns Prof. Sauer. Frau Merkel trägt ein lindgrünes, wallendes Kleid, Prof. Sauer einen fleischfarbenen Overall. Vor dem Eingang des Festspielhauses ist eine Miniatur-Speisetafel mit winzigen Stühlchen aufgebaut. Frau Merkel verkündet mit schnarrender Stimme, Kinder seien beim *Parsifal* verboten, sie müsse mich deswegen hier absetzen, bis die Vorstellung vorbei sei. Ich be-

101

komme es mit der Angst zu tun und kralle mich an Prof. Sauers
Beinen fest. Meine Versprechungen, mich kindgerecht zu verhalten, nützen nichts, alles Betteln und Jammern und Flehen und
Lamentieren ist umsonst, Mutter trennt mich mit einem Hand-
kantenschlag von Prof. Sauer, dann verschwinden sie im Getümmel. Ich setze mich an die Speisetafel und warte, vor Angst
zitternd, dass mir aufgetragen wird. Es drängen jedoch immer
mehr Menschen in den Raum. Schließlich halte ich es nicht
mehr aus und will fliehen, doch vergebens, ich werde gegen
eine Säule gedrückt, bekomme keine Luft mehr, und mir wird
schwarz vor Augen.

Aus.

Falls der Traum etwas bedeutet, dann sicher nichts Gutes.
Mein Gott, ist es schon wieder heiß, bitte, bitte, schenke dem
Land eine Abkühlung und mir meinen Koffer. Heute Vormittag
wird die Maschine aus Düsseldorf erwartet, mit meinem Gepäck an Bord. Es wäre sicher ratsam, ihn persönlich in Empfang zu nehmen; für einen herrenlosen Luxuskoffer der Marke
Rimowa gibt es sicher jede Menge Interessenten. Aber die Vorstellung, mir bei sengender Hitze am Mombasa-Airport die
Beine in den Bauch zu stehen, ist ganz und gar unerträglich.
Entweder der Koffer kommt von alleine, oder er kommt eben
nicht.

Zehn nach acht, um Punkt halb neun wartet C. Wenn ich mich
beeile, kann ich vorher noch die Stinkedecke an der Rezeption
abgeben und mir eine neue aushändigen lassen. Mit dem
Knäuel unter dem Arm marschiere ich über das Gelände. Flei-
ßige Bienchen decken Tische auf, fischen Insekten aus dem
Pool, rücken die Liegen zurecht oder trimmen den Rasen. Eine
Hotelanlage dieser Größenordnung ist ein pulsierender Organismus.

Ich lege die Decke auf den Tresen, setze ein verbindliches Gesicht auf und warte ab. *Gimme hope, Jo'anna* ... Der Rezeptionist (Mike) telefoniert und tut so, als wäre ich nicht vorhanden. Acht Uhr siebzehn, spätestens um acht Uhr einunddreißig wird es per SMS das erste Fragezeichen setzen. Murmel, brummel, grummel, Mike hat eine tiefe, sämige, einschläfernde Stimme. Dem Klang nach zu urteilen führt er ein Privatgespräch, für so was habe ich ein Öhrchen. Privatgespräche, obwohl ein Gast ein Anliegen hat!

«Äh, hello, sorry. Jambo.»

Er bedeutet mir mit einer abwehrenden Handbewegung, dass ich mich zu gedulden hätte. Frechheit ... *hope, Jo'anna* ...

«Hello, I am in a hurry, please can you help me?»

Er hält seine Hand an die Muschel und mustert mich, in den Augen unfassbare Arroganz:

«Sir, I am alone. Just a second.»

Acht Uhr neunundzwanzig. Bitte werfen Sie eine Münze ein. C. findet, man habe sich der Höflichkeit halber bereits kurz *vor* der verabredeten Zeit einzufinden. Grummel, murmel, sabbel. Je länger Mike telefoniert, desto mehr moduliert sich seine Stimme ins Soßige, er klingt jetzt wie Barry White mit seinem Barry-White-Brummbärsingsang. *Kenya Sexytalk.* Demütigend. Das ist es, denke ich, er macht das nur, um mich zu demütigen. Ein Negerwitz nach dem anderen kommt mir in den Sinn, obwohl ich eigentlich gar keine Negerwitze kenne. Jaja, als Rassist wird man nicht geboren, zum Rassisten wird man gemacht. Und überhaupt: In Wahrheit ist *er* der Rassist. Brumm, brumm, brumm. Mike mustert mich, wie man ein lästiges Insekt anschaut, bevor man es totschlägt. Sein Gesicht ist zweigeteilt, aus der unteren Partie quillt zärtliches Gebrummel, aus der oberen funkelt blanker Hass. Hasserfüllte Gedanken meinerseits: Du hast nichts geleistet in deinem Leben, du wirst keine Spuren hinterlassen und in einem ereignislosen Restdasein verschwinden.

Haha!

Bitte werfen Sie eine Münze ein.

Acht Uhr einunddreißig. Auch das noch. Zweifrontenkrieg. *Gimme hope, Jo'anna, gimme … hope, Jo'anna.* In meiner Not weiß ich mir nicht mehr anders zu helfen, als einen Hustenanfall vorzutäuschen. Einen schweren Hustenanfall. Ich röchle und rassle und schnaube und huste, bis er endlich kapituliert und einhängt. Was mache ich hier eigentlich? Ist das erbärmlich. Die Nasenflügel meines Feindes zittern vor Wut.

«Sir?!»

«Here, this blanket, it smells.»

Er schnüffelt an der Decke.

«It's okay.»

«No, it's absolutely not okay. It smells like strong medicine or something.» Er schmeißt die Decke hinter sich auf den Boden und fragt, ohne mich anzuschauen, nach meiner Zimmernummer. Acht Uhr fünfunddreißig, SMS Nummer drei.

«Bursche, so geht das nicht, wir müssen ernsthaft reden. Das ist jetzt erst der zweite gemeinsame Urlaubstag, und deine Verspätungen überschreiten bereits jetzt jedes erträgliche Maß. Bitte äußere dich dazu.»

«Lass! Es ist gerade etwas Ungeheuerliches vorgefallen, ich bin kurz davor, die Nerven zu verlieren. Lass uns mal 'ne Zeitlang gar nix reden.»

«Das ist zwar keine Lösung, aber bitte.»

Ich bleibe bei Trennkost, C. gibt erneut der kontinentalen Variante den Vorzug: Ham & Eggs & Boiled Eggs & Cheese & Marmalade. Oder müsste es englische Variante heißen? Egal, kontinental passt, klingt groß, riesig, mächtig. Kontinental-

plattenverschiebung: Die Eierspeise drückt gegen halb ein-
gespeichelte Brötchenstücke, es kommt zu Verwerfungen.
Mampf, schling, schaufel, spachtel.

«So, Bursche, da freundschaftliches Plaudern mit dir nicht
möglich zu sein scheint, erlaube ich mir, dich mit meinen heutigen Plänen vertraut zu machen. Nach dem Frühstück werde
ich das Medical Care Center aufsuchen, mein Gesundheitszu-
stand hat sich nämlich noch einmal verschlechtert, danke der
Nachfrage. Magst du mich begleiten?»

«Selbstverständlich. Mir wäre es nur lieb, wenn wir *jetzt* gingen, damit ich später den Koffer in Empfang nehmen kann.»

«Gut, dann Abmarsch.»

Es ist fast windstill, und die Straße gleißt in der Sonne. Der
rasende Flügel der Hitze hat sich über das Land gelegt, denke
ich. Kenia stellt schon seit Ewigkeiten die Welt-Laufelite: Wie
und wo trainieren die eigentlich bei der Affenhitze?

«Eins, zwo, drei. Eins, zwo. Eins, zwo, drei, vier.»

Bereits nach wenigen Schritten bin ich bis auf die Knochen
erschöpft. Im Medical Care Center ist es bitterkalt. Wir setzen
uns im Vorraum auf schmale, erbsengrüne Klappsitze. Und
warten. Schlotter, schlotter. Die ständigen Temperaturstürze
ruinieren todsicher die Gesundheit bzw. das, was noch davon
übrig ist. Nach zehn Minuten wird C. von einer Kranken-
schwester aufgefordert, einen Fragebogen auszufüllen. Wir
sind die einzigen Patienten. Weiter warten. C. sieht aus wie
einer, der sich bereits aufgegeben hat, die knallrote, geschwollene Nase läuft ohne Unterlass, in seinen Augen liegt fiebriger
Glanz. Verzweifelt stochert er in den Ohren, damit sich endlich, endlich der Pfropfen, der Pfropfen, der Pfropfen löst!
Karpfenbewegungen. Sein Kopf sackt auf die Brust, unregel-
mäßiges Schnarchen. Ich gehe nach draußen, um mich aufzu-
wärmen. Als ich wieder reinkomme, starrt C. auf sein Handy.

«Nichts. Kein Anruf, keine SMS. Wieso dauert das so lange? Ich halt das alles nicht mehr aus.»

Endlich wird er von einem onkelhaft wirkenden Arzt ins Behandlungszimmer gebeten. Gleich, da bin ich mir sicher, steht ein neuer Mensch vor mir, und sämtliche Qualen sind vergessen.

Von wegen. Nach der Behandlung ist vor der Behandlung. Wie die Diagnose lautet, will ich wissen.

«Ear is blocked.»

«Das ist ja nun nichts Neues. Aber was hast du?»

«Keine Ahnung. Er hat nur gesagt, dass das Ear blocked ist, und mir diese Tropfen hier gegeben.»

Er zeigt mir ein kleines, braunes Fläschchen. Ich habe das unbestimmte Gefühl, dass die nicht helfen.

«Siehst du, spätestens morgen bist du wieder gesund.»

Er fasst ängstlich nach meiner Hand.

«Diese lächerlichen Tropfen helfen doch niemals. Ich habe etwas viel Schlimmeres, etwas, wogegen keine Tropfen helfen. So was fühlt man.»

«Ach was. Du bist nur zermürbt. Aber falls du tatsächlich Bedenken hast, dann geh doch nochmal rein.»

Er winkt ab.

«Nein, nein, das kann ich nicht machen, sonst bringe ich ihn gegen mich auf. Er ist bestimmt der einzige Arzt weit und breit. Ich werde die Tropfen jetzt zwei Tage probieren. Die Behandlung hat übrigens einhundertvierzig Euro gekostet.»

«Oje.»

«Bitte lass uns zum Pool, ich muss ausruhen.»

«Wollen wir heute nicht zu dem kleinen Pool auf dem Hügel gehen? Da sind kaum Leute. Du kannst schlafen und wirst nicht gestört. Außerdem bringt das Abwechslung.»

«Gute Idee. Du bist lieb, Bursche.»

Um den etwa planschbeckengroßen Plumpspool herum gruppieren sich acht Liegen, von denen zwei mit einem seltsamen Gespann belegt sind, auf den ersten Blick eine Mutter/Sohn-Kombination. Die Mutter, etwa sechzig, klein und windschief, trägt einen zu großen, braun-grau-blau gesprenkelten Badeanzug. Ausgeprägter Buckel, kahle Stellen am Schädel; eine Knusperhexe wie aus dem Märchen.

Der Sohn sieht mit seinem fleischigen, konturlosen Körper aus wie ein altersloses Riesenbaby, ein überdimensionaler Säugling. Mächtige Speckringe schwabbeln über der Badehose, deren Bund so eng geschnürt ist, dass sich an der Hüfte rote Striemen abzeichnen. Sein kreisrundes, rotfleckiges Gesicht wirkt wie eine überreife Frucht, die so weich ist, dass man Dellen in sie hineindrücken kann. Er starrt teilnahmslos vor sich hin und knackt in einem fort mit seinen Gelenken. Babyman Knut. Das ist es! Knusperhexe und Babyman Knut. Knut scheint über geheime Knöchelreserven zu verfügen, die Knackerei will gar nicht aufhören. Als er mit den Fingern fertig ist, macht er mit den Füßen weiter, dann sind die Gelenke an der Reihe. Er umfasst mit der linken Hand das rechte Handgelenk und zieht = knack. Als er die Beine ausstreckt, knacken die Kniegelenke. Je größer die Gelenke, desto tiefer der Knacks. Piiing = kleiner Finger/Zeh. Knööck = Daumen/großer Onkel. Als er fertig ist, beginnt er wieder von vorn. Ein Knack-Perpetuum-mobile. Nach Durchgang zwo greift er hektisch nach einem tarnfarbenen Armeerucksack, den er unter seiner Liege verstaut hat. Als wolle er sich vergewissern, dass nichts geklaut worden ist. Ich stelle mir vor, dass Babyman weder kauen noch beißen mag und der Rucksack daher bis oben voll ist mit Babynahrung. Geschmacksrichtungen Apfel, Kartoffel, Pfirsich und Karotte. Außer dem Offensichtlichen stimmt noch etwas anderes nicht mit Babyman. Je länger man ihn anschaut, desto mehr scheint durchs Säuglinghafte das starre Betongesicht eines Langzeit-depressiven, ein instabiler Tropf in Schräglage, von der wöchentlichen Depotspritze im Gleichgewicht gehalten. Sie wechseln ein paar Worte, die Sprache kann ich nicht identifizieren. Holländisch? Oder irgendwas Skandinavisches. Oder so.

C. interessiert sich für all das nicht. Den Kopf schief gelegt, versucht er, sich unter leisem Fluchen die Medizin in die Ohren zu träufeln. Die Hälfte geht daneben. Er nimmt ein Buch zur Hand, nach ein paar Minuten rutscht es ihm aus der Hand, sein Kopf fällt schlaff zur Seite, und er schläft erneut ein.

Plötzlich kommt in Babyman Bewegung. Ein Anfall, ein Krankheitsschub? Sein ganzer Körper beginnt zu beben, die Augenlider flackern, und wie unter Zwang fährt er sich mit ruckartigen Bewegungen durchs Haar. Dann, als könne er dem ungeheuren inneren Druck nicht mehr standhalten, bricht aus ihm heraus: unerträgliches, irres Gefasel, das weiß ich, ohne auch nur ein Wort zu verstehen. Seine Mutter hört nicht zu, sie reagiert überhaupt nicht, sie kennt das. Die Lautstärke des Monologs schwillt an, und Babyman taucht immer tiefer ab in seine hart gewordene Wahnwelt ...

... er will einfach nicht aufhören. Wie Laienprediger, die in Fußgängerzonen imaginäre Auditorien missionieren und denen es egal ist, ob irgendjemand zuhört. Babyman hat sich schon zu weit aus der Welt entfernt. Unvermittelt sackt seine Rede ab, verrinnt in den Löchern, die er in die Luft starrt, und er sinkt zurück in seine Larvenhaltung.

Als um halb eins die Trommeln rufen, rafft die Mutter leicht panisch die Sachen zusammen, nimmt ihren Sohn bei der Hand und hetzt los. Aus C.s rechtem Nasenloch läuft ein dünnes Rinnsal, aber er schlummert so friedlich, dass ich ihn nicht wecken mag. Vielleicht schläft er sich gesund, Heilschlaf nennt man das; wenn er aufwacht, ist der Druck auf wundersame Weise verschwunden, und alles war nur ein böser Traum. Ich verrücke vorsichtig den Sonnenschirm, bis mein kranker Freund wieder ganz im Schatten liegt. Wie aufopferungsvoll ich mich um ihn kümmere, wie viele Gedanken ich mir mache, wie sehr ich um sein Wohl besorgt bin. Vorbildlich.

Mittagessen ist was für Schwächlinge. Auch C. wird es guttun, mal eine Mahlzeit ausfallen zu lassen. Kranke Tiere in freier Wildbahn fasten instinktiv. Die Verdauungstätigkeit macht ein Drittel des Grundumsatzes aus, Kraft, die dann nicht für die Genesung zur Verfügung steht. Und außerdem: Mangel ist die Vorbedingung jedes Genusses. Jedem Vergnügen muss der Schmerz vorhergehen, der Schmerz ist immer der Erste. Laber, laber.

Ich gehe in den Pool und genieße den herrlichen Rundblick über die Anlage. Wirklich herrlich. Die Sonne wendet die Aufmerksamkeit von der intellektuellen Selbstschau auf die sinnlich erfahrbaren Dinge. Sie betäubt und verzaubert Verstand und Gedächtnis dergestalt, dass die Seele vor Vergnügen ihren eigentlichen Zustand vergisst. Sagt man. Egal.

Von meinem verborgenen Aussichtspunkt aus kann ich das bunte Treiben beobachten, ohne selbst gesehen zu werden. Vielleicht ertappe ich ja jemanden bei *Unregelmäßigkeiten*. Taschendiebstahl. Mundraub. Verdächtige Telefonate. Kontrollzwang ist im deutschen Genpool verankert, alle Deutschen sind im Kern Blockwarte, Privatsheriffs, Schnüffler, Denunzianten. Nachdem ich meinen nassen Beobachtungsposten wieder aufgegeben habe, fühle ich mich irgendwie erschlankt. Ein seltsames Phänomen, dass ein mit Wassertropfen überzogener Körper sich dünner anfühlt als ein furztrockener. C. schläft friedlich wie ein Säugling, kein Rasseln, kein Schniefen, kein Schnarchen, das *kann* nur Heilschlaf sein. Genau der richtige

109

Zeitpunkt, eine Trainingseinheit einzuschieben: Um die tiefen Muskelfasern mit hoher Erregungsschwelle zu erreichen, ist schweres Training der Grundübungen notwendig. Gerade Anfänger sollten das Prinzip der umgekehrten, abgestumpften Pyramide unter Berücksichtigung des Überlastungsprinzips in den Vordergrund stellen. Ziel des Krafttrainings ist, mit minimalem Aufwand ein Maximum an Erfolg zu erzielen.

Vielleicht sollte ich den nächsten Urlaub in einem abgeschiedenen Kloster verbringen. Statt Alkohol und Glücksspiel Askese und Selbstbeschränkung. Strenge Exerzitien. Heilfasten. Leibesertüchtigung. Gebete. Naja, alles zu seiner Zeit. C. schläft noch immer tief und fest und friedlich, abermals verrücke ich seinen Schirm. Jetzt mal was lesen. Ian McEwan vs. Lemmy Kilmister, *White Line Fever* vs. *Abbitte*, Hochliteratur vs. Trash. Tja, denke ich, während ich den Klappentext von *Abbitte* studiere, darauf als Goldstandard hat sich die internationale Literaturkritik geeinigt, da kann ich mir ein schönes Scheibchen von abschneiden. Ich bin ganz gut im Scheibenabschneiden, schließlich begreife ich mich als lernendes System. Wenn das System aufhört, lernend zu expandieren, spricht man von einer systemischen Krise. Für Ian McEwan hat es Literaturpreise im Dutzend gehagelt: unter anderem Booker Prize, Shakespeare Prize fürs Gesamtwerk, Deutscher Bücherpreis und Whitbread Novel Award. Außerdem ist er zweifacher Ehrendoktor, und seine Arbeiten wurden in unzählige Sprachen übersetzt.

Der einzige Preis, der mir je verliehen wurde, ist der Thomas-Puch-Förderpreis für das Drehbuch zu einem Kinofilm. Förderpreis, wie das schon wieder klingt. Man will doch in meinem Alter keine Förderpreise mehr verliehen bekommen, meine Güte.

Wie dem auch sei, zunächst lasse ich den hohen Ton von

Großschriftsteller McEwan auf mich wirken: «Seine Augen gefielen ihr, dieses unvermengte Nebeneinander aus Grün und Orange, das im Sonnenlicht noch körniger als sonst wirkte.»

Da muss man erst mal draufkommen. Weiter: «Sie war so entsetzt, daß ein Kribbeln selbstvernichtender Gefügigkeit über ihre Haut kroch.»

Nachschlag gefällig? «... der zuletzt eingegangene, in bräunlicher Tinte auf offiziellem Whitehallpapier verfaßte Brief stammte von Jack Tallis, der ihm seine Unterstützung für die Gebühren zusagte, die beim Medizinstudium anfielen. Dann gab es da noch Anmeldeformulare, zwanzig Seiten lang, und dicke, eng bedruckte Zulassungsbroschüren aus Edinburgh und London, deren methodische, straffe Prosa einen Vorgeschmack auf eine noch ungewohnte Form akademischer Strenge zu bieten schien. Doch heute lockten sie nicht mit Abenteuern und Neubeginn, sondern drohten mit Exil.»

Materialbeherrschung nennt man so was im literarischen Betrieb.

Textprobe Lemmy Kilmister: «Bei einer anderen Show verschwand der finnische Beleuchtungstyp mit einem Mädel im Schrank, um sich mit ihr zu vergnügen. Wir drehten den Schrank mit den Türen zur Wand, während sie ihm einen abkaute. Plötzlich fing das Mädchen an zu würgen, und wir hörten, wie sie ihm auf die Hosen kotzte. Da saß er nun mit dem kotzenden Mädel im Schrank fest, sie lag stöhnend auf dem Boden, und sie waren von diesem schrecklichen Gestank umgeben! Schließlich durchbrach er die Rückwand des Schrankes. Die Shows machten eine Menge Spaß.»

Word up, Lemmy! «Beim Gig in Palmerson North kam es zu Ausschreitungen. Das Publikum flippte komplett aus – irgendeinem Typen wurde in den Arsch gestochen –, und das Theater wurde total zerstört.»

Ich frage mich, mit was dem Typen in den Arsch gestochen wurde. Und wie tief. Und ob noch anderen Typen in den Arsch gestochen wurde. Egal, jetzt wieder Meister McEwan: «Sie ließ das rosafarbene Kleid auf das schwarze fallen, schritt verächtlich über den Haufen hinweg und griff nach dem Abendkleid, ihrem grünen, rückenfreien Examenskleid. Während sie es anzog, genoß sie noch durch die Seide ihrer Petticoats die straffe Liebkosung des diagonal geschnittenen Stoffes, und sie fühlte sich auf vornehme Weise unerschütterlich, aalglatt und geborgen.»

LK: «Der Promoter aus Norwegen hatte sein Handwerk in der Hölle gelernt. Er gab uns immer die falschen Entfernungen von einem Gig zum nächsten. Daher verpassten wir ständig die Fähren. [...] als wir in die verdammte Garderobe kamen, fanden wir drei Joghurts, ein paar Kekse, Obst und Nüsse – Bärennahrung! Ich sagte dem Promoter: ‹Hey, komm mal her›. [...] Wir schmierten den Idioten von oben bis unten mit Schmelzkäse aus der Tube ein, [...] unsere Roadies legten ihm Handschellen an, schleppten ihn raus auf die Bühne und zogen ihm die Hosen runter. Dann bespritzten sie ihn mit Käse und Mayonnaise und allem, was sie sonst noch in die Finger kriegen konnten. [...] Der Typ ging am Ende aufs Polizeirevier – in dieser Aufmachung setzte er sich tatsächlich in ein Taxi!»

Ian McEwan: «Das indirekte Nachmittagslicht vom Kies gebrochen und von der Lünette gefiltert [...] Viele unmittelbare und manch mittelbare Freuden mengten sich in den Reichtum dieser Minuten.»

Usw.

Ähnlich fad: die Texte alter Männer, in denen sich ihre noch älteren Protagonisten darüber beklagen, dass achtzehnjährige Mädchen keine Lust haben, ihre Eier zu lecken. Luis Buñuel hat mal gesagt, dass er erst dann ein halbwegs menschenwürdiges

Leben habe führen können, nachdem ihn die Libido entlassen hatte. Eine Gnade, die offenbar nicht allen alten Männern zuteilwird.

Zum Abschluss erhält noch einmal LK das Wort: «Man muss im Leben lachen. Lachen trainiert alle Gesichtsmuskeln und hält dich jung. Ernst zu schauen verursacht scheußliche Falten. Ich rate auch zu starkem Trinken – das hilft dem Humor auf die Sprünge!»

Noch Fragen?

Leises Klappern und Klingeln liegt in der Luft, Mittag over, der Service macht Klarschiff. In C.s regelmäßiges Atmen mischt sich leises Schnarchen. Von Babyman Knut und der Knusperhexe keine Spur, statt ihrer kommen zwei ältere Amipärchen angeschoben. Sie grüßen mich freundlich, ich grüße noch freundlicher zurück. Welche Wohltat: nette, kultivierte Menschen, die wissen, was sich gehört. Freundlich, liebenswürdig, mit sich und der Welt ausgesöhnt, umgeben von der Aura großbürgerlicher Milde, von keinen überzogenen Ansprüchen, bohrenden Leidenschaften oder unerreichbaren Zielen durchs Leben gepeitscht. Im Ausland trifft man fast nur auf ältere, gebildete und wohlhabende Amis; die adipöse Mehrheit ist zu dick und zu arm zum Reisen. Die Selbstverständlichkeit, mit der die beiden Paare miteinander umgehen, lässt darauf schließen, dass sie sich schon seit Ewigkeiten kennen und seither wohl jedes Jahr gemeinsam in den Urlaub fahren. Irgendwann hatte der eine Typ was mit der Frau des anderen, darüber haben sie sich überhaupt erst kennengelernt, aber das ist lange her.

In C. kommt Bewegung: Er wirft seinen Kopf ruckartig von der rechten zur linken Seite, stöhnt und ächzt, ruft halblaut: «Nein, nein, nein, bitte nicht, ich will nicht.» Ich stupse ihn an.

«Nein, nein, bitte nicht, lass mich endlich in Ruhe.» Dann wacht er auf und schaut mich verängstigt an.

«Bursche, was ist, wie spät ist es?»

«Viertel nach drei. Wie geht's, geht's dir besser?»

Er macht Karpfenbewegungen und schüttelt verzweifelt den Kopf.

«Dicht. Beide Ohren, komplett. Komm, lass uns was essen, ich hab Hunger.»

«Mittagessen wird grad abgeräumt.»

«Wie bitte? Wieso hast du mich nicht geweckt?»

«Meine Güte, wie du so fest geschlafen hast, sah es aus, als ob du dich gesund schläfst. Heilschlaf, verstehst du?»

«Heilschlaf, Heilschlaf! Kaputtschlaf, würde ich sagen. Außerdem musst du schon mir die Entscheidung überlassen, ob ich lieber schlafe oder eine Mahlzeit einnehme.»

«Das lässt sich jetzt auch nicht mehr ändern. Dafür schmeckt's dir nachher umso besser.»

Er winkt verärgert ab, legt seinen Kopf schief und träufelt sich erneut Tropfen in die Ohren. Wieder rinnt die Hälfte an seinem Hals herunter und mischt sich mit dem Schweiß. Er schaut misstrauisch zu den Amis und fragt mich leise, ob ich die Leute kenne. Ich schüttele den Kopf, C. steht wortlos auf und stakst unbeholfen in den Pool. Ich geh hinterher. Plansch, spritz, plätscher, die Abkühlung scheint ihm gutzutun:

«Ich bin geneigt, dir doch recht zu geben, Fasten ist in meinem Zustand genau das Richtige. Darf ich dich einladen, gemeinsam mit mir die Hollywoodschaukel aufzusuchen?»

Geht's noch?

«Ja.»

Die knallgelbe Hollywoodschaukel hat ihre besten Tage lange hinter sich, sie ächzt und knarscht und quietscht, Rostfraß wird ihr bald den Todesstoß versetzen. Bis dahin wird sie unser Lieblingsplatz, so viel ist sicher. Synchrones Schaukeln. Vor und zurück, zurück und vor. C. bereitet es sichtlich Vergnügen. So könnte es weitergehen, ewiges leichtes Schaukeln, leises Quietschen, über uns der wolkenlose, glänzende Himmel, um uns eine ferne, tiefe Stille. Wenn man sich nämlich mal die Mühe macht, genau hinzuhören. Auch meine Stimmung hellt sich auf. Vielleicht geht es mir gerade besser, weil ich keinen Koffer habe. Kein Besitz, um den ich mich sorgen muss, kein Ballast, der mich beschwert. In das Quietschen der Schaukel mischt sich ein neuer Ohrwurm: *Ein graues Haar*. Natürlich von Pur. «Ein graues Haar, wieder geht ein Jahr. Alles Gute, danke, klar. Immer noch ein Grund zu feiern. Ich seh ein graues Haar.» Ich summe die Melodie vor mich hin.

«Was summst du da, Bursche?»

«*Ein graues Haar* von Pur.»

Er reagiert übertrieben gereizt, wenn das meine Methode wäre, ihn auf seinen fortschreitenden Haarausfall hinzuweisen, sei mir das gelungen, na bravo. Nein, entgegne ich, außerdem würden graue Haare und Haarausfall einander gerade ausschließen. Eben, meint C., gegen graue Haare könne man etwas machen, gegen Haarausfall nicht. Er sei in ernsthafter Sorge. Es gebe Männer, denen stehe ein kahler Schädel, er aber habe bedauerlicherweise kein Glatzengesicht, Toupets kämen auch nicht in Frage, weil die verrutschten, außerdem müsse man sie zum Schlafen abnehmen, und er würde darin jedes Mal nach dem Aufwachen einen Mordsschrecken bekommen. Ach was, schmeichle ich ihm, Burt Reynolds, mit dem er eine auffällige Ähnlichkeit habe, trage seit Jahrzehnten ein Toupet. Reynolds sei im Übrigen der erste Schauspieler, der fünf Millionen Dollar pro Film bekommen habe und allein für Pflege und Neuanschaffung seiner Haarteile einhundertzweiundvierzigtausend Dollar im Jahr veranschlage, wie ich einmal dem TV-Magazin *Celebrities* entnommen hätte. Beruhigende Informationen. C. kriegt sich wieder ein.

Pause.

Ob ich wisse, was ein Grower sei. Nein, nie gehört. Erst kürzlich sei er von einem *ernstzunehmendem* Menschen als einer bezeichnet worden. Merkmal des Growers sei, dass er, je länger man ihn anschaue, immer attraktiver werde, seine Schönheit erschließe sich erst bei längerer Betrachtung. Was denn das Gegenteil eines Growers sei, will ich wissen. Männer, die auf den *ersten* Blick schön sind, George Clooney oder Brad Pitt beispielsweise. Je länger man sie betrachte, desto durchschnittlicher und langweiliger würden sie. Klingt einleuchtend.

Als Nächstes arbeiten wir das Nationalitäten-Attraktivitätsranking ab. Ob, wie immer behauptet wird, die Deutschen tatsächlich die Hässlichsten seien. Ich vertrete den Standpunkt, Deutsche, Österreicher und Japaner stünden auf einer Stufe. Deutsche und Österreicher sähen fast immer so aus wie von Manfred Deix gezeichnet. Aber bei genauem Überlegen seien die Japaner mit ihren dürren, verwachsenen Körpern, den Pferdegesichtern und riesigen, schiefen Zähnen *noch* hässlicher, jedenfalls der Teil der Population, dem man für gewöhnlich im Urlaub begegne. Puppen des Kapitalismus, der einzige Antrieb: mehr. Auch ihre Sprache klinge schrecklich: kehlig, stakkatohaft, schnarrend, zum Fürchten. C. zeigt sich empört über meinen *rassistischen Ausfall*, er habe nicht geahnt, dass ich *auch* etwas gegen Asiaten hätte, je länger er mich kenne, desto mehr Abgründe täten sich auf. Jaja. Wir einigen uns darauf, dass die schönsten Menschen aus Skandinavien stammen (mit Ausnahme der Finnen, Finnen sind die Japaner Skandinaviens), Rang zwei und drei bekleiden Franzosen und Brasilianer.

Pause.

C. schnippt seine Zigarette weg und weist mich auf die angeblich frappierende Ähnlichkeit zwischen mir und dem älteren und dickeren der beiden Amis hin. Frechheit. Der Mann, Typ verschmitzter Zahnarzt im Vorruhestand, klein, Birnenfigur, Vollglatze, mit anderen Worten: Weniger Ähnlichkeit geht nicht. C., kiebig: «Heinz Strunk in flott.» Nachsatz: «Und fröhlich.» Ich kontere, dass er dem mittlerweile auch nicht mehr ganz taufrischen Clint Eastwood wie aus dem Gesicht geschnitten sei. C., sichtlich amüsiert: «Robert Redford, Alain Delon, Clint Eastwood: Greise mit Pistolen.» Wir lachen. Herrlich, endlich gibt's mal was zu lachen!

«Bursche, darf ich dich zur nachmittäglichen Arbeitseinheit am Indischen Ozean einladen?»

«Ja. Aber lass uns auf dem Weg an der Poolbar einen Cappuccino trinken.»

«Einverstanden. Koffein betäubt den Hunger.»

Schmeckt sehr gut, der Cappuccino. Einer plötzlichen Eingebung folgend bestelle ich Sprite. Die prickelnde weiße Brause habe ich seit bestimmt zwanzig Jahren nicht mehr getrunken. Köstlich. C. zeigt sich ebenfalls begeistert. Es herrscht absolute Gewissheit darüber, dass wir ab sofort *immer* genau um diese Zeit einen Zwischenstopp an der Poolbar einlegen und *immer* Sprite und Cappuccino trinken werden. Ob die Kenianer ein Nationalgetränk haben, wie die Griechen Ouzo oder die Italiener Ramazzotti? Egal. Austrinken, Abmarsch. Als wir das Wartehäuschen passieren, brechen die beiden Grüßauguste in schallendes Gelächter aus.

«HAHAHA, THE GERMAN GUYS. HOW ARE YOU TODAY? LOS JETZT, SCHWEINEHUNDE, SCHNELLER, SCHNELLER! HAHAHA.»

Demütigend. Kaum vorstellbar, dass sie das Ehepaar Wolf oder irgendein anderes Ehepaar auch so despektierlich behandeln, und ganz abgesehen davon, dass Wolfs keine Minute ihrer gottverdammten Zeit am Strand verplempern würden. Naja, als stockschwuler Sextourist muss man ein dickes Fell haben.

«I've got the monkeys. Monkey seeee, monkey dooooo.»

Kaum haben wir unsere Plätze bezogen, kommt ein höchstens sechzehnjähriger, irgendwie irre wirkender Junge herangeeilt und baut sich vor uns auf. Er zieht eine Handvoll Perlenketten aus seiner Umhängetasche und fuchtelt damit vor unseren Gesichtern herum. «Saubillig.»

Aha. Er mustert uns von Kopf bis Fuß und wiederholt mehrere Male sein einziges Verkaufsargument:

«Saubillig!»

Woher weiß der überhaupt, dass wir Deutsche sind? Wird man auf der ganzen Welt sofort als Deutscher enttarnt? Deprimierend. Saubillig. Zum Glück kommt der Monkeyman und vertreibt den Jungen.

«Vollkommen verrückt. Also, Bursche, weiter im Text. Was hältst du eigentlich davon, wenn im Hotel Parallelveranstaltungen stattfinden? In die unsere Pudelleute geraten. Komödien leben ja bekanntlich von Verwicklungen.»

«Gut. Aber was?»

Wir gehen eine Reihe von Möglichkeiten durch: die Jahresversammlung der österreichischen Großwüchsigen. Mmh. Eine rechtsextreme Gruppierung, die einen terroristischen Anschlag vorbereitet. Schon wieder Nazikram. Außerdem reicht es, wenn der Juryvorsitzende Rassist ist. Wie nennen wir den eigentlich? König. Herr König. C.: «Bucklige.» Das ist es! Ein Casting für das Musical *Der Glöckner von Notre-Dame*. Der komödiantische Trick muss sein, dass die jedoch keine bedauernswerten Tröpfe sind, sondern erfolgreiche Womanizer. Sehr gut. Noch was?

Ein Schildkrötenstammtisch, schlage ich vor. Liebe, harmlose Schildkrötenfreunde, die sich einmal in der Woche treffen, um Fragen rund um Schildkröten zu diskutieren. Naja, mal schauen. Ich spinne den Faden weiter:

«Also, die Pudel nebst ihren Besitzern trudeln am Freitagvormittag ein und beziehen erst einmal ihre Zimmer. Und dann?»

«Folgt eine tierärztliche Untersuchung, die solchen Wettbewerben sicher vorausgeht und in deren Verlauf wir erfahren, dass der Hund von Dracul unter schweren Herzproblemen leidet. Der Zuschauer ahnt, das wird später eine wichtige Rolle spielen. Überhaupt Dracul: Hinter der konservativ-spießigen Fassade steckt ein Pornosüchtiger. Er erkennt in Martina seinen Lieblingsstar wieder, die es mit der sog. Schornsteinfegerreihe zu einschlägiger Berühmtheit gebracht hat.»

«Wie Schornsteinfeger?»

«Nur so. Klingt doch gut. Könnten auch Elektriker sein. Klempner ist ausgelutscht. Schornsteinfeger finde ich aber am besten. Die Filme dieser Reihe zeichnen sich durch eine nahezu identische Handlung aus.»

«Und wie geht die?»

«Weiß noch nicht. Sehen wir später.»

«Gut. Weiter. Bei Pit Steiger liegen die Nerven blank. Wird der Schwindel mit dem gefälschten Wurfbuch auffliegen? Natürlich nicht. Martinas Pudel erweist sich bei der Untersuchung als absoluter Tophund, der selbst Routinier König Respekt abnötigt. Dracul bleibt allein mit König im Raum zurück. Die beiden kennen sich von unzähligen Wettbewerben. König steckt Dracul, dass Martinas Hündin läufig ist. Close auf Draculs Gesicht, ihm kommt eine Idee.»

«Welche denn?»

«Weiß ich selber noch nicht so genau.»

«Pit unternimmt im nahe gelegenen Park einen Spaziergang, wo er zufällig Martina begegnet. Beide natürlich mit Hund. Heino ist im Zimmer geblieben und spielt Singstar. Kommt immer gut, harter Junge, im Kern infantil. Sie setzen sich auf eine Bank. Pit nimmt sein Handy und will telefonieren. Als er die Nummer eintippt, legt Martina den Kopf schief und hört hochkonzentriert zu, dann murmelt sie die Nummer leise vor sich hin. Verstehst du? Tastentöne! Sie kann jeden Pieps einer Zahl zuordnen.»

«Und wofür soll das gut sein?»

«Weiß ich auch noch nicht.»

«Weiter: Die Tiere tollen im Park umher und springen in einen Teich. Beim Versuch, die Hunde herauszufischen, fällt Pit selbst hinein. Schnitt. Nächstes Bild. Dracul. Er sitzt in seinem Hotelzimmer und schaut sich einen Schornsteinfegerporno an.»

«Dann lass mal eine Handlung konstruieren. Also, Schornsteinfeger klingelt, Martina öffnet die Tür: ‹Ach, da sind Sie ja endlich, ich weiß schon nicht mehr, was ich machen soll, mein Mann ist seit Wochen auf Montage, und mein Schornstein ist verstopft. Ich hoffe, Sie haben eine große Bürste mit!› – ‹Keine Angst, ich hab die größte in der ganzen Stadt!› – ‹Dann lassen Sie uns schnell anfangen, bevor er ganz dicht ist!› Und so weiter. Bitte für heute Schluss, Bursche, mir geht's sehr schlecht, die Scheißtropfen schlagen überhaupt nicht an. Ich gehe ins Zimmer und erwarte dich um sieben an der Poolbar. Servus.»

«Ahoi.»

Jetzt bin ich ganz allein. Mir fällt auf, dass ich seit Tagen nicht onaniert habe. Die Aufregung. Die Sorgen. Die Hitze. Der Koffer. Ich murmele leise das Wort *Onanie* vor mich hin. Onanie, Onanie, Onanie. Schneller: Onanieonanieonanieonanie. Ab einem gewissen Tempo wird das na verschluckt und übrig bleibt onieonieonie. Ein schreckliches Wort mit einem grausigen Klang. Vielleicht sollte ich hier, in Kenia, im Nyaly Beach, eine onaniefreie Zone einrichten, Leben als Abenteuer, Leben als Experiment. Zu Hause darf dafür ein ganzes Wochenende *durchonaniert* werden. Iihh, durchonanieren, wie das schon wieder klingt. Onanieren ist sowieso das Letzte. Selbstzucht und Selbstbefriedigung vertragen sich nicht miteinander. Wieder Herr im eigenen Haus sein, die schlechten Säfte austrocknen! Ein Muskel, der nicht beansprucht wird, verkümmert, und irgendwann ist man auf Augenhöhe mit dem Papst oder einem anderen hohen geistlichen Führer, die es im Jahr auf vielleicht drei, vier spontane, nicht selbst verschuldete nächtliche Samenabgänge bringen. Wenn überhaupt. Was C. wohl von meiner Idee hält?

Eigentlich müsste ich mich rasieren. Aber ohne Rasierzeug ist das ja nun schlecht. Pinsel, Creme und Klingen kosten im Gift-Shop zehn Euro, mindestens.

UND DAS SIND DANN GENAU DIE ZEHN EURO, DIE MIR NACHHER AN DEN AUTOMATEN FEHLEN!

Spielerlogik. Man rechnet nicht um, was man für sein Geld alles Schönes kaufen könnte, sondern wie lange sich damit ein Automat in Bewegung halten lässt. Zum Glück bin ich nur so eine Art Quartalsspieler, andernfalls würde ich in ernsthafte Schwierigkeiten geraten. Überhaupt bin ich Quartalsmensch. Quartalsspieler, Quartalsraucher und jetzt auch noch Teilzeitonanist. Quartalsmensch, Mensch zweiter Klasse Fragezeichen?????

Poolbar. Wolfs, Wir. Die Stimmung ist aufgeladen. Sitzen und trinken und trinken und schweigen und sitzen und warten. Ich trage das neue Oberhemd. Dunkelbraun, meine Lieblingsfarbe. Tailliert (Slimline). Sitzt wie 'ne Eins. Ich habe das Gefühl, trotz fehlenden Koffers einigermaßen gut ausgestattet zu sein. Man braucht ja außer Badehose schließlich kaum etwas.

C. eröffnet die Partie mit der Budapester Variante von 1949: «Würdest du dich für 40 000 Euro ein halbes Jahr lang nicht zudecken?»

«Nicht zudecken? Schwierige Frage, ganz schwierige Frage.»

«Eben, klingt harmlos, ist es aber nicht. Jede Nacht ohne Decke schlafen, das hältst du nicht lange durch.»

«Wahrscheinlich hast du recht. Also nein, ich würd's nicht machen.»

«Gut. Würdest du dir für fünfzehn Millionen Euro beide Daumen und die großen Zehen amputieren lassen?»

«Hmmm, ganz schwer wieder. Was ginge denn dann alles nicht mehr?»

«Handarbeiten. Dart spielen. Mit Stäbchen essen. Geldscheine zählen.»

«Das sind jetzt ja nicht so elementare Sachen.»

«Also?»

«Ja.»

«Mal was anderes. Wie hoch schätzt du die Wahrscheinlichkeit eines synchronen Doppelselbstmords ein? Drei Antwortmöglichkeiten stehen zur Verfügung: 0,2 %, 0,6 % oder 3 %.»

«0,6.»

«Immerhin.»

Mit Blick auf die Wolfs: «Ist dir eigentlich mal aufgefallen, dass sich ausgerechnet diejenigen Menschen am meisten über den unaufhaltsamen Siegeszug der Geschlechtskrankheiten beklagen, die selbst keine Gelegenheit haben, sich anzustecken?»

Wolfs stehen auf und gehen. 2:0 für uns.

122

Speisesaal. Am Nebentisch sitzt ein seltsames Paar. Ein schmales Männlein, klein, fahl, fast durchscheinend, seine Frau (ich vermute, dass es seine Frau ist) schweißüberströmt, mindestens hundertfünfzig Kilo schwer, schlaffes, fuchsrotes Haar, müht sich an einem Riesenteller ab. Der Mann redet beschwörend auf sie ein, als wolle er sie ermuntern, noch schneller und noch mehr zu essen. Ab und an säubert er ihren Mund mit einer Serviette. Sie schiebt erschöpft den Teller weg. Schweigen. Nach einer kurzen Pause steht er auf und holt Nachschlag. Mir kommt ein ungeheuerlicher Verdacht.

«Sagt dir Feederismus etwas?»

«Nein. Was ist das?»

C. genießt mit halb geschlossenen Augen eine Crème brulée.

«Kommt aus dem Englischen. Ein Feeder ist eine Person, der es sexuelles Vergnügen bereitet, eine andere Person mit dem Ziel der Gewichtszunahme zu füttern. Feedee nennt man die Person, die sich mästen lässt. Ziel des Feeders ist, den Feedee bis zur totalen Immobilität zu mästen.»

«Darf ich dich fragen, woher du das alles weißt?»

«Hab ich mal wegen eines Hörspiels recherchiert. Feederismus ist eine der extremsten Spielarten sexueller Abartigkeiten, entfernt verwandt mit dem Kannibalismus, wo die maximale Wunschvorstellung ist, von jemand anderem aufgegessen zu werden. Der einzige sexuelle Höhepunkt, den man nur einmal im Leben haben kann.»

«Aha. Könntest du dir eigentlich vorstellen, mich aufzuessen, falls wir in eine Notlage gerieten?»

«Nein. In Nigeria werden junge Frauen bis zu ihrer Verheiratung in sogenannten Masthäusern, Fattening Houses, kaserniert. Nach dem Mästungsprozess werden die Mädchen auf dem Dorfplatz begutachtet. Schätzt man sie als fett, schön aussehend und rundlich ein, bekommen sie ein Stück weißer

Kreide, den knöchrigen und verklemmten hingegen wird ein Stück Holzkohle überreicht, und sie werden noch dazu durch Spottgesänge lächerlich gemacht.»

«Ach, du spinnst doch.»

«Nein. Ich schwöre. Manche Feedees geben in einschlägigen Internetforen Anzeigen auf, dass sie zwar unbedingt weiter zunehmen wollen, sich das Essen jedoch nicht mehr leisten können und daher um Zusendung von Care-Paketen bitten. Im Gegenzug schicken sie Fotos, die sie nach Wünschen ihrer virtuellen Mäster aufnehmen. In enger Kleidung, aus der die Fettwülste herausplatzen.»

«Aha.»

«Im brandenburgischen Specklin findet sich Deutschlands einziger Beauty-Mastbetrieb. Dort wird man gehalten, den Tag im Liegen zu verbringen, Beförderung findet ausschließlich in Sänften statt. Das interessante Motto des Sanatoriums: Mit dem Leib weitet sich auch der Geist. Indem wir dem Körper die störenden Kanten nehmen, bringen wir die Gedanken dazu, die Richtung zu wechseln. Guck mal nach rechts, die beiden da, er ist der Feeder, sie Feedee.»

Die Frau schraubt sich ächzend und schnaufend aus ihrem Stuhl, greift nach einer Krücke und verlässt, gestützt von ihrem Mann, den Speisesaal. Wieso greift das Personal nicht ein? Solche Praktiken sind doch bestimmt nicht legal.

«Soso, dann sind wir also in einem Hotspot der internationalen Feederszene gelandet. Eine Freakshow. Wie dem auch sei, Bursche, ich darf dich langsam ins Casino bitten, es gilt, die gestrigen Verluste wieder reinzuholen.»

ALLTAG MYSTIQUE

Sechs Uhr siebenunddreißig. Schon wieder bin ich hellwach, das darf doch nicht wahr sein! Ich habe ja viele Probleme, aber Schlafprobleme eigentlich nicht. Ich lasse den gestrigen Abend Revue passieren: Bier, Rotwein, Rum, schmerzliche Verluste beim Black Jack (schmutziges Casino), auf dem Rückweg heftiger Streit mit C. Peinlich, ein unentschuldbarer Aussetzer meinerseits, Lachanfall, hysterischer Anfall, einfach nur Anfall, Spirale des Wahnsinns, keine Ahnung, wie man's nennen soll, ich habe mich jedenfalls wie ein Irrer benommen. Dabei gab es überhaupt keinen Grund, weder hat jemand einen gelungenen Witz gerissen, noch ist etwas Komisches passiert oder sonst etwas, das Anlass zu meiner Psychoattacke gegeben hätte. Grunzend, grölend, greinend, tierische Laute ausstoßend habe ich eine Art Veitstanz aufgeführt und bin dabei in einen Zustand völliger Entäußerung geraten, einer schizoaffektiven Psychose nicht unähnlich. C. hat jedenfalls nicht kapiert, was das Ganze *soll*. Dummerweise hatte er den ganzen Abend keinen Tropfen getrunken – abstinenzbedingte Humorlosigkeit. Egal, keiner hätte das verstanden. Und je genervter C. reagierte, desto mehr bin ich durchgedreht, bis es vollkommen aus dem Ruder gelaufen ist und ich mich komplett habe gehenlassen. Kurz vor unserem Hotel sind uns nächtliche Spaziergänger begegnet, denen sich ein bizarrer Anblick geboten hat: Ein vor Wut dampfender Mann marschiert, den Blick starr geradeaus gerichtet, ein anderer hüpft wie ein psychedelisiertes Rumpelstilzchen um ihn herum. C. ist grußlos im Zimmer verschwunden. Mein Aussetzer wird nicht ohne Folgen bleiben, so viel ist sicher. Sechs Uhr fünfzig. Bitte, bitte, lieber Gott, lass mich wenigstens noch ein Stündchen schlafen! Wie soll ich den Tag sonst überstehen? Manchmal hilft lesen. Aber nicht irgendetwas:

«Dann kam ein Kleid mit der ersten zaghaften Andeutung von Schulterpolstern, und gleich darauf folgten die selbstbewußteren, dynamischeren, reiferen Schwestern, die schon die burschikosen Jahre abgestreift hatten, Taille und Kurven entdeckten, die Hoffnungen der Männer aber souverän ignorierten und wieder länger wurden. Ihr neuestes und bestes Stück, das sie sich zum Examen gekauft hatte, ehe sie von ihrer beschämenden Note erfuhr, war ein die Figur betonendes dunkelgrünes, diagonal geschnittenes, rückenfreies Abendkleid mit Nackenband.»

Gleich schüttet das Hirn die müde machenden Substanzen aus.

«Viel zu elegant, um es daheim zum ersten Mal zu tragen. Also ließ sie die Hand zurückwandern und holte ein Kleid aus Moiré mit plissiertem Oberteil und langettiertem Saum heraus – eine sichere Wahl, da das Rosa matt und dezent genug für den Abend war. Der dreiflügelige Spiegel sah es genauso. Sie zog sich andere Schuhe an, tauschte die Gagatkette gegen die Perlen, frischte ihr Make-up auf, kämmte sich das Haar, tupfte einen Tropfen Parfum auf den Halsansatz, von dem jetzt mehr als vorher zu sehen war, und trat kaum eine Viertelstunde später wieder in den Flur.»

RRRRrrrrrrppppsssss ...

Als ich aufwache, ist es bereits neun Uhr dreiundfünfzig, o nein, o nein, o nein, das gibt richtig Ärger. Ein Blick aufs

Handy, acht SMS, macht zusammen sechsunddreißig Fragezeichen.

C.s Gesicht sieht aus wie eine niedergebrannte Kerze. «Es ist
ein echter Wahnsinn», sagt er mit bis zur Tonlosigkeit abge-
flachter Stimme. «Ich frage dich ganz ernsthaft, wie du dir das
vorstellst. Gibt es irgendeine Erklärung? Ich möchte verstehen,
was in dir vorgeht.»

«Ich hatte schreckliche Albträume. Um fünf war die Nacht
zu Ende, irgendwann bin ich wieder eingeschlafen und habe
den Wecker nicht gehört.»

«Und was bitte war gestern Nacht mit dir los? Wie du dich
aufgeführt hast, ist auch durch Trunkenheit weder erklär-
noch entschuldbar. Vollkommen irre. Krankhaft. Nicht ich, du
musst zum Arzt. Das Ehepaar, dem wir begegnet sind, war kurz
davor, den Sicherheitsdienst zu alarmieren. Du gefährdest unsere Freundschaft.»

Er meint es ernst, todernst sogar. Anderen wurde schon aus
weitaus geringeren Gründen die Freundschaft gekündigt.

C. begnügt sich mit Spiegelei und einer Scheibe Toast. Er sei bereits um sechs aufgewacht und habe um halb sieben ein erstes
Frühstück eingenommen. Jetzt wolle er bis zum Mittagessen
fasten. Ich erkläre ihm, dass man unter Fasten den vollständi-
gen Verzicht sowohl auf feste als auch flüssige Nahrung über
einen Zeitraum von wenigstens fünf Tagen verstehe. Alles andere sei Diät. Er schimpft mich einen Klugscheißer. Minuten-
langes, eisiges Schweigen, Geschirrschaben, Kiefergymnastik,
leises eins, zwo, drei, eins, zwo. Unvermittelt knallt C. seine
Kaffeetasse auf den Tisch und sagt, er halte das alles nicht mehr
aus, als ob es noch nicht genug wäre, würde er jetzt auch noch
an Kopfweh und geschwollenen Lymphdrüsen leiden. Er könne
den Arztbesuch unmöglich weiter hinausschieben, da er Angst

habe, bleibende Schäden davonzutragen. Ob ich ihn abermals begleiten würde. Selbstverständlich. Sicher. Selbstredend. Natürlich. Klar.

Drückende Hitze. Wortlos trotten wir nebeneinanderher. Die Stimmung hat einen neuen Tiefpunkt erreicht. Ich fühle mich wie ausgewrungen. Eins, zwo, drei, vier, eins, zwo, eins, zwo, drei, eins, zwo, drei, vier. Es gibt nichts zu reden. Unser Verhältnis ist endgültig zerrüttet, einzig das Treatment hält uns zusammen.

Im Medical Care scheint es noch kälter zu sein als gestern, wieder ist C. der einzige Patient. Schweigen. Stoffrascheln. Atmen. Vernehmliches, andauerndes Seufzen, Stöhnen, Röcheln, Nase hochziehen, Durchschnaufen. Eine halbe Stunde vergeht, bevor C. von einem freundlichen, untersetzten Mann mit weißem Haarkranz ins Sprechzimmer gebeten wird. Aha, Arztwechsel, Arzt-Rochade. Ich gehe zum Aufwärmen nach draußen. Zwei Sanitäter rauchen, gelehnt an ihren Krankenwagen, eine Zigarette. Rauchpause, herrlich. Durchs Rauchen wird alles schöner: Kaffee, Essen, Alkohol, Telefonieren, Fernsehen, Computer, Gespräche, Spaziergänge, Pausen aller Art, die Liste ließe sich beliebig fortsetzen. Gerade die anstrengende geistige Arbeit geht, eingehüllt in eine dichte Rauchwolke, viel leichter von der Hand. Die Packung nehmen, ein Zigarettchen herausfrickeln, das goldene Dupont-Feuerzeug aufschnappen lassen, einen tiefen Zug nehmen, den ersten Satz zu Papier bringen, inhalieren, nächster Satz, inhalieren, schreiben, inhalieren, schreiben, abaschen, inhalieren, schreiben, inhalieren, schreiben, abaschen, ausdrücken, zurücklehnen und das Geschriebene prüfen. Melodie und Rhythmus! Nach einer Viertelstunde die nächste Zigarette. Das Leben bekommt Struktur und ist erfüllt von der Vorfreude auf die nächste Zigarettenpause. Wunder Nikotin: Ist man erregt, entspannt die Zigarette, bei Müdigkeit entfaltet sie eine belebende Wirkung. Das schafft nur die Zigarette. Merke, ein für alle Mal: DER RAUCHER RAUCHT NICHT, WEIL ER PROBLEME HAT, SONDERN WEIL ER KEINE HAT. Am Ende eines erfüllten Raucherlebens wird der Nikotinist eins mit seiner Marke, z. B. der Edelsorte *John Players Navy Cut*. Die kleine, seit Jahrhunderten im Familienbesitz befindliche Manufaktur, deren jährlicher Ausstoß sich auf nicht mehr als eintausend durchnummerierte Stangen beläuft, verwendet ausschließlich von Hand gepflückte Hochlandtabake, die unter Bedingungen gereift sind, die das Wort Bedingung verdienen. Die Sanitäter drücken ihre Kippen aus und steigen in den Wagen. Ach, ach, ach, wie konnte ich nur so dumm sein aufzuhören. Die Tür des Medical Care öffnet sich, und ein freudestrahlender C. kommt heraus. Er hält mir triumphierend eine orangefarbene Tablettenpackung unter die Nase: Ciprobay 750, Broad-Spectrum Antibiotic.

«Servus, Burschi, hier, die Lösung aller Probleme. Abmarsch.»

«Was ist, was hat er gesagt?»

«Erklär ich dir auf dem Weg. Gleich halb zwölf, die Arbeit ruft.»

C. behauptet, sofort gespürt zu haben, dass der Mann etwas von seinem Job verstehe; wie man ja sowieso immer schon nach wenigen Augenblicken wisse, ob jemand was loshabe, egal ob Arzt oder Klempner oder Astronaut oder sonst was. Die Ohrentropfen seien völliger Unfug gewesen, er habe einen ausgewachsenen Infekt, dem man nur mit Antibiotika beikommen könne. Korrekte Einnahme vorausgesetzt, sei er in weniger als 24 Stunden beschwerdefrei. Endlich. Endlich urlauben *wie alle anderen auch.* Das zu betonen wird er nicht müde. Wie alle anderen auch.

Babyman und seine Mutter schmoren wie festgeklebt auf ihren Liegen. Babyman knackt, der Mund arbeitet gegen die Speichelflut, die Arme speckrund mit Einschnitten an den Gelenken wie eben bei einem fetten Baby. So sitzt er zu Hause auf dem Sofa und pult sich die Flusen aus dem Bauchnabel. Jahraus, jahrein, tagaus, tagein in der gleichen Position. Mit gedankenlos starrem Blick, ausgeflossen wie ein leckes Fass, unberührbar eingenistet in das schönste Jahr seiner Kindheit. Seine Mutter, zu einem Greislein geschrumpft, schon nicht mehr männlich oder weiblich, gehört bereits einem anderen Reich an, dem Reich leichter, verwehbarer Wesen. Das ganze Leben ein Prozess allmählicher Verringerung, sie hat ihr Erwachsenenmaß aufgegeben und den langen Weg durch Alter und Tod bis in jene Fernen eingeleitet, wo sie nur noch ein Nichts ohne Maße ist –

Jaja. Wohl zu viel McEwan gelesen. Von den netten amerikanischen Paaren weit und breit keine Spur. Schade. Dafür setzt sich ungefragt ein dicker Mann im weißen Kaftan zu uns. Ali. Aha. Er sei Moslem, fügt er nach kurzer Pause hinzu. Aha, aha. Und wir? Laber, laber. So, Austria, kenne er gut, erzählt er in erstaunlich gutem Deutsch, er habe ein Jahr in Salzburg gelebt und ein weiteres in Linz. Ein *Österreichkenner*. Irgendwie unglaubwürdig, aber egal. Er versucht einen Witz: Wo steht Europas größte Orgel? In Österreich: acht Millionen Pfeifen. Haha. Beim Lachen entblößt er seine schiefen, stark verfärbten Zähne. Nächster Witz: Was ist weiß und hüpft von Baum zu Baum? Österreichischer Arzt bei der Zeckenimpfung. Auch lustig. C.s Gesicht: versteinert. Verschreinert. Verschmurgelt. Nächster Witz: Wie wurde Österreich geschaffen? Der liebe Gott saß auf der Zugspitze und schnitzte die Menschen. Alles, was ihm nicht gefiel, warf er nach hinten über die Schulter.

C.: «Jaja, ist ja gut. Wir haben es nicht so mit Humor.»

Ali: «Wie? Keinen Humor?»

C.: «Nein, gar nicht. Überhaupt keinen Humor.»

Ali bietet ihm eine Zigarette an, bevor er mit seinem eigentlichen Anliegen rausrückt. Eine zweitägige, von ihm persönlich organisierte Safari, zu der er uns herzlich einladen wolle. C. winkt sofort ab, ein solches Abenteuer komme für ihn unter gar keinen Umständen in Frage, viel zu beschwerlich, außerdem habe er Angst vor Tieren.

Ali: «Aber die kommen doch nicht in den Bus!»

C.: «Doch.»

Diskussion beendet. Ali zuckt mit den Schultern, hier beißt er auf Granit. Schwer atmend erhebt er sich, C. fragt ihn noch, wie das Casino in Mombasa sei und ob da womöglich Kugelautomaten hingen. Und ob es *Clubs* gäbe, in die zu gehen sich lohne. Ali schüttelt den Kopf, das wisse er nicht, Clubs und Casinos seien ihm verboten. Er verabschiedet sich, geht ein paar Schritte, zückt sein Handy und beginnt zu telefonieren, wobei er uns aus den Augenwinkeln beobachtet.

C.: «Wieso darf der da nicht hin. Weil er Moslem ist?»

«Wahrscheinlich.»

«Und wir spielen und trinken und gehen billigen Vergnügungen nach. Schau, sein Handy!»

«Was ist mit dem Handy?»

«Das ist das Todeshandy.»

«Todeshandy, haha.»

«Noch lachst du, Bursche, aber wir werden unserer gerechten Strafe nicht entrinnen. Schau, er wählt, A wie Al Kaida.»

Die Arbeit ruft. Wo waren wir stehengeblieben? Gar nicht leicht, den Faden wiederaufzunehmen. Erst einmal müssen die Synapsen in Position gebracht werden, es gilt, die im Äther herumschwirrenden Ideen aufzusaugen, wie ein Staubsauger, der gierig die Fusseln aus dem Teppich zieht. Die ersten Ideen sind meist schwach wie mehrfach aufgebrühter Kaffee, unzulängliches Material, das man wie abgelaufenes Dönerfleisch vom rostigen Spieß schaben und im Müll entsorgen muss.

Nach endlosem Grübeln gelingt C. der Wiedereinstieg: «Martina und der pitschnasse Pit kehren ins Hotel zurück, sie überredet Heino, Pit einen Jogginganzug auszuborgen. Dann folgt Teil eins der Pudel Open, die Pflicht, sprich Schönheitswettbewerb. Vor dem Hotel wartet ein Taxi, im Fond sitzen der alte Herr Habib und Pit. Habib erklärt Pit Ablauf und Regeln des Bewerbs, parallel dazu sehen wir die entsprechenden Szenen, wie sie im Festsaal wenig später tatsächlich ablaufen.»

Er holt einen zerknüddelten Zettel mit seinen Recherchen hervor.

«Hier, Pudellatein, Originalzitate. Offtext Herr Habib: ‹Ihr betretet den Ring, begrüßt den Richter, der den Hund liebevoll berührt und ein paar Worte mit ihm redet. Anschließend werden das Gebiss kontrolliert und die Muskelmasse durchgetestet. Dann stellst du den Hund zwei bis drei Meter entfernt vom Richter auf, sodass dem die Breitseite zugewandt ist. Der Hund soll nun ruhig stehen. Der Richter begutachtet den Hund. Dann wirst du gebeten, mit dem Hund im Kreis zu laufen, um dessen Gangwerk begutachten zu können. Nicht ganz am Körper, sondern einen halben Meter entfernt führen. Nur so schnell, dass der Hund im Trab läuft. Nicht springen lassen. Sind die Konkurrenten an der Reihe, im Ring warten, aber schön hinstellen, nicht sitzen oder liegen lassen.›»

«Aha, klingt doch gut. Danach zieht sich die Jury zur Beratung zurück, an deren Ende König die sieben Finalteilnehmer bekanntgibt: Dracul, Martina, Pit, die Oma, das Kind, der Hinterwäldler und die Russin. Am Abend gemeinsames Essen aller Finalisten.»

«Dracul versucht Martina zu überreden, ihren Hund von seinem decken zu lassen, aber Martina weigert sich. Das wird später noch eine wichtige Rolle spielen. Heino fragt Dracul, ob es möglich ist, sich von ihm adoptieren zu lassen. Er hofft, dass ihm der Name Graf Dracul auf dem Kiez verlorenen Glanz zurückbringt. Dracul antwortet, das sei prinzipiell möglich, aber auch teuer. Heino geht zum Telefonieren in die Lobby, er trifft mit Willi, einer Wiener Unterweltgröße und einem Spezl von früher, eine Verabredung für den folgenden Tag. Dracul und Martina gehen gemeinsam zur Tortenvitrine, es stellt sich heraus, dass sie die Leidenschaft für süße Backwaren eint. Dracul erzählt, dass er sich sehr auf den morgigen Tag freue, nicht nur wegen des Wettbewerbs, nein, es stehe nämlich auch eine Führung durch die Tortenmanufaktur Winterstein auf dem Programm. Martina zeigt sich begeistert und fragt, ob sie ihn begleiten dürfe. Dracul kann sein Glück kaum fassen. Eine private Verabredung mit seinem Star! Der Grundstein für Verwicklungen ist gelegt.»

«Gut. Wir müssen aber auch an Pit denken, der den Abend im Kreis der Familie Habib verbringt. Was dort *genau* passiert, klären wir im nächsten Arbeitsgang.»

«Und das war's auch schon mit Tag eins. Mittagstisch.»

C., mit gewohntem Appetit: Hackbällchen, Grillwürstchen, Pommes, Reis, Broccoli, zwei Cola. Ich begnüge mich mit gegrilltem Schwertfisch und einem Tomaten-Zwiebel-Salat ohne alles. Nach dem Essen Siesta am Pool, C. schläft nach wenigen Minuten ein. Zeit, mich dem Krafttraining zu widmen: Die Empfindung, welche sich nach einem harten Satz einstellt, wenn die Muskeln sich so prall anfühlen, als würden sie im nächsten Moment platzen, entschädigt für den Moment des Schmerzes mehr als genug! Durch intensives Training setzt der

Körper Schmerzdämpfer frei, körpereigene Opiate. Zusammen mit dem Pumpeffekt geben sie ein Gefühl von Stärke. Nichts kann einen mehr aufhalten!

Stimmt genau.

Von wegen, das Gepäck werde über Düsseldorf nachkommen! Der Koffer ist und bleibt verschwunden, ich werde ihn wohl endgültig abschreiben müssen. Afrika 2007: Ohne Berge bestiegen, Ozeane durchschwommen, Buckelwale geangelt oder an Safaris teilgenommen zu haben, dafür unbelastet von materiellem Besitz, leicht wie eine Feder und im Schritt beruhigt, werde ich heimkehren. Stillgelegt. True love can wait. Heilige Reinheit. Ich könnte mir mit meinen neugewonnenen Kenntnissen eine schöne Stange Geld dazuverdienen. Kurse, Wochenendseminare, Fernschulungen, die alle um mein neues Lebensthema kreisen: SPERMAVERHALTEN. Ganzheitliche Körperarbeit nach den Lehren des Schamanen Heinz Strunk: Wir lernen, unseren Samen zu halten und zu bewahren. Denn wer Samen verschleudert, verschleudert Energie.

Kurz vor drei wecke ich meinen Freund. Nach Cappuccini und Sprite geht's zum Strand, wo wir bereits von den Grüßaugusten erwartet werden.

«ALLES KLAR? SCHWEINEHUNDE, DECKUNG! HAHA.»

Ein Tag gleicht dem anderen schon jetzt wie ein Ei, herrlich, am Ende werden wir unser Programm mit einhundertprozentiger Genauigkeit abspulen. Perfekte Synchronizität: Man könnte zwei Tage übereinanderlegen und würde keinen Unterschied bemerken. C. möchte vor der Nachmittagsschicht noch eine Zigarette rauchen. Rauchen, schweigen, aufs Meer schauen, schweigen, rauchen, aufs Meer schauen, aufs Meer schauen, rauchen, schweigen. Heute mal ohne nerviges *Monkey see, monkey doo*-Gebrülle, der Affenmann scheint seinen freien Tag zu haben.

Der Ozean schimmert türkis. Bis ca. 14 Uhr ist Ebbe, dann setzt die Flut ein.

Voll, sage ich, jetzt ist der Ozean vollgelaufen.

Genau, meint C., vollgelaufen, das ist das richtige Wort.

Hitze. Wellen. Vogelkreischen.

Als Ausgleich zur Kopfarbeit benötigen wir Zerstreuung, wir haben ein tiefes Verlangen nach Gedankenleere; die Flucht in Dämmern, Alkohol und Glücksspiel ist in dem Wunsch begründet, wenigstens ein paar Tage im Jahr in selige Bewusstlosigkeit und selbstverordnete Dummheit abzutauchen.

Mit der Ruhe ist es vorbei, als wenige Meter von uns eine Familie Quartier bezieht, die einer nachmittäglichen Dokusoap entsprungen sein könnte: der Mann, fliehendes Kinn, fusseliges, rotblondes Bärtchen, in den kaputten Kiefer geschraubte Kunstzähne; der Kopf sitzt auf seinen dürren Schultern wie ein funktionsuntüchtiger Leuchtturm. Die Frau, praktisch keine Figur, das wulstige Fleisch farblos wie das einer Schnecke, winzige Tätowierung am Oberarm, die wie ein halbherziges Aufbegehren gegen den vorgezeichneten Lebensentwurf wirkt. Das Kind, dicklich, stumpfes, plattes Gesicht. Er hat erkennbar irgendeine schwere Macke, ADHS sowieso, vielleicht noch ein seltener genetischer Defekt, eine Art Entstellung, nicht lokalisierbar, mehr spürbar als sichtbar.

Was machen die hier? Einzige Erklärung: Die haben die Reise gewonnen. Sie breitet die mitgebrachten Sachen auf einer Decke aus, offenbar unterläuft ihr dabei ein Fehler, denn er brüllt sie unvermittelt an: «DAS DARF DOCH WOHL NICHT WAHR SEIN! KANNST DU MIR MAL SAGEN, WIE DU DAS IMMER MACHST?» Statt zu antworten, zieht sie blitzschnell den Kopf ein und dreht sich weg, eine offenbar geübte

Bewegung, um weniger Angriffsfläche zu bieten. Durch die Drehung des Körpers legt sich ihr Bauch in ein paar übereinandergeschichtete Wülste. Der Junge versenkt eine Handvoll M&M's im Mund, seine Finger sind schokoladenverschmiert, der Schmutz unter den Nägeln sieht widerlich aus. Ein paar von den Dingern landen im Sand. Der Mann: «Dustin, das gibt es doch nicht.» Zur Frau gewandt: «Kannst du *deinem* Sohn nicht einmal beibringen, wie man richtig isst?» Oje, auch das noch, Dustin ist das Kind aus einer vorherigen Beziehung. Die Höchststrafe der Evolution: das missratene Kind eines anderen großziehen. Wie die miteinander umgehen, kann es zu keinem Zeitpunkt schön gewesen sein, auch ganz früher nicht. Irgendwann haben sie sich undurchdacht zusammengetan, und nun müssen sie zusammenbleiben, für immer.

LET LOVE RULE.

Aus Hass und Verbitterung und Nervosität und Verwirrung zerstören sie sich gegenseitig, wie zwei Maschinen, die nicht aufeinander abgestimmt sind. Der arme Dustin. Dustin, der Eisige, fällt mir ein. Ich stelle mir vor, wie er von seinem Stiefvater jeden Abend in ein Kühlhaus gebracht und dort schockgefroren wird. In aller Herrgottsfrühe holt ihn seine Mutter wieder ab, taut ihn auf und bringt ihn zur Schule. Ab und an hakt die Defrost-Funktion, und er ist zum Unterrichtsbeginn noch ein wenig angefroren. Eine Familie zum Knutschen. Familie Flodder. Ganz klar, Familie Flodder.

C. zündet sich die nächste Zigarette an.

«Solange du krank bist, solltest du nicht so viel rauchen.»

«Lass das mal meine Sorge sein, Rauchen ist neben Essen die einzige Freude, die mir bleibt. Also, Samstag, Tag zwei: Heino wacht auf, anstelle Martinas liegt der Pudel neben ihm. Sie hat einen Zettel hinterlassen: ‹Komme gegen drei zurück.

Pass bitte auf den Hund auf. Küsse, Martina.› Heino rast vor Wut und Enttäuschung. Schnitt. Schokoladenmanufaktur, mitten in der Führung. Dracul und Martina, im Kreis anderer Schokofans, werden vom Juniorchef Winterstein mit der Geschichte der Manufaktur vertraut gemacht. Der Vortrag ist enorm langweilig. Sie gelangen zu einem streng gesicherten Raum, in dem laut Winterstein die *absolut reine Schokolade* aufbewahrt wird und der nur von wenigen, ausgesuchten Mitarbeitern betreten werden darf. Die Tür ist mit einem Zahlencode gesichert. Kannst du dir denken, wie es weitergeht?»

«Ja! Genial. Winterstein, der den Leuten wenigstens einen kurzen Blick ins Heiligtum gestatten will, verdeckt mit seinem Körper das Schloss und tippt den Code ein. Martina, bis in die Haarspitzen konzentriert, spricht lautlos die Zahlenkombination mit.»

«Sehr gut! Schnitt. Heino, den Hund an der Leine, trifft Willi in Begleitung seines Leibwächters Serge in einer seiner Rotlichtbars. Affiges Begrüßungszeremoniell. Der Hund ist unruhig, er kläfft, zieht an der Leine. Willi, genervt von dem lächerlichen Kläffer, schlägt vor, dass Serge mit ihm Gassi gehen soll. Heino willigt erleichtert ein und übergibt Serge die Leine.»

«Schnitt. Manufaktur: Die Führung geht weiter. Plötzlich nimmt Martina Dracul bei der Hand, macht das Pssst-Zeichen, und sie stehlen sich in die entgegengesetzte Richtung davon. Martina stoppt vor dem Geheimzimmer, tippt den Zahlencode und öffnet die Tür. Über dem Schokobassin ist eine Art Deckel, eine Schutzvorrichtung. Vorsichtig balanciert Martina darüber, Dracul, der in seinem ganzen Leben noch nie etwas Verrücktes oder Verbotenes gemacht hat, springt über seinen eigenen Schatten und folgt ihr. Als sie etwa in der Mitte sind, gibt der Deckel nach, und sie stürzen ab. Martina tobt wie entfesselt in der Schokolade herum, Dracul, dem mittlerweile alles egal ist und der sich vor seinem vergötterten Star keinesfalls als ängstlicher Schwächling blamieren will, tut es ihr nach. Sie bespritzen sich mit Schokolade, klettern immer wieder aus dem Bottich, um gleich wieder hineinzuspringen. Schnitt. Jetzt mach du mal weiter.»

«Willi berichtet Heino von einem seiner Mädchen, das nach Hamburg will. Ob Heino nicht Platz für sie habe. Ja, hat er, aber was ist mit der Ablöse? Willi schlägt vor, es wie früher mit einem Liegestützwettbewerb auszutragen. Gewinnt Heino, bekommt er das Mädchen für lau, gewinnt Willi, bekommt er Heinos Hummer. Schnitt. Serge lässt gelangweilt den Pudel auf einem Brückengeländer balancieren. Eine sexy Radfahrerin kommt vorbeigefahren, Serge schaut ihr lüstern hinterher. Als er sich umdreht, ist das Geländer leer.»

«Liegestützwettbewerb. Heino und Willi mobilisieren die letzten Reserven, als Serge ohne Hund zurückkommt. Heino, in der Aufwärtsbewegung, fragt mit hochrotem Kopf nach dem Pudel, Serge antwortet, dass das *depperte Arschvieh an der Reichsbrücke ins Wasser gefallen* sei. Heino dreht durch, greift, immer noch im Liegestütz, Serges Kniescheibe und kugelt sie aus, ein Griff, den er schon Hunderte Male angewandt hat. Serge bricht mit einem gellenden Schmerzensschrei zusammen. Die Männer springen auf, Willi erleidet einen Tobsuchtsanfall und zückt ein Messer, will eigentlich nur drohen. Heino greift Willis Handgelenk, die Männer rangeln, mehr aus Versehen fügt Willi Heino eine Schnittwunde im Gesicht zu. Heino zieht seine Pistole, hält sie Willi vor die Nase und zwingt ihn, ihm die Stiefel zu lecken und Pfötchen zu geben: punktgenaue Schwerstdemütigung vor den Augen des Leibwächters. Bevor er das Weite sucht, schießt Heino ein paarmal wild um sich und trifft dabei die Vase mit der Asche von Willis kürzlich verstorbener Mutter. Willi, von Wut und Schmerz übermannt, schwört blutige Rache.»

Wir schauen uns an. Begeisterung. Freude. Energieschub. Wahnsinn, wie das läuft. Herr Flodder linst mit unsicherem Alkoholikergrinsen misstrauisch zu uns herüber, wahrscheinlich denkt er, dass wir verrückt sind, dabei ist er der Verrückte.

«Okay, Bursche, kurz nach sechs, eigentlich ist Feierabend, aber wir ziehen das jetzt durch. Also: Schokoladenbottich, enthusiasmierte Stimmung. Dracul steht auf dem Rand des Bottichs, will springen, da bricht es aus ihm heraus: ‹Jetzt seh ich aus wie einer deiner Schornsteinfeger.› Martina erstarrt.»

«Heino kurvt auf der Suche nach dem Pudel durch Wien und – Glück muss der Mensch haben – entdeckt das pitschnasse, zitternde Tier, wie es gerade von Saufpunks aus dem Wasser gezogen und mit Graffiti vollgesprüht wird. Rasend vor Wut lässt Heino seinen Wagen im fließenden Verkehr stehen, rennt zum Flussufer und verprügelt die Punks. Er greift den Hund und fährt zum Hotel zurück.»

«Letzte Szene, dann haben wir's für heute: Dracul und Martina sitzen über und über mit Schokolade vollgeschmiert in der Straßenbahn, Dracul gesteht ihr, dass er unter Erektionsschwierigkeiten leide. Sein Problem sei, dass er *in Gegenwart einer Frau keine Erektion* bekommen könne.»

19 Uhr, Strandbar. Die Wolfs, zuverlässig wie immer. Wir auch.

«Bursche, Frage: Würdest du dich für 50 Millionen Euro einer Geschlechtsumwandlung unterziehen?»

«Nicht für 50 Millionen.»

«Okay, eine Milliarde.»

«Ich dachte, die Beträge sind nicht verhandelbar.»

«Ich kann die Regeln jederzeit ändern.»

«Aha. Nein, so geht das nicht. Aber selbst für eine Milliarde würde ich's nicht machen.»

«Gut. Frage beantwortet.»

Wolfs gucken komisch. In ihren Körpern herrscht ein ganz leerer Überdruck.

«Weißt du, was Liebe ist, Bursche?»

«Da bin ich ja mal gespannt.»

«Liebe ist, etwas zu geben, das man nicht hat, an jemanden, der nichts davon will.»

«Ach.»

Wolfs trinken aus und gehen. 3:0 für uns. Das Abendessen verläuft ohne besondere Vorkommnisse.

«Bursche, darf ich dich nach deinen Plänen befragen?»

«Welchen? Heute oder morgen oder allgemein? Ins Casino kann ich nicht schon wieder, ich hab kaum noch Geld.»

«Wenn wir unser Tempo beibehalten, dürften wir bereits morgen unsere Arbeit abgeschlossen haben. Danach darf ich dich auf einen Spaziergang einladen. Ich möchte wenigstens einmal die nähere Umgebung der Anlage erkunden. Anschließend könnten wir einen Ausflug mit dem *Magic Glass Boat* unternehmen.»

«Was? Wieso das denn?»

«Weil wir zur Abwechslung etwas erleben sollten. Und ein Ausflug mit dem Magic Glass Boat scheint mit denkbar geringen Risiken behaftet zu sein.»

Er schlägt vor, doch ins Casino zu gehen, zur Abwechslung mal wieder ins kalte. Black Jack. Na gut. Wir latschen los. Kurz vor dem Ziel bleibt er unvermittelt stehen.

«Bursche, mir geht's nicht gut.»

«Wie, was ist denn? Wirken die Medikamente doch nicht?»

«Nein, seelisch. Ich kann heute nicht spielen. Ich glaub, ich muss allein sein.»

«Ist es schlimm?»

«Nein, morgen geht's mir bestimmt wieder gut. Ich will dir nicht den Abend verderben. Ich kehr um.»

Und nun? Ganz allein ins Casino? Hab ich noch nie gemacht. Naja, warum nicht, Leben als Experiment, Leben als Abenteuer.

«Naja, dann gute Besserung. Morgen um neun?»

«Ja, natürlich. Servus.»

«Ahoi.»

Im Kalten herrscht Grabeskälte. Der Automatenbereich ist verwaist, die Roulettetische werden überwiegend von Japanern bevölkert. Die Schlitzaugen platzieren mürrisch ihre Jetons auf dem grünen Filz mal hier, mal dort, Kolonnen, Dutzende, einfache Chancen, gelegentlich einzelne Zahlen, ein System steckt augenscheinlich nicht dahinter, und leidenschaftliches Spiel sieht auch anders aus. Die schwindelerregenden Einsätze korrespondieren so gar nicht mit ihren Billigklamotten. Den Gegenwert einer Eigentumswohnung setzen, aber KIK tragen. Mensch und Anzug im harten Spieleralltag zerschlissen. Ich hab nur 50 000 dabei. Blöd.

Ich steuere die Black-Jack-Tische an, von denen wegen der geringen Nachfrage nur einer in Betrieb ist. Von den Hiphop-Produzenten weit und breit nichts zu sehen, wahrscheinlich plündern sie heute das Schmutzige. Holen sich das, was rechtmäßig uns zusteht. Egal.

Vier der sechs Boxen sind besetzt, rechts außen thront ein dicker Asiate (wahrscheinlich Chinese, die sehen irgendwie breiiger als Japaner aus, wie aufgeblasene Puppen oder geschwollene Zecken), der phänotypisch einem Wassertier ähnelt, das ganz am Anfang der Nahrungskette steht. Z.B. einem Seeleoparden. Box zwei und drei werden von klapperdürren, älteren Frauen belegt, sie haben das Aussehen jäh vergreister Schulmädchen. In der vierten Box stemmt sich ein hohlwangiges Männlein mit gelbstichigem Lippenbart gegen die drohende Niederlage.

Spielregel Black Jack (kann überlesen werden): Ziel beim Black Jack ist es, mehr Punkte als die Bank zu erreichen, ohne sich zu überkaufen. Dieser Fall tritt ein, wenn die Summe der Karten höher als 21 Augen ist. Asse zählen nach Wahl des Spielers entweder einen oder elf Punkte, Bilder zehn Punkte und alle anderen Karten den aufgedruckten Punktwert. Der Spieler gewinnt immer dann, wenn die Bank sich überkauft, er mehr Augen als die Bank oder einen Black Jack hat, also 21 Punkte mit nur 2 Karten. Nachdem alle Spieler ihre Einsätze gesetzt haben, teilt der Croupier jedem Spieler offen zwei Karten aus, die Bank erhält eine Karte offen.

DEALER MUST STAY ON 17 AND MUST DRAW TO 16.

Die Dealerin, eine Beyoncé ähnelnde Schönheit, teilt mit unbewegter Miene die Karten aus. Wie sie da so unerreichbar auf der anderen Seite des Tisches sitzt, könnte man meinen, dass ihr *persönlich* nicht nur diese, sondern sämtliche Spielbanken auf der Welt gehören. Kein Mensch, sondern eine Wesenheit, in deren Angesicht Spieler automatisch verwelken. Der Seeleopard erhält einen Buben (zehn), Kindergreisin Nr. 1 eine Acht, Kindergreisin Nr. 2 eine Neun, das Männlein eine Fünf. Mit Fünf oder Sechs als erster Karte ist man in einer denkbar schlechten Position. Beyoncé zieht eine Dame. Zweite Runde. Leopard Dame = Zwanzig = Stay. Die Kindergreisinnen kommen mit einem König und einer Acht auf jeweils achtzehn Punkte und bleiben ebenfalls stehen. Das Männlein zieht eine Sieben, hat also zwölf Punkte, gegen eine Zehn der Bank muss er noch eine Karte kaufen. Ass. Dreizehn. Der Bart reicht bis in die Mundwinkel, er hat ihn sich wahrscheinlich nur stehen lassen, um darauf rumzukauen. Er kaut und nickt. Dame. Dreiundzwanzig = **BUST**! Beyoncé zieht eine Neun, kommt also auf neunzehn, einziger Gewinner ist der Leopard.

So läuft das beim Black Jack. Ungefähr.

Nachdem ich ein paar Spiele habe verstreichen lassen, steige ich ein, spiele allerdings passiv: Ich setze meine Einsätze in der Box eines aktiven Spielers (natürlich der des Leoparden) und muss mich damit nach seinen Kaufentscheidungen richten. Er ist mein Wirtstier, ich sein Putzerfisch. Vielleicht ist er Berufsspieler, eine Black-Jack-Heuschrecke, die nach einem ausgeklügelten Fünfjahresplan die Casinos der Welt heimsucht und nach erfolgreicher Sprengung der Bank weiterzieht, ein Spielnomade, der verbrannte Erde und zerstörte Schlitten hinterlässt. Er gewinnt ein Spiel nach dem anderen, und auch ich liege bald 40 000 vorn. Zum Dank werde ich ihm später Algen, Muscheln und Parasiten aus dem Fell klauben. Nächstes Spiel. Die Bank zieht ein Ass, der Leopard eine Sieben.

«Insurance?»

Beyoncé blickt fragend in die Runde. Zieht die Bank als erste Karte ein Ass, kann man sich mit der Hälfte seines Einsatzes gegen einen möglichen Black Jack der Bank versichern. Der Leopard verzichtet und entscheidet sich damit instinktiv richtig, denn Beyoncé überkauft sich. Der Unterschied zwischen Gewinnern und Verlierern: Die Verlierer schreiben ihr Geld von vornherein ab, sie *rechnen* gar nicht damit, zu gewinnen, während der Leopard kraft seines Willens die Karten in die richtige Reihenfolge zwingt. Der Spielverlauf vollzieht sich mit scheinbar mathematischer Genauigkeit und ausschließlich zu seinen Gunsten. Die sagenumwobene Siegerstraße, auf der ich freundlicherweise als Sozius geduldet werde, ein Trabant in der Umlaufbahn einer mächtigen Sonne, dies ist einer der seltenen Augenblicke, in denen ich mich zur rechten Zeit am rechten Ort befinde.

Das Männlein, als Hasardeur alter Schule auf Höchsteinsatz spielend, verliert in einer Tour, die Schrumpelomis halten sich bei etwa plus/minus null. Unwahrscheinlich, mit welcher Genauigkeit Beyoncé die Karten über den Tisch schleudert. Gut möglich, dass das Handgelenk durch die immer gleiche Bewegung einseitig belastet wird, und irgendwann droht dann die *Geberhand*, eine dem Tennisarm vergleichbare Berufskrankheit.

Egal. Nächstes Spiel und neue Runde, und auf geht's und so weiter. Das Männlein setzt sein letztes Geld, 27 000 Schilling. Fünf – Zehn – Dame – **BUST!** Arrivederci, Hans, sag zum Abschied leise Servus, Gute Nacht, Freunde. Kreidebleich kriecht er von seinem Stuhl und löst sich auf.

Des einen Untergang ist des anderen Chance: Die Zeit scheint reif, mich aus der schützenden Obhut des Leoparden zu entfernen. Ich besetze die frei gewordene Box, deren unheilvolle Aura jedoch sofort auf mich abzustrahlen beginnt. Nach vierzehn (!) verlorenen Spielen in Folge ist der ganze schöne Gewinn verbrannt. Außerdem ziehe ich mir mit meinen halsbrecherischen Manövern den Unmut meiner Mitspieler zu. Kindergreisin Nr. 2 behauptet gar, ich brächte den Schlitten durcheinander. So ein Schwachsinn. Kein Mensch kann wissen, welche Karte als Nächstes kommt, unmöglich!

«Sir, do you know the rules?»

«Yes, sure.»

«When the dealer has sixteen, you can't take at fifteen another card!»

«But you see, that I can!»

Tödliche Blicke. Ein kleiner Putzerfisch, der nicht länger putzen will und dem dafür zur Strafe jede Gräte einzeln gebrochen wird, ein trister, kleiner Planet, der in einem fremden Sonnensystem herumtorkelt, bis ihm der Brennstoff ausgeht. Meine Reserven sind auf 25 000 Schilling geschrumpft, nur mehr die Hälfte des Startkapitals. Zeit für den Befreiungsschlag. Wenigstens plus/minus null will ich hier rauskommen.

Ich Dame, Beyoncé Bube.

Ich Sechs, Beyoncé Fünf.

Katastrophal.

DEALER MUST DRAW TO 16.

Die Wahrscheinlichkeit, dass Beyoncé sich überkauft, liegt bei etwa 75 Prozent. KEIN SPIELER VERLANGT JETZT NOCH EINE KARTE! Sie blickt fragend in die Runde. Kopfschütteln, nur ich hebe den Finger.

«Sure?»

Natürlich bin ich sicher! Selbst wenn ich mit neunzehn noch eine Karte will, ist das ja wohl mein Problem, die können sich mit ihrem bescheuerten Profigetue mal gehackt legen. Ich nicke, Beyoncé deckt auf: Sieben für mich – BUST! Sechs für die Bank – einundzwanzig. In einer Art erweitertem Selbstmord habe ich den gesamten Tisch mit in den Untergang gerissen. Wäre ich vernünftig geblieben, hätte Beyoncé die Sieben bekommen, und mit zweiundzwanzig hätte es für sie dann BUST! geheißen.

«WHY ARE YOU PLAYING THIS GAME, WHEN YOU HAVE NO IDEA OF THE RULES?»

«IT'S UNBELIEVABLE.»

Nicht an den Umständen scheitert man, auch nicht am Pech, sondern an den Nerven, denke ich. Man sollte das Feld den *High Rollers* überlassen. Exklusiv für diese Champions League unter den Spielern werden Tische ohne Limit eröffnet. Für alle anderen gilt: down to earth, runter kommen sie alle, das letzte Hemd hat keine Taschen und die letzte Hose auch nicht.

Time to say goodbye.

Wenigstens ist es draußen schön warm.

MAGIC GLASS BOAT

Um fünf nach halb neun kommt C. angestolpert. Zu spät! Nicht etwa eine, nicht zwei, nicht drei, nicht vier, sondern gleich fünf Minuten! Ich fasse es nicht!

«Bursche, ich weiß, was du sagen willst, bitte verkneif es dir. Halt dich fest: Ich kann auf dem linken Ohr wieder etwas hören, das Antibiotikum wirkt.»

Es gehe ihm gar nicht mal *so* schlecht, und jetzt, nach glücklich überstandener Krankheit, habe er einen Bärenhunger. Abmarsch. Raschen Schrittes eilt er zum Restaurant. Er schürzt die Lippen und pfeift wie ein Star, als Ausdruck neugewonnener Lebensfreude, eine unmelodische Weise von Gesundheit, Lebensfreude und Unbekümmertheit. Es klingt erstaunlich laut und schrill, die langen Noten am Ende eines Melodiebogens versieht er mit einem Tremolo, was auch schon wieder seltsam militärisch klingt. Drei Tage war der Frosch nun krank, jetzt pfeift er wieder, Gott sei Dank. Ich wanke todmüde hinterher. Wenn ich nur ein einziges Mal ausschlafen könnte. Mein Kater reicht bis in die späten Nachmittagsstunden, gefolgt von einer kurzen Zitterpartie, und ab 19 Uhr heißt es schon wieder pumpen: Beer, White Wine, Rum. Pumpen, pumpen, pumpen! Schrecklich. Wenn es mir nur gelänge, diesen fatalen Kreislauf für einen Tag zu durchbrechen! Nur für einen einzigen Tag! Vierundzwanzig Stunden. 1440 Minuten. Abgesehen davon, dass die Sauferei immer weniger bringt. Ich kann mich noch dunkel an die Zeiten erinnern, als Alkoholgenuss eine stimmungsaufhellende Wirkung hatte. Gute Laune, Partyfeeling, shiny happy people. Ab einem gewissen Alter verwandeln sich die meisten Männer, die ich kenne, unter Alkoholeinfluss in depressive Babys, und dann müssen schon viele glückliche Umstände zusammenkommen, damit man einen Saufabend unbeschadet übersteht. Oder hat das gar nichts mit dem Alter, sondern mit den Lebensumständen und/oder der Disposition zu tun? Fragen über Fragen. Darüber sollte ich mal schreiben. Man sollte überhaupt nur über Dinge schreiben, von denen man was versteht.

C. strotzt vor guter Laune und verspeist mit großem Appetit zwei Eier im Glas, Marmeladenbrötchen und Tomate-Mozzarella. Bald ist sein Hemd voll Eigesprengsel. Sieht noch ekliger aus als Ketchupgesprengsel. Unvermittelt outet er sich als Anhänger des *Bauherrenmodells*. Langatmig erklärt er mir die Details. Ich verstehe kein Wort und gebe, um überhaupt etwas zu sagen, zu bedenken, dass in den siebziger Jahren diverse Berufsfußballer mit ebendiesem Modell ihr Vermögen verloren hätten. Interessiert ihn nicht. «... als Bauherr kann der Anleger nämlich einen Teil der Kosten als Werbungskosten geltend machen, die seine einkommenssteuerpflichtigen Einkünfte aus Vermietung und Verpachtung verringern.» So begeistert habe ich ihn selten erlebt. Bauherrenmodell. Unsympathischer geht's ja kaum noch. Ich kontere mit Paragraph acht, Absatz vier in Immobilienkaufverträgen: *Zufällige Verschlechterung und zufälliger Untergang:* «Die Gefahr eines zufälligen Untergangs und einer zufälligen Verschlechterung gehen am Tag der Abnahme ... auf den Käufer über.»

Interessiert ihn nicht.

Er schürzt die Lippen und pfeift eine kleine Melodie.

Schreckliche Unart, hoffentlich wird das nicht zur Gewohnheit. Er flötet mich noch ganz kaputt, jeder Pfiff ein Anschlag auf meine Nerven. Mir geht es nämlich gar nicht gut: ängstlich, zitterig, erschöpft, mutlos. Stupor. An den umliegenden Tischen sitzen keine Menschen, sondern Trolle und Nissen, furchtbare Mischwesen. C., dem mein Zustand nicht verborgen bleibt, unterbricht seine Mahlzeit und mustert mich lange und durchdringend: «Du solltest weniger trinken, Bursche. Schau mich an, ohne Alkohol wie ausgewechselt.» Jaja.

Nach dem Frühstück verzieht er sich ins Internetcafé, Mails checken und *Netzrecherche*. Was gibt's denn da eigentlich die ganze Zeit zu recherchieren? Über Pudel wissen wir mittlerweile mehr, als uns lieb ist. Da ich ständig meine Passwörter vergesse, kann ich nicht ins Netz; gut so, rede ich mir ein, mal zwei Wochen nicht am Tropf des Internets zu hängen. Ich besorge mir Bildzeitung und Snickers und schleiche zum Plumpspool. Total verwaist, na, mir soll's recht sein. Vom großen Pool dringt penetranter, gellender, furchterregender, ohrenbetäubender Lärm. Gejohle, Gegröle, Gezeter, Gejaule. Ach du Schrecken, ich ahne es schon. Beobachtungsposition Hollywoodschaukel: ALLES VOLLER SAUF-ENGLÄNDER. Feindliche Übernahme des Big Pool. Okkupation der gesamten Anlage. Krieg. Das werde ich nicht lange aushalten. Im linken Ohr der Lärm des Pöbels, im rechten ein Tinnitus von C.s Gepfeife. Man hat ja schon viel von den Sauf-Engländern gehört, aber das hier übertrifft alles: breite, platte Kartoffelpuffergesichter, kleine, tiefliegende Augen, dünnes, glanzloses Haar, verarmtes Mienenspiel, klumpige Körperbewegungen, Haut gerötet, uneben und picklig, rotbramsig, fett, fleischig, weiß, verbrannt, einer wie der andere ununterscheidbar roh, brutal und penetrant. Noch was vergessen? Wurscht. Kein Mensch ist wie der andere? Grundfalsch! Die sind alle gleich.

Und nun? Sich an den Strand verpissen? Ins Zimmer verkrümeln? Im Internetcafé verkriechen? Also aufgeben? Niemals! Ich habe den Wolfs Paroli geboten, ich werde auch diese Tiere überstehen. Erst mal Bildzeitung, das geht immer: Das Schicksal des Normalbenzins ist besiegelt. Bis Ende 2008 wird es vom Markt verschwunden sein, erste Tankstellen haben es bereits aus ihrem Angebot gestrichen. Das Ende einer Ära. Ich bin mit Normalbenzin aufgewachsen, das war quasi die *normalste* Sache der Welt, haha. Was habe ich nicht schon alles kommen und gehen sehen. Beispielsweise das Fruchteis *Barry* von Langnese; hat bei seiner Markteinführung um 1970 25 Pfennig gekostet. Spricht heute kein Mensch mehr drüber. Die Frau des Rouladenbayern hat ein neues Astrologiebuch in der Mache: *Der kleine Stier will kuscheln, die kleine Jungfrau braucht viel Lob.* Und sie selbst? Will sie kuscheln, oder braucht sie Lob? Oder gar beides? Und wenn, mit wem? Sicher nicht mit ihrem Mann. Ein Wahnsinn schon wieder. Ich schließe die Augen. Sobald C. seine sinnlosen Recherchen beendet hat, heißt es ab zum Strand.

«Sir?»

Ich schrecke aus meinem Dämmer. Vor mir, wie aus dem Nichts aufgetaucht, steht eine Kellnerin und strahlt mich an. Sie ist hübsch, sehr hübsch sogar, wunderhübsch. Kein Mensch, eine Erscheinung.

«Jambo.»

«Jambo.»

«Do you like something to drink?»

Potz Blitz, Poolbedienung, das sind ja ganz neue Sitten. Mir wird warm ums Herz, ich bestelle einen Cappuccino und eine Sprite, was sonst. Sie deutet eine leichte Verbeugung an und entschwebt Richtung Strandbar. Vielleicht hat es sie berührt,

149

wie ich hier so einsam und alleine sitze. Wie langsam zerfallender Bierschaum. Mit unelastischem Geist. Versteinertem Gesicht. Die ganze Melancholie des westlichen Daseins ausdünstend. Sie hat mich lange beobachtet und mir dabei ganz tief ins Herz geblickt, in mein unveränderliches Ich. Und das hat ihr gefallen. Deshalb, nur deshalb, gewährt sie mir eine Privataudienz. Mir als Einzigem. Die Engländer guckt sie mit dem Arsch nicht an und die Rentner auch nicht und die Rouladenbayern nicht und Familie Flodder auch nicht und die Feeder erst recht nicht. Ich bin der allererste Tourist, für den sie sich *wirklich* interessiert. Wie schön.

Da kommt sie schon wieder angefedert, ihre Bewegungen sind anmutig und grazil. Sie stellt das Tablett auf dem Beistelltisch ab und strahlt mich an. Ein Zauber umgibt diese Königin, ihre magischen Ziegenaugen funkeln im perfekt geschnittenen Gesicht. Niemals schwitzt sie, ihr Atem geht immer langsam.

«What's your name?»

Eine unpassendere Gelegenheit, Heinz zu heißen, kann es nicht geben. Ich könnte mich mit einem anderen Namen vorstellen, mir fallen aber auf die Schnelle nur Wolfgang oder Eckhard ein. Also bleibe ich bei:

«Heinz.»

«My name is Lucy. Nice to meet you.»

Ihr Händedruck ist gleichzeitig weich und fest, kühl und warm. Ich mag gar nicht mehr loslassen.

«Oh, Lucy, yes, nice name, sounds good.»

Sie hat bestimmt nichts Geistreiches erwartet, aber vielleicht auch nicht gerade so ein grausiges Gestammel. Jetzt hab ich's gleich wieder verbockt, denke ich. Doch der freundliche Ausdruck in ihrem Gesicht bleibt, sie fragt, ob ich schon etwas Kisuaheli gelernt hätte. Kisuaheli, nie gehört, peinlich, ich schüttle schuldbewusst den Kopf, sie hebt mahnend den Zeigefinger und sagt: «Heinz, you have to.» Ich erröte, sie setzt sich auf eine Liege und schreibt eifrig in ihren Kellnerinnenblock. Ich fühle mich wieder wie sechzehn und weiß gar nicht, wo ich hingucken soll. Sie reicht mir den Zettel, auf dem die wichtigsten Standards stehen, von «Gute Nacht» *(Lala salama)* bis «Ich liebe dich» *(Mimi nakupenda wewe)*. Ich verspreche ihr, es bis morgen auswendig zu lernen. Mit den Worten «That would be beautiful, Heinz» und einem geheimnisvollen Lächeln aus Tausendundeiner Nacht schwebt sie von dannen.

Ich liebe diese Frau, so viel ist klar. Aber ich werde mein Geheimnis bis in alle Ewigkeit für mich behalten. Aus der Ferne bete ich sie an. Muss man sich mal vorstellen: Tausende von Kilometern entfernt lebt eine Frau, die gar nicht weiß, wie sehr sie geliebt wird. Die unerfüllten Lieben sind sowieso die schönsten. Lucys Lächeln: genug, um die Sehnsucht am Leben zu halten, zu wenig, um sie jemals zu stillen. Und überhaupt: Das Geheimnis erfolgreicher Lebensführung besteht darin, die Erfüllung seiner Sehnsüchte zu vermeiden. Was zählt, ist der innere Zustand des Verlangens. Meine süße, kleine Lucy! Bevor mein Herz erfriert, soll es noch einmal gebrochen werden! Morgen kommt sie wieder, mich abzuhören. Abzufragen. Jawohl, das ist Liebe, denn Liebe ist unaufhörliche Befragung, es gibt keine bessere Definition. Wäre ein Stern ein Salzkorn, gingen alle Sterne, die man mit bloßem Auge sehen kann, auf einen Teelöffel, doch alle Sterne im Universum würden eine Kugel mit dreizehn Kilometer Durchmesser bilden, fällt mir ein. Nützliches Wissen. Verliebte Gedanken. Hoffentlich trampelt C. das zarte Pflänzchen nicht gleich wieder kaputt. Oder pfeift es kaputt.

«Was gibt es Neues, Bursche?»

Ständig fragt er, ob es etwas Neues gäbe, auch wenn wir nur kurz getrennt waren. Seine Begründung: Die wirklich entscheidenden Dinge passierten in Sekundenbruchteilen, Stichwort 9/11. Das sei eine unbestreitbare Tatsache, Punkt, aus, Ende der Durchsage.

«Das hörst du doch! Die Barbaren sind eingefallen. Das sind keine Menschen mehr! Ein von Rohheit und Alkohol gezeichnetes Schrumpelvolk.»

«Schon wieder ein rassistischer Ausfall! Die haben sich ihr Amüsement sicher hart verdient. Gönn denen doch ihren Spaß. Einfach nicht hinhören.»

«Nicht hinhören, nicht hinhören, wie soll das gehen? Abgesehen davon gibt es übrigens tatsächlich Neuigkeiten.»

Ich zeige ihm den Zettel und prahle, dass es mir aufgrund meiner gewinnenden Art gelungen sei, Kontakt zum Personal zu knüpfen. Die Schwärmerei lasse ich unerwähnt.

«Bist du nicht auch der Meinung, dass die Zeit denkbar knapp ist, eine *komplette Sprache* zu lernen?»

Komplette Sprache, so ein Schwachsinn. Wir sinken in die Hollywoodschaukel. Er gibt an, sich über Kenia im Speziellen und Afrika im Allgemeinen kundig gemacht zu haben. Ob ich wisse, dass die bevorstehenden Wahlen mit einschneidenden Veränderungen einhergehen würden? Nein, weiß ich nicht. Er blickt scheel und fordert mich auf, aus dem *Kokon der Ignoranz* zu schlüpfen. Dass historische Ereignisse bevorstünden, könne man im Übrigen körperlich spüren. Wie, spüren? Noch merke ich nichts. Die Wolken gehen schnell und tief und stauen sich draußen über dem Meer. Wir beobachten das enthemmte Treiben am großen Pool. C. drängt auf Arbeitsbeginn. Trotz tausend Jahren professionellem Hirnausquetschen plagt mich jedes Mal von neuem die Angst, dass mir genau ab jetzt NIE WIEDER etwas einfällt. Auch nicht schön.

Wie dem auch sei, Konzentration. C. eröffnet die Partie:

«Dracul steht von Kopf bis Fuß mit Schokolade besudelt an der Rezeption, Martina ist bereits auf ihrem Zimmer und duscht. Heino, den lädierten Pudel unter dem Arm, stürzt blutverschmiert ins Foyer. Dracul bietet seine Hilfe an. Er als Pudelspezialist und ausgebildeter Hundefriseur könne den Hund wieder herrichten. In höchster Not willigt Heino ein und händigt ihm das Tier aus.»

«Hotelzimmer Dracul. Etwas Ungeheuerliches bahnt sich an: Er verabreicht seinem eigenen Hund Viagra, dann beginnt er, Martinas Hund zu scheren. Hotelzimmer Martina. Heino kommt hereingestürzt. Martina, völlig fassungslos, fragt, wo der Hund sei, Heino wiegelt ab, dem Hund gehe es gut, der Graf würde sich kümmern. Martina glaubt ihm kein Wort, sie streift sich einen Bademantel über und rennt auf den Flur.»

«Martina und Heino stürzen in Draculs Zimmer, wo sich ihnen ein groteskes Bild bietet: Martinas Pudel steht zitternd und völlig kahl in einem Haufen Haare und wird unter Anfeuerungen und aktiver Hilfe Draculs von dessen Hund gefickt. Martina ohrfeigt Dracul, versucht dann, die Hunde auseinanderzubringen, es gelingt jedoch nicht, sie stecken ineinander fest. Zeitsprung. Halbe Stunde später. Der Tierärztin ist es gelungen, die Tiere zu trennen, allerdings erst *nach* der Ejakulation des Rüden. Martina ist außer sich. Sie beschimpft Heino und Dracul als Schweine und Tierquäler, dann verlässt sie türenknallend das Zimmer.»

«Heino, den Hund unterm Arm, läuft an dem Saal vorbei, in dem das Buckligen-Casting stattfindet. Es dringt typischer Musicalsound heraus. Man sieht, wie ihm eine Idee kommt. Locationwechsel. Willis Bar. Willi hat eine Gruppe schwerer Jungs um sich geschart. Er befiehlt ihnen, Heino zu *zerlegen und die Viecher kurz und klein zu schlagen*. Wie Heino denn überhaupt aussehe, will einer der Schläger wissen. *Hässlich sei er, mit grauen Haaren und einer Brille wie der Heino.* Danach Quickcuts, die die Wettbewerbsvorbereitungen zeigen.»

Ein Uhr, Speiserund. Handstreichartiger Überfall der Engländer: Gejohle, Gefresse, Gesaufe, Gerülpse. Schepper, splitter, pleng, boing, ding, klöter, knall. Die Rentner ducken sich ängstlich in ihre Mahlzeiten. So schnell, wie die Invasoren gekommen sind, sind sie auch wieder weg, verschmierte Tische, zerfetzte Servietten, halbvolle Gläser, zersprungene Teller, überquellende Aschenbecher und umgeworfene Stühle bleiben als stumme Zeugen des Gemetzels zurück. Schlagartig kehrt Ruhe ein. Grabesruhe. Totenstille. Die Alten sind wieder unter sich. Mümmel, mümmel, scharr, scharr, schab, schab, raschel, raschel, murmel, murmel. Stumm hocken sie vor ihren Tellern oder unterhalten sich in einer leisen, gurgelnden Sprache, die wie verborgenes, fließendes Wasser klingt. Aus dem Buch des Lebens gestrichen. Raus aus der Erotik, rein ins Alter. Hineingezwungen in völlige Untätigkeit, ohne Geschäfte, ohne Aufgaben, gefangen im rückwärtsgewandten Leben, eingemauert in der eigenen Erstarrung, irren sie durch die hellen Nebel der Kindheit. Dabei wohnt noch so viel Lebensdrang in ihnen! Das Bedürfnis ist so groß, umarmt, liebkost, gewärmt zu werden! Doch sie werden ebenso wenig wahrgenommen wie ihre nächsten Verwandten, die Toten. Spätabends, wenn sie genug getrunken haben, rotten sie sich zusammen und stimmen Gesänge von unendlicher Traurigkeit an.

Ein Scheiß schon wieder. Ich sollte mal aufhören, mir ständig über andere Leute Gedanken zu machen, und vor meiner eigenen Haustür kehren. Wahrscheinlich ist es sowieso ganz anders: Die alten Leute freuen sich darüber, dass sie gesund sind und genug Geld haben, um in Urlaub fahren zu können.

Familie Flodder trudelt ein. Schweigend und ohne erkennbaren Ausdruck von Genuss stopfen die Eltern irgendwelche Fleischlappen in sich rein, während sich Dustin an einem Riesenteller Pommes rot-weiß abmüht. Der will und will und will nicht leerer werden. Zum einen, weil die Portion wirklich groß ist, zum anderen, weil Dustin bummelt. Beim Essen bummeln ist schlimmer als Gewalt gegen Sachen, fällt mir ein. Lustig. Für Dustin ist das jedoch alles kein Spaß, das Essen nicht, der Urlaub nicht, das ganze Leben nicht. Hin und wieder hebt er prüfend ein Stäbchen, die meisten legt er nach einem undurchsichtigen Auswahlverfahren wieder zurück, andere teilt er in der Mitte, oder er schmoddert mit ihnen im Ketchup herum. Er treibt seine Eltern zur Weißglut! Jeden Tag dasselbe, wieso kann er sich nicht wenigstens im Urlaub zusammenreißen! Schneller, Dustin, wenn schon keine Normalgeschwindigkeit, dann wenigstens Schritttempo! Doch Dustin kann einfach nicht, er kann aus irgendwelchen Gründen nicht schneller essen, und er lernt es auch nicht mehr. Wo er es doch schon so oft versucht hat!

Es reicht.

Der Vater macht dem Trauerspiel ein Ende. Er fasst Dustins Teller am Rand und zieht ihn langsam zu sich rüber. Sehr langsam. Ganz langsam. Zentimeter für Millimeter. Ein Wahnsinn, muss man sich mal vorstellen, kann sich kein Mensch vorstellen. Gleich, gleich ist der Teller weg. Dustin steht die blanke Panik im Gesicht. Er hat doch noch solchen Hunger!

«Dustin, du weißt, warum. Du weißt ganz genau, was los ist.»

Dustin schießen die Tränen in die Augen.

«Du brauchst hier gar nicht zu heulen. Das bringt jetzt auch nichts mehr.»

Sein Weinen wird immer verzweifelter. Und vor allem lauter.

Die Frau, sich umschauend:

«Merkst du nicht, dass du dich lächerlich machst?»

Dustin ist blind vor Tränen.

«Guck mal, die Leute lachen über dich. Die lachen dich aus.»

Es gab Zeiten, in denen ich davon überzeugt war, dass heutige Mütter ganz bestimmte, schwerwiegende Fehler nicht mehr machen. Das stimmt leider absolut überhaupt nicht. Ein Kellner räumt den Teller ab. Dustins Geplärre ist ohrenbetäubend.

C., mit versteinertem Gesicht: «Ich halte das nicht aus. Abmarsch.»

Schaukel, schaukel. Der leichte Schwung und das leise Quietschen beruhigen die Nerven. Die bröckelnden Farben, die kleinen schabenden Windgeräusche. Wir sind wie ein Paar einsamer alter Krähen, die auf einem Ast sitzen. Unter uns tobt die Hölle. Gröl, schrei, pöbel. Gleich haben die Briten ihren Peak erreicht. Robuste Konstitution, die Insulaner.

«Bursche, es ist gleich zwei. Lass uns weiterarbeiten. Ich habe uns nämlich für 16 Uhr zwei Plätze im Magic Glass Boat reserviert. Freust du dich?»

«Nein.»

Finale.

INT./FESTSAAL/TAG

In der Mitte des mit diversen Pudelmotiven dekorierten Festsaals ein breiter Laufsteg, rechts eine Tribüne mit ca. 100 Zuschauern, links die vierköpfige Jury unter dem Vorsitz von Herrn König. Nach seiner Begrüßungsansprache eröffnet der Hinterwäldler den Wettbewerb. Er versucht mit seinem Pudel eine Art Bodybuilder-Performance (der Hund hebt beispielsweise mit seiner Schnauze Knochen auf, die die Form von Hanteln haben). Plötzlich stürzt der Hinterwäldler und fällt sogar von der Bühne. Obwohl er sich sofort wieder aufrappelt und weitermachen will, wird er vom unerbittlichen König disqualifiziert.

EXT. / HOTELVORPLATZ / TAG

Das Auto mit den vier Schlägern hält vor dem Hotel.

INT. / FESTSAAL / TAG

Omas Performance heißt *Meister des Krocket*, eine Synchron-Nummer, bei der Oma mit Krocketschläger und der Hund mit seinem Näschen synchron einen Hindernisparcour mit Krockettoren durchlaufen und der Ball zum Schluss in einem Loch versenkt wird.

INT. / FESTSAAL / TAG

Die Russin ist an der Reihe. Frauchen und Hund, extrem aufgetakelt und onduliert, setzen sich an einen Tisch und nehmen gemeinsam eine Mahlzeit ein. Dann tanzen sie zu Cembaloklängen ein Menuett.

INT. / SCHILDKRÖTENSTAMMTISCH / TAG

Die Schläger durchforsten systematisch das Hotel und platzen schließlich in den Seminarraum, in dem der allwöchentliche Schildkrötenstammtisch stattfindet. Etwa ein Dutzend harmlos ausschauender Leute sitzen um einen großen Tisch, im ganzen Zimmer krabbeln Schildkröten umher. Der Anführer fragt, wo *das Schwein* ist, erhält jedoch keine Antwort, die Stammtischler sind völlig paralysiert. Daraufhin nagelt der Anführer eine Schildkröte an die Wand. Erneut fragt er: «Wo?» Keine Reaktion. Die nächste Schildkröte wird getötet. «Wo?» Schockiert vom barbarischen Vorgehen des Trupps, sind die Schildkrötenfreunde zu keiner Gegenwehr fähig. Alle Schildkröten bis auf eine müssen dran glauben. Der Anführer fotografiert sie mit seinem Handy und schickt das Foto als MMS an Willi.

INT. / FESTSAAL / TAG

Auftritt Pit Steiger. Der Pudel dirigiert mit einem Miniaturtaktstock sein Herrchen zu den Klängen von *Der Ring des Nibe-lungen*. Solide, jedoch etwas langweilige Vorstellung, der Hund ist tatsächlich nur Mittelmaß. Als Nächstes betritt Heino, in einem bodenlangen roten Kleid, die Bühne. Herr König fordert ihn entschieden auf, die Brille abzusetzen. Heino bittet geradezu flehentlich darum, sie aufbehalten zu dürfen, doch König beharrt auf den Statuten: «Brille oder Nummer.» Schließlich gibt sich Heino geschlagen und händigt König die Brille aus. Jetzt erst wird klar, warum Heino die Brille niemals absetzt: Seine Augenpartie ist entstellt: rotgeränderte Glubschaugen, unzählige geplatzte Äderchen, Dellen, Pickel. Die Performance, die er während der letzten Stunden gemeinsam mit einem der Buckligen einstudiert hat, ist ein Duett aus dem *Glöckner von Notre-Dame*. Der Bucklige spielt den Glöckner, Heino Esmeralda. Eine dilettantische, aber irgendwie ans Herz gehende Show, während der sich die angetrunkene Martina in den Saal schummelt und sichtlich gerührt ist von den Bemühungen ihres Freundes.

EXT./STRASSE/TAG

Willi erleidet einen Tobsuchtsanfall. Er brüllt den Anführer am Telefon zusammen und befiehlt den vier Schlägern, seinen Todfeind zu eliminieren, *den mit der Heinobrille und dem grauen Haar.*

INT./FESTSAAL/TAG

Im Saal ist es stockdunkel. Spooky Atmo, Nebel, Trockeneis, die letzte Nummer des Abends kündigt sich an. Graf Dracul steht backstage und macht Uhugeräusche. Eine ferngesteuerte Fledermaus fliegt in den Saal. Dann läuft der Hund, mit Vampirumhang, zu den Klängen von *Tanz der Vampire*, auf die Bühne, gefolgt von seinem Herrchen. Dracul tanzt einen Vampirtanz, der Pudel tanzt zwischen seinen Beinen. Die Performance endet damit, dass der Hund bei seinem Herrchen den Vampirbiss simuliert und sich dann in den geöffneten Minisarg legt, der von Dracul geschlossen wird, der seinerseits in den anderen Sarg klettert. Tobender Applaus, es ist eindeutig die beste Nummer. Nach wenigen Sekunden klettert ein siegessicherer Dracul heraus und öffnet den Hundesarg. Doch, Riesenkatastrophe, der Hund ist an Herzschwäche gestorben. Dracul nimmt das leblose Tier heraus und erleidet einen Nervenzusammenbruch. Gespenstische Stille. Tiefe Bestürzung im Publikum. Selbst Herrn König schießen die Tränen in die Augen, und er setzt sich, um sie zu verbergen, Heinos Sonnenbrille auf. In diesem Moment wird die Tür aufgerissen, und das Schlägerkommando stürmt den Saal. Der Anführer geht nach einem kurzen Blick in die Runde auf König zu und schießt ihm in den Kopf.

EINIGE MONATE SPÄTER

EXT./DRACULS HAUS/TAG

Der Rauchfangkehrer klingelt, Draculs ältere Schwester öffnet im Negligé.

Trixi: «Ach, da sind Sie ja endlich, ich weiß schon nicht mehr, was ich machen soll, mein Rauchfang ist verstopft. Ich hoffe, Sie haben eine große Bürste dabei.»

Schornsteinfeger: «Keine Angst, ich hab die größte in der Stadt.»

Trixi: «Lassen Sie uns schnell anfangen, bevor er ganz dicht ist.»

Der Rauchfangkehrer windet seinen Oberkörper in den Schornstein usw.

Von wegen, Pornos seien unrealistisch! Alles ist genau wie im richtigen Leben! Kameraschwenk in den Garten. An einer Kaffeetafel sitzen Dracul, Heino und Martina, auf dem Boden steht ein Korb mit fünf süßen Welpen, die Hundeeltern liegen brav im Gras. Heino trägt eine Sonnenbrille, auf der jetzt die

Initialen DRACUL JR. stehen. Aus einem Radio hört man Pit Steigers Stimme. Er hat es zum Chefmoderator einer Sendung gebracht, die herrenlose Tiere vermittelt.

STEIGER (aus dem Radio): «Ja, und da hätten wir noch den kleinen Rexi, er ist 6 Jahre alt, ganz ein Lieber, kann aber nicht mit Kindern, er ist sehr bissig. Wenn Sie Interesse haben, schreiben Sie an Dog-Radio, 1136 Wien ...»

Schlussbild: Kamera fährt auf Draculs Hund, jetzt erst sieht man, dass er ausgestopft ist.

Punkt 16 Uhr, es ist vollbracht.

«Jetzt brauchen wir bloß noch einen Titel, Bursche.»

«Wieso, ich dachte, der wäre klar.»

«Aha. Dann klär mich bitte auf.»

«Pudel Colada.»

Das Magic Glass Boat wartet. Die schrappelige Baracke, in der man die *Aktivitäten* (Buckelwale bis Safaris) buchen kann, liegt direkt am Strand, ungefähr hundert Meter von der Open-Air-Bühne entfernt. Komisch, dass mir die Bude bisher noch nicht aufgefallen ist. Der mutmaßliche Höhepunkt unserer Reise schlägt mit immerhin fünftausend Schilling zu Buche, das sind fünfzig Euro! Geld, das uns an anderer Stelle fehlen wird. C. will wissen, wie lange der Trip dauert.

«Two hours.»

«Two hours?! That's too long, maximum one and a half.»

So was hat es wohl auch noch nicht gegeben. Wir werden gebeten, uns noch ein wenig zu gedulden, es würden noch zwei weitere Gäste erwartet.

C., aufgebracht: «Was für weitere Gäste? Davon war bei der Buchung nicht die Rede. Schau, jetzt haben sie das Geld, jetzt lehnen sie sich im Büro schon wieder zurück.»

Ein Angestellter holt aus einem kleinen Schuppen zwei Paar Schwimmflossen. Für uns. Lieb.

C.: «No, we don't need them!»

«You don't want to swim?»

«No, just sit in the boat.»

Ein paar Meter vom Ufer entfernt dümpelt das rot-weiß-blaue Magic Glass Boat. Die Schüssel ist vielleicht fünf Meter lang und macht alles andere als einen hochseetauglichen Eindruck. Rostig, ungepflegt, schäbig, altersschwach. Irgendwie schief, in sich. Da müsste mal der Statiker ran, denke ich. Außerdem scheint der winzige Außenbordmotor hoffnungslos unterdimensioniert. Macht höchstens vier Knoten, wenn überhaupt. Drei. Zum Glück ist der doofe Ozean nur badewannentief, da kann ja eigentlich nichts schiefgehen. Als nach zehn Minuten von den anderen Gästen immer noch jede Spur fehlt, drängt C. zum Aufbruch. Wir balancieren durch das knöcheltiefe Wasser. C., fluchend: «Da ist man ja schon pitschnass, bevor's überhaupt losgeht.» Jetzt übertreibt er wirklich. Zwei Männer – Kapitän und Steuermann, dürre, sehnige Burschen – ziehen uns an Bord. Wir stellen uns ungeschickter an als sämtliche alten Opis aus dem ganzen Nyali Beach zusammen. Als wir endlich auf unseren Plätzen sitzen, lüftet sich das Geheimnis des Magic Glass Boats. Oder auch Glass Bottom Boat oder Glasbodenboot oder Glasbodenschiff: eine in den Rumpf eingelassene Glasplatte, durch die hindurch man Vielfalt und Artenreichtum des Indischen Ozeans beobachten kann. Echt magisch. Abfahrt! Sprötzel, fauch, schmurgel. Der altersschwache Motor keucht und scheppert, er macht Geräusche, als würde er jeden Moment in Flammen aufgehen. Wir starren angestrengt auf die Glasplatte. Grünes Wasser. Sonst nichts. Kein einziger lächerlicher Fisch, lediglich ein paar abgestorbene Algen ziehen hin und wieder vorbei. C. ist außer sich:

161

«Nepper, Schlepper, Bauernfänger. Über den Tisch haben wir uns ziehen lassen. Fünftausend Schilling ärmer, für nichts!» Und so weiter und so fort. Zwischen seinen Tiraden wirft er der Besatzung böse Blicke zu. Tucker, tucker, tucker. Nach einer knappen halben Stunde erreichen wir unseren Bestimmungsort, der Kapitän schaltet den Motor aus und wirft Anker.

C.: «And now?»

Kapitän: «Are you sure, that you don't want to swim?»

C.: «No. No swimming.»

Der Kapitän zuckt mit den Schultern, steigt in die Schwimmflossen, stülpt sich einen Schnorchel über und hüpft ins Meer. Der Steuermann tut es ihm nach.

C.: «Von mir aus kann's gleich wieder zurückgehen.»

Nach kurzer Zeit klettert der Kapitän an Bord und legt einen Seestern auf die Glasfläche. Mit breitem Grinsen fordert er mich auf, ein Foto zu machen. Von wegen, da hat er sich geschnitten, den unsportlichen Fake mache ich nicht mit. «No, no.» Er wirft den Stern achselzuckend zurück und springt hinterher. Einundzwanzig, zweiundzwanzig. Wahnsinn, wie lange die unter Wasser bleiben können. Lungen wie Zeppeline.

Plätschern. Hitze. Zwischen C. und mir hängt zähes, schlechtgelauntes Schweigen. Nicht auszuhalten, also Befragung. Das ist Liebe, unaufhörliche Befragung.

Ich: «Würdest du in den Weltraum reisen, wenn du keinen Cent dafür bezahlen müsstest?»

«Nein.»

«Könntest du dir vorstellen, das Kapitänspatent zu machen?»

«Nein.»

«Eine Strandbar eröffnen oder den ersten Rasenmäherverleih Kenias aufmachen?»

«Kein Interesse.»

«Einen Pilotenschein?»

«Nein. Aber einen Waffenschein.»

Gespräch beendet. Die Männer tauchen und planschen und schwimmen und scheinen sich so pudelwohl zu fühlen, dass sie über ihrem Badevergnügen die Zeit vergessen. C. schaut andauernd auf die Uhr. Er kocht vor Wut: Wir befänden uns bereits seit einer Dreiviertelstunde *auf hoher See* und hätten noch dazu die Rückfahrt vor uns. Es sei ausdrücklich eine Fahrt von nicht mehr als eineinhalb Stunden vereinbart gewesen, er sei nicht willens, sich ein weiteres Mal *behumsen* zu lassen.

Als der Kapitän zum Luftholen auftaucht, herrscht ihn C. in rüdem Befehlston an: «Maximum one and a half hour! We want to get back to the beach. Now. Immediately!» Käpt'n Iglo gehorcht unwillig. Auf halber Strecke geht plötzlich der Motor aus.

C.: «Da haben wir den Salat.»

Nach zwei Fehlzündungen springt er wieder an.

C.: «Gott sei Dank.»

Auf dem Weg zum Hotel schäumt C. immer noch: «Damit hat sich die Frage nach weiteren Ausflügen ja wohl ein für alle Mal erledigt. Wenigstens ist Zeit vergangen. 19 Uhr Poolbar. Servus.»

«Ahoi.»

Der kleine Ausflug hat uns das Geheimnis eines ganzen Kontinents vermittelt.

«Bursche, du wirst nicht glauben, was ich herausgefunden habe!»

«Irgendwas zu den Pudeln?»

«Ach was, Pudel. In Mombasa gibt es ein riesiges Casino, das *Royal Casino*, und jetzt setz dich, falls du noch nicht sitzt.»

163

Seine Augen leuchten, er ist vollkommen aus dem Häuschen.

«Ja, ich sitze, was ist denn da?»

«Sie haben die Kugeln!»

«Was?»

«Du hast richtig gehört. Vier Kugelautomaten. In Reihe. Wir können nebeneinandersitzen. Ich habe im Netz die Bilder gesehen.»

«Vier Automaten?»

«Spreche ich Chinesisch? Morgen geht's nach Mombasa! Freust du dich?»

«Ist das nicht reichlich gefährlich?»

«I wo. Außerdem soll es etwas kühler werden, also ideale Bedingungen. Wir fahren gleich nach dem Frühstück los, erst mal die Stadt angucken, danach Kugeln und später noch in einen Club. Hab ich auch recherchiert. *Florida Club.*»

«Reichlich viel Programm für einen Tag, findest du nicht? Wir können doch erst mal *nur* ins Casino.»

Wolfs kommen angeschoben. Cola, Saft. Irgendwas ist anders als sonst. Frau Wolfs Mund steht halb offen, als hätte ein unmäßiger Schrei die Lippen überdehnt, ihr Gesicht wirkt seltsam gedunsen. Herr Wolf hat etwas von einem schwindsüchtigen Raubvogel. Kleine, kraftlose Augen, unruhiger Lidschlag. Das haben sie nun von ihrem kräftezehrenden Erlebnisoverkill. Ich stelle mir vor, wie sie daheim den Urlaub aufarbeiten. Nacharbeiten. Wissenslücken füllen. Fotos sichten. Wochenlang geht das so, Tag für Tag und abends mit Beleuchtung. Irgendwann schleichen sich bei Frau Wolf Konzentrationsschwierigkeiten ein, es geht so weit, dass sie den Koloss von Rhodos mit der Zeusstatue des Phidias verwechselt! Jetzt heißt's Nachsitzen. Bis in die tiefe Nacht muss sie pauken und bimsen und sich diversen schriftlichen wie mündlichen Prüfungen,

Nachprüfungen und Abschlussprüfungen unterziehen. Manchmal bricht sie vor Erschöpfung zusammen; sie weint und bettelt und fleht, endlich ins Bett gehen zu dürfen, aber Herr Wolf bleibt hart.

Naja, so ungefähr. Alltag.

«Würdest du dich für 20 000 Euro einen Vormittag lang in einem Ameisenhaufen einbuddeln lassen?»

«Wie lang ist denn ein Vormittag?»

«Sehr lang, wenn man in einem Ameisenhaufen eingegraben ist.»

«Ich glaube nicht. Nein.»

«Nächste Frage: Würdest du für 250 000 Euro ein Jahr lang mit einem Vogel Strauß zusammenleben? Du müsstest ihn aber überallhin mitnehmen, zum Einkaufen, Behördengänge, ins Restaurant, in die Oper. Und gemeinsam in einem Zimmer übernachten.»

«Könnte ich mir vorstellen.»

«Unterschätz das nicht. Du wirst fortwährend gehackt und getriezt, er fordert deine gesamte Aufmerksamkeit, du kommst noch nicht mal zum Telefonieren. Weil er eifersüchtig ist, wird jeder Besuch sofort attackiert.»

«Ach so. Na, dann nicht.»

«Mal was ganz anderes. Folgende Geschichte bzw. Fragment: Ein Sumoringer, einhundertsechzig Kilo schwer, wird von einer Kunststudentin gefragt, ob er Modell für ihre Diplomarbeit stehen könne. Sie wolle eine Skulptur in Lebensgröße anfertigen. Der Ringer fühlt sich geschmeichelt und willigt ein. Das Projekt ist auf ein halbes Jahr angesetzt. Von nun an treffen sie sich mehrmals die Woche. Stundenlang muss er in der gleichen Position verharren, mit Engelsgeduld folgt er all ihren Anweisungen. Besonders beeindruckt ihn, wenn sie die

Figur von innen begeht. Die Studentin ist auffallend zierlich, mager, sie hat den Körper eines Kindes. Als der Ringer sie einmal nach ihrem Gewicht fragt, antwortet sie, sie wiege aufs Gramm genau sechsundvierzig Kilo, immer schon, da könne sie machen, was sie wolle. Die Arbeit geht schneller voran als erwartet, nach nicht einmal fünf Monaten kündigt die Studentin das baldige Ende des Projekts an. Der Ringer ist seltsam berührt. Plötzlich trifft es ihn wie der Blitz, er merkt, dass er sich unsterblich verliebt hat. Bei der allerletzten Sitzung nimmt er all seinen Mut zusammen und gesteht ihr seine Gefühle. Die Studentin reagiert hilflos, geschockt, niemals hätte sie damit gerechnet, und niemals wird sie seine Gefühle erwidern. Er weint bittere Tränen, sie tröstet ihn, schließlich verabschieden sie sich freundschaftlich voneinander. Die gemeinsame Arbeit wird prämiert, danach hört sie nichts mehr von ihm. Ein Jahr später, sie hat ihn schon fast vergessen, klingelt es an ihrer Tür. Als sie öffnet, steht vor ihr ein sehr dünner Mann, ein Männlein. Nach einer Schrecksekunde erkennt sie, dass es der Sumoringer ist, der sich auf exakt sechsundvierzig Kilo heruntergehungert hat. Aus Liebe.»

Pause.

«Und weiter?»

«Nichts weiter. Die Studentin, ich kannte sie flüchtig, ist kurze Zeit später weggezogen. Seitdem habe ich keinen Kontakt mehr zu ihr. Ich weiß also nicht, wie die Geschichte ausgegangen ist. Sie zu Ende zu schreiben ist jetzt deine Aufgabe.»

«Aujeh.»

Warum halten Wolfs nicht mal dagegen? Mit den Hängenden Gärten von Babylon. Architektur in Vergangenheit und Moderne. Technischen Rekorden. Analysen berühmter Schlachten. Undundundoderoderoder. Das ist es eben: Erfahrungen ohne Einsichten. Wolfs sind durch und durch sinnlose Erscheinungen, fällt mir ein, und ich finde, dass das eine gute Formulierung ist.

«Nächste Frage: Würdest du für 350 000 Euro ein Jahr in einer stark frequentierten Fußgängerunterführung leben? Alles zum Leben Notwendige würde dir gebracht. Nachts, wenn der Tunnel verwaist ist, dürftest du dich in einem Trog warmen Wassers waschen. Eine einstündige Besuchszeit zweimal die Woche stünde dir ebenfalls zu. Es gibt allerdings Ratten und Mäuse. Und Ungeziefer. Im Sommer kann es sehr heiß werden und im Winter bitterkalt.»

«Ich würde es zumindest versuchen. Was wäre, wenn ich nach einem Dreivierteljahr aufgebe?»

«Dann gehst du komplett leer aus. Nächste Frage: Würdest du für eine Million Euro ein Jahr Bürgermeister von Mombasa werden, wissend, dass die Bevölkerung dich abgrundtief hasst? Du könntest die Wohnung nur in Begleitung Dutzender Leibwächter verlassen, da man dir überall und zu jeder Zeit nach dem Leben trachtet.»

«Nein, auch nicht. Viel zu gefährlich.»

Wolfs geben auf. 4:0 für uns, uneinholbarer Vorsprung.

Wir verbringen einen unspektakulären Abend vor der Open-Air-Bühne. Boneman gibt wieder den Conférencier:

«Welcome, Ladies an Gentlemen, Bonsoir, Mesdames et Messieurs, Buenas Noches, guten Abend, Dame und Herre, NOW IS MINIDISCO FOR ALL DA KIDS! Please put your hands in the air!»

Hands up, baby, hands up, gimme your heart, gimme your heart, gimme, gimme.

Usw., das Gleiche wie immer.

Dann: Ewig Musik führte durch Rudi auf seinem Klavier mit einer Note von Frische durch, begleitet von Petr auf der Guitarre und sensationell Vocalist Karin welches deine Körper mit dem Rhythmus ihre Liede umziehen.

Wir bleiben bis zum Schluss.

Jetzt heißt es beten, dass noch irgendwas passiert, was den Ausflug nach Mombasa verhindert. Ach, ach, ach.

TEIL 2

CASINO MOMBASA

C. hat recht behalten: Der Himmel ist von schweren, dunklen Wolken bedeckt. Also ab nach Mombasa. Allerdings nur, wenn es trocken bleibt, denn ich habe keine Lust, mich in eine brandgefährliche Stadt zu begeben, um dort am Ende von melonengroßen Regentropfen erschlagen zu werden. Wenn das Land in Matsch und Chaos versinkt, bevorzuge ich, auf dem Balkon sitzend dem Swimmingpool dabei zuzusehen, wie er vollläuft.

«Was gibt es Neues, Bursche?»

«Nichts.»

«Und wie geht es dir?»

«Geht so. Ich hab gestern extra nicht so viel getrunken.»

«Brav. Siehst du, wirkt Wunder. Dann lass uns fahren. Freust du dich schon auf die Kugeln?»

«Wollen wir nicht den Tag am Pool verbringen und erst gegen Abend los?»

«Meine Güte. Wie kann man nur so ängstlich sein! Ich möchte wenigstens einmal was erleben. Einen *einzigen* Ausflug in die Stadt, diesen Wunsch wirst du mir ja wohl nicht abschlagen.»

Gerade jetzt, wo wir uns mühsam eingewöhnt haben, will er sich ohne Not unkalkulierbaren Risiken aussetzen. Was wird mit dem Muskelaufbautraining? Wer soll den Koffer in Empfang nehmen? Sich mit den Wolfs duellieren? Und überhaupt. Je länger ich darüber nachdenke, desto mehr Gründe sprechen gegen das Himmelfahrtskommando.

«Aber der Koffer, wenn der Koffer heute kommt? Das ist sogar sehr wahrscheinlich.»

«Dann wird er in dein Zimmer gebracht und wartet dort auf dich. Und du hast etwas, worauf du dich freuen kannst.»

Der Koffer ist kein Argument, das muss ich leider einsehen. Ich unternehme einen letzten Versuch:

«Du bist doch noch krank. Also jedenfalls nicht vollständig genesen. Lass uns erst ins Medical Care gehen. Der Doktor muss sein Okay geben.»

«Unsinn, ich bin wieder voll auf dem Posten. Der Ausflug wird auch dich ablenken. Die Stadt, die Kugeln, und danach *voll auf die Girls.*»

Das sagt er immer: Voll auf die Girls. Totaler Quatsch. Wir stehen eh immer nur rum.

«Welche Girls?»

«Das werden wir schon sehen. Big Casino und Disco with Girls.»

Ich gebe mich endgültig geschlagen.

Vor dem Hotel warten vier Taxen. C. sagt, er habe sich bereits im Vorfeld nach den Tarifen erkundigt, eine Fahrt ins Zentrum koste je nach Verhandlungsgeschick 1500 bis 2000 Schilling. Wir werfen einen Blick in Taxi Nr. 1. Der Fahrer ist mindestens siebzig und sieht aus wie der Hauptdarsteller aus einem ADAC-Schulungsfilm, mit dem alte Menschen zur freiwilligen Abgabe ihres Führerscheins bewegt werden sollen. Der Tacho hat bei 2,7 Millionen Kilometern seinen Dienst quittiert, dafür ist der Wagen mit diversen Zauberbäumen hochgerüstet. Im Inneren riecht es nach Mitnahmegerichten mit viel Knoblauch, vermischt mit dem Geruch von Zauberbäumen. Das halte ich nicht aus. Inspektion Wagen Nr. 2. Auch nicht gerade taufrisch, ein uralter Mercedes 190 D. Dafür macht der Fahrer einen guten

171

Eindruck. Freundliche, verbindliche Ausstrahlung, konzentriert, einer, dem man ansieht, dass er etwas vom Autofahren versteht. Unser Mann. Kaum sind wir eingestiegen, überreicht er uns seine Karte: *Titus M. Kidelo, Operations Manager. Specialist in Tour Operations and Car Hire.* Wir könnten Tag und Nacht anrufen, er komme überallhin. Beruhigend.

Mir wird bewusst, dass ich das Resort noch nicht ein einziges Mal verlassen habe, sieht man von den Gängen an den Strand ab. Spannend. Das Wachpersonal äugt misstrauisch in den Wagen. Wir haben nichts zu verbergen und biegen rechts ab in die *Moi Avenue*. Ein etwa zehnjähriger Junge kommt uns freundlich winkend entgegengerannt. Winkend rennt er neben dem Wagen her, bis Titus Fahrt aufnimmt und er nicht mehr mitkommt. Ich halte den Kopf aus dem Fenster und winke zurück. Ein Spitzname, ein Spitzname muss her. Mir fällt aber keiner ein. Komisch. Mir fallen doch immer Spitznamen ein. Naja, vielleicht später. Bis dahin ist er der Junge ohne Namen. Wahrscheinlich sehe ich ihn eh nie wieder.

Die unbefestigte, von unzähligen Schlaglöchern durchlöcherte Straße nach Mombasa ist gesäumt von fliegenden Händlern, kleinen, provisorischen Märkten, Baracken, offenen Feuern, Müll, Zelten, aus Pappkartons und Sackleinen zusammengeschusterten Hütten. Eine bedrückende Zeile grauer, abgeschabter Hochhäuser zieht an uns vorbei. Tausenderlei Eindrücke, Fetzen, Bruchstücke prasseln auf mich ein. Wovon leben die hier, wo waschen die sich, gibt es so was wie eine Infrastruktur, Kindergärten, Schulen? Rätsel Afrika. Überall hängen Plakate mit den Konterfeis des amtierenden Präsidenten Kibaki und seines direkten Konkurrenten, Oppositionsführer Odinga. Keiner der beiden Politiker macht einen sonderlich gewinnenden Eindruck, die Züge Odingas weisen eine gewisse Ähnlichkeit mit denen des als *Schlächter von Afrika* bekannt gewordenen ugandischen Diktators Idi Amin auf. C. berichtet, dass man mit massiver Wahlfälschung rechne, da Kibaki unter allen Umständen an der Macht bleiben wolle. Wie man das so genau wissen könne, frage ich. Keine Ahnung, antwortet er, man wisse es halt. Wann die Wahlen denn überhaupt stattfänden? Am 26. 12., dem zweiten Weihnachtsfeiertag. Er sei noch mit niemandem gereist, der sich so wenig für das Schicksal von Land und Leuten interessiere wie ich. Im Gegenzug kläre ich C. darüber auf, dass die 1983 aufgelegte 190er-Baureihe die erste mit sog. Raumlenker-Hinterachse gewesen sei. Eine Provokation, entgegnet er, und noch nicht einmal eine sonderlich originelle, ihn mit derart langweiligen Informationen zu belästigen. Wenn ich der öden Rubrik *Unnützes Wissen* etwas beizusteuern hätte, solle ich mich doch bei der *Neon* bewerben.

Nach einer halben Stunde bleiben wir an der allerallerersten Ampel der gesamten Strecke stehen. Links geht's nach Mombasa City. *City* ist gut, denn so etwas wie ein Zentrum gibt es nicht. Alles ist Zentrum und eben nichts. Titus lässt uns beim *Casablanca* (24 Hours Open Drinks. Disco. Gogo-Dancing) raus, von hier aus komme man überall gut hin. Und, wie gesagt, wir könnten ihn jederzeit anrufen ...

Das *Casablanca* ist ein schäbiges zweistöckiges Zementhaus mit einem Gewirr von elektrischen Drähten auf dem Dach. *Hotspots* sehen anders aus. Schwer vorstellbar, dass hier nachts richtig was los ist. Das Erdgeschoss ist mit lauter Gerümpel vollgestellt, leere Getränkekisten, übereinandergestapelte Stühle und Klapptische, kaputte Fernseher. Vielleicht wird ja abends umgeräumt, denke ich. Und dann ist Happy Dancing. Eine enge, wurmstichige Treppe führt in den ersten Stock. Aha, eine Art Café/Restaurant. Ungefähr ein Dutzend People sitzen vor ihren Drinks. Die Luft ist träge und billig, Schweiß und schlech-

173

tes Deo. Niemand beachtet uns. Wir stellen uns mit zwei Bier ans offene Fenster und gucken nach draußen. Gegenüber ist ein kleiner, vergammelter Stripteaseclub, vor dem eine Reihe enthäuteter Kaninchen hängt. Interessante Kombination.

«Hello guys, where are you from?»

Ich drehe mich um und bekomme einen Riesenschrecken. Die Frau könnte die ältere Schwester der Waldnutte sein. Sie schaut uns aus hervorquellenden Augen erwartungsvoll an. Höflich, wie wir sind:

«He is coming from Germany, and I am from Austria.»

«Oh, I love it. I can show you Mombasa, I can show you nice places with lots of pretty girls.»

«Oh, yes, thank you, but we would like to be alone. But thank you very much.»

Pause.

Sie grinst uns aus zahnlosem Mund an, Schleimbläschen blubbern unter ihren Nasenlöchern. Unvermittelt greift sie C. ins Gesicht und rubbelt an seiner Wange herum. Er zuckt zusammen, lässt sie jedoch gewähren. Die Frau, an mich gewandt:

«He is a nice guy. A really nice guy.»

«Oh, yes, he is. My best friend.»

Ihre Augen verengen sich, und ihr Gesichtsausdruck bekommt etwas Flehendes.

«Please, I want a drink, can I get a drink?»

Ich, irgendwie erleichtert:

«Yes, but just you and not everybody around.»

Ich grinse dämlich. Humor ist eine Sprache, die man überall auf der Welt versteht.

«Thank you, you are nice guys.»

Sie gibt C. eine leichte Ohrfeige und bestellt am Tresen einen klebrigen Cocktail, das obere Drittel gelb, das mittlere grün, das untere rot. C. klemmt eine Tausend-Schilling-Note zwischen Aschenbecher und Tisch und bedeutet mir mit einer knappen Handbewegung, dass ich ihm folgen soll. Obwohl ich noch gar nicht ausgetrunken habe. Typisch, immer geht es nach seiner Nase. Leise fluchend tastet er sich die Treppe hinunter. Wenn das so weitergehe mit den Ausgaben, wären wir spätestens bis zum Abend all unser Geld los, und dann könnten wir die Kugeln vergessen, ich solle mich also bitte ein wenig zusammenreißen. Wieso ich?

Orientierungslos stehen wir vor dem *Casablanca*. Die Straße ist gerade, grau und staubig. Kein Sonnenstrahl dringt durch die Wolkendecke. Afrika ist nichts anderes als ein riesiger Dampfkessel. Und nun? Links, rechts, geradeaus? Fast immer, ist mir mal aufgefallen, entscheidet man sich für links, links schlägt das Herz, links ist Bewegung, links führt zu etwas. Rechts und geradeaus endet in Sackgassen, Niemandsland, Ödnis, toten Punkten, Nirwana, Großbaustellen, Kehren ohne Wiederkehr. Warum das so ist, weiß kein Mensch. Also ich jedenfalls nicht. C. ist jetzt schon bleich vor Erschöpfung, seine Augenlider sind gerötet, die Wangen eingesunken und fahl. Ein fuchsroter feister Hund, der aussieht wie ein Schwein, läuft von links nach rechts über die Straße, bleibt mit heraushängender Zunge stehen, einen Augenblick sieht es so aus, als wolle er bellen, doch das Wau bleibt ihm in der Kehle stecken, oder er ist zu faul oder sonst was. C.s Hände hängen herunter wie zwei Krebsscheren, sein Atem geht schwer, hastig und stoßweise. Ich schaue ihn an, er winkt unwirsch ab. Gesprächsversuch meinerseits:

«Ein Stadtbummel ohne *Pimkie*, *Vodafone* oder *Pizza Hut* ist doch mal eine Wohltat, findest du nicht?»

«Für dich vielleicht. Ich habe Anfang der neunziger Jahre Bukarest bereist. Wenige Tage zuvor hatte dort die allererste

175

McDonald's-Filiale Rumäniens eröffnet. Für die Menschen war das damals ein Signal, dass die Welt sie noch nicht vergessen hat.»

«Aha.»

Eine Gruppe Männer kreuzt unseren Weg, sie wirken belastet und abgekämpft. Ein flachgesichtiger Bursche mit übermäßig breit entwickeltem Unterkiefer bleibt stehen und mustert uns scheeläugig. Eine Gestalt wie aus einem Horrorfilm. Voodooesk. Vielleicht ein Hexenmeister. Alles wird von grausamen und gespenstischen Mysterien beherrscht. Wir gehen hastig weiter, bis sich auf der rechten Seite eine Lücke auftut. Eine grüne Lücke, grüne Lunge: der Uhuru Park. Naja, Park ist vielleicht etwas übertrieben, eher eine *Fläche*, mit Rasen, ein paar Bänken, einem Spielplatz, im Zentrum ein winziger Teich und irgendwelche historischen Reste. Verstümmelte Figuren, der einen fehlen Arme, die andere hat statt eines Kopfes nur ein rostiges Stahlrohr. Abgeschlagene Nasen, herausgehauene Augen, zerfressene Rümpfe, Säulenreste, Andeutungen von Treppenstufen, so was. Obwohl der Uhuru Park lächerlich klein wirkt und ihm etwas Provisorisches anhaftet, ist es irgendwie doch ein schöner Ort, friedlich und einladend. Es riecht nach Vergebung, Trauer und Ruhe, denke ich. Erschöpft sinken wir auf eine Bank. Schweigen. In stiller, unausgesprochener Vertrautheit nehmen wir die Dinge, wie sie kommen. Mich überkommt nebliges Wohlbehagen, mein Verstand wird schwerflüssig. Hitzedämmer. C. steckt sich eine Zigarette an, bei jedem Ein- und Ausatmen dringt Pfeifen aus seiner Lunge. So gesund, wie er gern wäre, ist er wohl doch nicht.

«Was mag Uhuru Park wohl bedeuten? Wahrscheinlich Vogelpark.»

«Du verwechselst Uhuru mit Uhu, Bursche. Da steht's doch.»

Er deutet auf eine Tafel. Friedenspark. Wie schön.

Unvermittelt schreckt C. hoch und tippt auf seine Uhr. Schon halb zwei. Die Zeit rennt; wenn wir noch etwas von der Stadt sehen wollen, müssten wir dringend los, wenn es *spätestens um acht* ins Casino gehen soll. Wieso eigentlich schon um acht? Haben wir doch gar nicht abgesprochen. Wir waten durch graue Hitzenebel, bis wir an einen Platz gelangen, dessen Mittelpunkt das *Central Cafe* ist. Endlich, Kaffee und Sprite, wie gut das tut. Die Flüssigkeit erlischt im ausgedorrten Gaumen wie in einem trockenen Tuch. Plötzlich einsetzender, schriller, gellend lauter Baulärm. Nicht zum Aushalten.

«Und nun?»

«Mombasa hat doch einen Hafen. Lass mal hin; ist vielleicht auch etwas kühler da.»

C. winkt ein Tuc-Tuc-Taxi herbei, eine Art zum Kleinwagen hochgejazztes Mofa ohne jegliche Dämpfung und Federung. Durch die heftigen Stöße verrutscht C.s Brille. Unter freudigen Juchhu-, Autsch- und Holla-Rufen rückt er sie wieder zurecht. Schubartiger Rückfall ins Infantile.

Soweit wir es überblicken können, ist der gesamte Hafen von hohen Metallzäunen umgeben. Schlagbäume, Verbotsschilder und berittene Polizei verstärken den hochsicherheitstraktartigen Eindruck. Das Stammheim Kenias.

«Hä, was ist das denn? Siehst du irgendwo einen Eingang?»

«Nein.»

Aha. Eine Art Kriegshafen. Begehung Fehlanzeige, Besichtigung Fehlanzeige, Hafenrundfahrt Fehlanzeige, Dämmertörn Fehlanzeige, Schiffe Fehlanzeige, tatsächlich ist weit und breit kein einziges Schiff zu sehen. Vielleicht ist er auch gesperrt, damit somalische Piraten ihre nächste Kaperfahrt vorbereiten können. Oder es gibt noch einen zweiten, öffentlich zugänglichen Hafen. Wir erkundigen uns bei einem Taxifahrer; nein, der hier sei der einzige.

«You should have a look at the *Seamen's Club*.»

«*Seamen's Club*? What is it?»

Er lächelt geheimnisvoll und raunt:

«You will like it, I am sure.»

Wir steigen ein.

Der *Seamen's Club* hat mit einem klassischen deutschen Seefahrerheim weniger als gar nichts gemein. Im Vorgarten stapeln sich platte Reifen, Gerümpel, Plastikflaschen, Betonbrocken, das *Vereinsheim* ist ein grauverputztes Flachdachhaus. Unkraut wuchert das Gelände zu, es riecht faulig, nach Müll und Verdorbenem. Wir werfen einen Blick durch die blinden Scheiben: Umgeworfene Gläser, Flaschen und Stühle, Unrat und verschmutzte Kleidung liegen überall verstreut auf dem Boden. Gespenstisch. Es sieht aus, als habe seit einer rauschenden Abschiedsparty vor vielen, vielen Jahren niemand mehr einen Fuß in den *Seamen's Club* gesetzt. Und nun? Ich entdecke einen fast zugewachsenen Trampelpfad, der zum rückwärtigen Teil der Anlage führt. Aha, interessant. Irgendwie hab ich im Gefühl, dass uns noch eine *Überraschung* erwartet.

Ein psychedelisches Szenario der Extraklasse erwartet uns: eine von grauen Betonwänden eingeschlossene, asphaltierte Terrasse, in der Mitte ein Swimmingpool. Keine Pflanze, kein Nix, der Asphalt ist an mehreren Stellen geborsten, fehlt nur noch Stacheldraht. Das extrem gechlorte Wasser verschlägt mir den Atem. Beton, Zement, Kacheln, so weit das Auge reicht. So oder so ähnlich müssen die Datschen der Nomenklatura ausgesehen haben, streng gesicherte Klötze, über denen eine Glocke aus Chlor, Elektrosmog und Irrsinn hängt. Aber was ist das? Da! Dahinten! Von einem riesigen Sonnenschirm fast verdeckt, sitzen vier dicke, weiße alte Männer und eine grotesk überschminkte Oma um einen Plastiktisch und nippen an ihren Drinks. Quintole des Grauens. Als wäre es das Normalste auf der Welt, in und um ein Betonloch zu hocken und auf grünes, schlackerndes, giftiges Wasser zu gucken. Wo haben die ihre Getränke her? Hat der *Seamen's Club* etwa doch geöffnet? Was zum Teufel geht hier vor? Und warum hat der Taxifahrer uns diesen unwirtlichen, menschenfeindlichen Ort empfohlen? C., der sich weder am beißenden Chlorgeruch noch an der übergeschnappten Atmosphäre zu stören scheint, sinkt grunzend auf eine Liege, streift umständlich seine Schuhe ab und zündet sich eine Zigarette an. Aus seiner Lunge dringt tiefes Bronchialschnurren.

«Wie, willst du etwa bleiben? Das ist doch total verrückt hier. Lass uns gehen!»

«Bitte, die eine Zigarette. Ich brauch mal fünf Minuten Pause.»

Schwarzblaue Fliegen sirren um unsere Köpfe, fette, giftig glitzernde Viecher. Das fällt mir deshalb besonders auf, weil Kenia bisher durch Abwesenheit von Insekten geglänzt hat. Und nun das, mutierte Todesfliegen, wir sind in eine Fallout-Zone geraten. Es herrscht vollkommene Stille. Wahrscheinlich ist die gesamte Anlage schalldicht. Und schusssicher. Der einzige Atombunker Afrikas, Codename *Seamen's Club*. Lotrechte Stille. Schlick. Abrieb. Trübstoff. C. raucht. Auf der Lehne meiner Liege klebt ein grünes Fruchtbonbon. Ich schnippe es weg. Hoffentlich hat's keiner gesehen.

Der dickste der Männer schraubt sich aus seiner Liege und watschelt auf uns zu. Obwohl er fett ist wie ein Wal, sind seine Beine sehnig und dürr wie Stöcke. Die aufgedunsenen Wangen und der volle, erschlaffte Mund haben etwas Eingeweichtes, ich muss an eine in warme Milch getippte Semmel denken. Er baut sich drohend vor uns auf und gibt uns in gebrochenem

Englisch zu verstehen, das hier sei ein Privatgrundstück, und wir hätten unverzüglich zu verschwinden. Ende der Durchsage. Er watschelt zu den anderen Irren zurück. Eiserne Gesichter. Schweigen. Chlor. Beton. Giftfliegen.

C. zieht hastig seine Schuhe an, wir sehen zu, dass wir Land gewinnen. Grußlos ab durch die Büsche. Plötzlich spüre ich einen schneidenden Schmerz in der rechten Kniekehle und sinke zu Boden. O nein, o nein, o nein. Jetzt sind wir dran, sie sind uns gefolgt und haben uns die Sehnen durchtrennt! Als Nächstes schneiden sie unsere Stimmbänder durch und lassen uns einen ganzen Tag und eine ganze Nacht liegen. Am Morgen des zweiten Tages ersäufen sie uns im Estrich. Dichtkacheln. Und filmen unseren Todeskampf. Jetzt wird auf einmal alles klar: Der *Seamen's Club* ist ein Drehort für Snuff-Movies! Der Taxifahrer steckt mit ihnen unter einer Decke und führt ihnen immer wieder neue, arglose Opfer zu!

«Was machst du schon wieder, Bursche!» Ich wimmere vor Schmerzen, er zieht mich hoch und schleift mich weiter. Mit zusammengebissenen Zähnen tippele ich von einem Bein aufs andere, der Schmerz lässt nach, wohl doch nichts gebrochen oder gerissen. Und nun? Auf ein Taxi warten, das eh nicht kommt? Zurück zum Hafen, auf gut Glück loslatschen? C. bohrt sich apathisch im Ohr. Rrööng, rröööönng. Mofas, Motorräder, Mopeds, Mokicks. Rröööörrnnggg. Rrööööörrrrgggg. Knatter. Schepper. Knöter. Klingt irgendwie nach Motorschaden. Oder Dämmwolle aus den Endtöpfen verheizt. Oder Kette muss nachgespannt werden. Oder Scheinwerfereinsatz rappelt. **Röööönngggg.** Immer noch ist nichts zu sehen. **Knatter. Schepper. Heul.** Vor uns biegen zwei Mopeds auf die Straße und halten, eingehüllt in eine Staubwolke, pfeilschnell auf uns zu. Weit und breit niemand zu sehen. Also niemand, der uns helfen könnte. Die jugendlich aussehenden Fahrer ducken sich tief über ihre Lenker. Eben noch sind wir im *Seamen's Club* dem Tod von der Schippe gesprungen, um jetzt Opfer juveniler Intensivtäter zu werden. Ob sie uns wohl erst berauben und dann umbringen? Oder nur berauben? Oder nur umbringen? C. greift nach meiner Hand. Schlagzeile: «Stockschwules Pärchen in Kenia totgeprügelt. Im Todeskampf hielten sie sich eng umschlungen.» **RRRÖÖÖNNGG**. Zehn Meter. Neun, acht, sieben, sechs, fünf, vier, Vollbremsung, sie kommen eine Handbreit vor uns zum Stehen. Zwei Schlakse, vielleicht zwanzig, grinsen uns an.

«Hallo. Where are you guys from?»

«He is from Hamburg, Germany, and I come from Austria.»

«Hamburg? It's nice!»

«Yes.»

«You're looking for a taxi, right? We could drive you back into town.»

C. zuckt mit den Schultern und nickt.

Zuletzt Moped gefahren bin ich 1977, als wir Karsten Pohls Flory Dreigang verheizt haben. Haha, war das ein Spaß! Ausgerechnet Karsten besaß als Einziger diesen Mercedes unter den Mofas. Flory! Von Kreidler! Mit Fußschaltung! Und Kickstarter! Karsten hatte einen leichten Dachschaden, weil er bei der Geburt zu wenig Sauerstoff abbekommen hatte oder so. Seinen Eltern gehörten drei Edeka-Frischemärkte, und sie haben ihrem einzigen Sohn zum Ausgleich für seine Behinderung immer den neuesten und teuersten Schnickschnack gekauft. Aber ein Mofa mit Dreigangschaltgetriebe? Wie sollte ausgerechnet einer, der kaum ein Fahrrad geradeaus lenken konnte, diese kompliziert zu bedienende Rennmaschine beherrschen? Holzklötze wären das passende Geschenk gewesen, mit abgerundeten Ecken, wg. Verletzungsgefahr. Karsten, das war sonnenklar,

181

würde den Boliden innerhalb kürzester Zeit ruinieren. Um ihm die Arbeit zu erleichtern, haben wir ihm das Mofa regelmäßig abgenommen und sind damit so lange im ersten Gang und mit Vollgas um den Pudding gefahren, bis es einen Kolbenfresser hatte. Nach drei Tagen war es vollbracht, und Karsten musste den Schrotthaufen nach Hause schieben. Er hat uns natürlich angeschwärzt, aber seine Eltern glaubten ihm kein Wort. Das war's dann erst mal mit teuren Geschenken. Heute arbeitet er als Hiwi in einem ihrer Märkte, wo er Paletten stapelt, Einkaufswagen zusammenschiebt und verfaultes Obst aussortiert.

Naja, Schnee von gestern.

Die beiden Hasardeure rasen wie die Weltmeister. Ich halte mich an meinem Fahrer fest, es fühlt sich gut an, knochig, sehnig, muskulös, sexy. Je länger die Fahrt dauert, desto besser fühle ich mich, sicher und gut, wie irgendwann damals, früher, zu Kindertagen, als es noch genügte, einfach nur *da* zu sein. C. hat sich ebenfalls eng an seinen Fahrer geschmiegt und genießt die Fahrt auch in vollen Zügen.

Erstaunlich, in was für Abenteuer man verwickelt wird! Gestern hockt man depressiv am Pool, und heute wird man von topgeilen Szenetypen durch die Gegend karjohlt! Ich fühle mich leicht und befreit, von mir aus könnten wir bis nach Nairobi fahren. Damit hätte ich nicht gerechnet, unter keinen Umständen, niemals. Mir wird bewusst, dass ich auf dieser Reise bisher noch keinen einzigen unbeschwerten Moment erlebt habe, keine Sekunde des Glücks. Und jetzt durchströmt es mich mit einer Intensität, als solle das Ungemach der vergangenen Tage, Wochen und Monate weggewischt werden. Leider, da bin ich mir sicher, wird dieses Gefühl nur exakt so lange halten, bis wir unser Ziel erreicht haben.

Unsere Chauffeure halten vor einer Art provisorischer Open-Air-Disco, einem überdimensionalen Carport, Wellblech auf Stelzen, Schuppen ohne Wände, Zelt ohne Plane, ach, ich weiß auch nicht, wie man solche Gebäude nennt.

«Herr Strunk, Herr Strunk, das darf doch schon wieder alles nicht wahr sein!»
«Schnauze.»

Als ich absteige, zittern meine Beine. Was hier los ist! Wir sind mitten in eine Big Party geraten, ein spontanes Volksfest, Discopower, Flashmob, Body Language. Let's get physical, und das noch vor achtzehn Uhr! Die Leute sind hier einfach anders drauf, denke ich. Mach es wie die Sonnenuhr, zähl die heitren Stunden nur. C. scheint's auch zu gefallen. Da hat er seine Disco with Girls, denke ich. Unsere Fahrer verabschieden sich per Handschlag und verschwinden im Getümmel.

Es ist, als hätten uns wundersame Zufälle an einen geheimen Ort gespült, einen *magic place*, den sonst nie ein Tourist zu sehen bekommt. Hier ist der Kenianer privat, hier verkehrt er mit seinesgleichen. Und wir werden als stumme Zaungäste geduldet. Ausgerechnet wir, stockschwule Sextouristen auf der Suche nach Zerstreuung. C. besorgt zwei Cola Rum. Cola Rum, ich fass es nicht, dass die das hier haben, hab ich auch schon ewig nicht mehr getrunken. Die Reise der vergessenen Drinks. Das Leben besteht aus der Summe der vergessenen Drinks. C. prostet mir zu. Man kann sich gar nicht oft genug zuprosten, Zuprosten ist ein Verstärker. Der Mensch benötigt in jeder Lebenslage Verstärker. Schluck. Schlürf. Glucker. Wie gut Cola Rum tut, hatte ich gar nicht mehr auf dem Zettel. One more time, Daft Punk, alt, aber geil. Wie die hier alle tanzen können! Der Energiestau löst sich, endlich! Ich spüre den Druck, mit dem

183

das Blut die Hormone durch die Adern jagt, die Gewalt des heißen Lebens. Angenehmer könnte es gerade nicht sein. Alles riskiert und gewonnen. Schicksalsgerechtigkeit nennt man das. Nächster Cola Rum. Eine benebelnde Monotonie breitet sich aus.

«Prost.»

«Prost.»

«Betrunken sein heißt, nicht an Fragen zu verzweifeln, auf die es keine Antwort gibt.»

«Recht hast du, Burschi!»

Von einer Sekunde zur nächsten verspüre ich einen nagenden Hunger, einen überfallartigen Appetit. Wie unpassend! C. möchte bleiben, man müsse *die Feste feiern, wie sie fallen.* Jaja, Opi, dann gehe ich eben alleine, irgendein Lokal oder Imbiss wird sich schon auftreiben lassen. Ich wandere die Straße hinauf. Links natürlich. Mutterseelenallein, ein Spaziergang ins Nichts. Hinter mir nichts, vor mir nichts, über mir nichts. Schlagartig fühle ich mich wieder wie immer, ängstlich und unselbständig wie ein Säugling. Mein einziger Gedanke: WENN ICH MICH JETZT VERLAUFE, IST ALLES AUS! Latsch. Watschel. Marschier. Endlich, ein Straßenschild: Tononoka Road. Aha, ich befinde mich also auf der Tononoka Road. Ich darf die Tononoka Road unter keinen Umständen verlassen! Latsch. Schleich. Die Tononoka Road macht einen scharfen Knick. Dann einen Bogen. Und noch einen Bogen. Was, wenn ich, vor lauter Kurven und Biegungen und Knicks und Krümmungen und Brechungen total kirre geworden, die Tononoka Road versehentlich verlassen habe? Das war's dann! Jugendlichen Mofarockern, die einen aus einer lebensbedrohlichen Zwangslage retten, begegnet man im Leben genau einmal. Mein Kredit ist verbraucht, restlos aufgezehrt. Bei dem Gedanken wird mir ganz flau und schwindelig. Wenn sich innerhalb der nächsten einhundert Schritte nichts tut, werde ich unverrichteter Dinge kehrtmachen, wie Bergsteiger, die aufgrund eines Wetterumschwungs den Gipfelsturm abbrechen müssen. Eins, zwei … dreiundfünfzig, vierundfünfzig … neunundsiebzig, achtzig … einhundert. Zugabe: … einhundertzwölf, einhundertdreizehn, die Tononoka Road kreuzt die Narok Road. Das Risiko ist jetzt endgültig unkalkulierbar geworden. Abbruch. Rückmarsch.

Stakkatohaft wippend sitzt C. auf seinem Platz und deutet hektisch zum Ausgang.

«Wir müssen los.»

«Wieso, es ist gerade mal halb acht.»

«Du weißt, wie die Kugeln sind, die Kugeln brauchen Zeit. Wie war das Essen?»

«Nicht so gut, ich hab kaum was runterbekommen.»

«Wir haben einen Riesendusel, das Casino ist gleich in der Nähe, ich hab mir den Weg beschreiben lassen. Und später könnten wir ins *Florida*. Voll auf die Girls. Darf ich dich fragen, wie viel *Handgeld* du mit dir führst?»

Handgeld, was soll denn das nun schon wieder sein? Kaffeerund, Sitzbad, Handgeld. Eine Phantasiesprache, die im Alltag keinen Bestand haben wird.

«Viertausend Schilling. Das reicht nur für Taxi und Drinks und so. Ich hab aber meine EC-Karte dabei. Wie viel hast du denn?»

«Zweitausendfünfhundert Euro.»

«So viel? Ich dachte, du hättest nichts mehr.»

«Reserve. Notgroschen.»

Im *Royal Casino* gibt's keinen Geldautomaten. Casino ohne Geldautomat, da lachen ja die Hühner und noch nicht mal die. Der Saalchef bietet an, mich zu einer Bank bringen zu lassen, er

winkt einen Fahrer herbei, und los geht's, das nach der Moped-
tour zweitgrößte Abenteuer meines Lebens. Muss man sich
mal vorstellen: Auf Gedeih und Verderb einem völlig unbekannten Mann ausgeliefert, kauere ich auf den durchgesesse-
nen Stoffsitzen eines verrosteten Minivans und lasse mich
durch eine brandgefährliche afrikanische Großstadt kutschie-
ren! Wahnsinn. Der Fahrer sagt kein Wort, ich sowieso nicht.
Biashara Bank, aussteigen, Geldautomat. Nach dem dritten
Versuch spuckt das Vieh die Scheine aus, 50 000 Keniaschil-
ling. Mombasa, mon amour.

C. hat vor einem der vier Kugelautomaten Stellung bezogen.
Er spielt neun Gewinnlinien auf fünffachem Einsatz, das heißt,
er riskiert pro Spiel drei Euro achtzig.

«Was gibt es Neues, Bursche?»

«Nichts weiter. Ich hab 50 000 bekommen.»

Mit meinem lächerlichen Spielkapital riskiere ich lediglich
neunzig Cent pro Spiel, und selbst bei diesem Spatzeneinsatz
werde ich, sofern nicht Zeichen und Wunder geschehen, in spätestens eineinhalb Stunden pleite sein. Eher früher. Egal. Be-
dienungs- und Gewinnanleitung Kugelautomat: Laufen drei
Kugeln ein, schmeißt er fünfzehn Freispiele, in denen sich jeder Gewinn verdreifacht. Bis die kommen, kann es natürlich
dauern. Lange. Sehr lange. Und selbst wenn, heißt es gleich
wieder zittern und beten – fünfzehn Spiele sind ratzfatz vorbei –, dass die Kugeln in den Freispielen noch einmal einlaufen
und noch einmal und noch einmal und noch einmal. Ich war
Augen- und Ohrenzeuge, wie C. einmal sage und schreibe 135
(in Worten: einhundertfünfunddreißig) Freispiele abgeräumt
hat und mit über dreitausend Euro Gewinn nach Hause gegangen ist.

Aber all das verblasst gegen die FÜNF.

Fünf Kugeln, fünf Kugeln, fünf Kugeln, man kann es nicht

oft genug wiederholen. Die laufen allerdings so unfassbar selten ein (pro einer Million Spiele ein halbes Mal, wenn überhaupt), dass C. dieses Glück im Laufe seiner Spielerkarriere erst einmal zuteilwurde. Laufen in den Freispielen FÜNF KUGELN ein, liegt, vorausgesetzt, man spielt auf neun Euro Höchsteinsatz, die Gewinnerwartung bei etwa fünfzehntausend Euro. Schweigend sitzen wir nebeneinander. Viertelstunde. Halbe Stunde. Dreiviertelstunde. Je schweigsamer, desto besser. Die Spieler sollen sich aufs Spiel konzentrieren, und der Croupier soll keine Witze reißen, sondern am Rad drehen. C. hat in seinem Leben mutmaßlich mehr Zeit mit den Kugeln verbracht als mit irgendeinem Menschen. Da, da laufen sie ein! Zum ersten Mal! Grund genug, das Schweigen zu brechen. Der folgende, aus exakt acht Sätzen bestehende Dialog spult sich wortgetreu immer dann ab, wenn die Kugeln einlaufen:

1) «Schau, Heinzi, da sind sie, die Kugeln.»

2) «Ja. Sehr schön.»

3) «Jetzt nehmen mich die Kugeln mit auf die Reise. Wir werden sehen, wohin sie führt und wie lange sie dauert.»

4) «Wollen mal sehen.»

5) «Die Kugeln haben ihren eigenen Kopf.»

6) «Ja.»

7) «Hoffentlich ist die Reise nicht gleich schon wieder zu Ende.»

8) «Ja, hoffentlich.»

Diese erste Reise ist jedoch bereits nach fünfzehn Freispielen wieder vorbei. C. haut mit der flachen Hand gegen den Automaten.

«Was ist los? Ich fass es nicht.»

«Ach, da kommt schon noch was. Mal was anderes: Ich hab Hunger, du auch?»

«Ja.»

Irgendwie klingt Fingerfood harmlos, nach leichter, kalorisch unbedenklicher Trennkost, Du darfst, Healthy Food, Low Fat usw. Leider nicht im *Royal Casino*. Fetttriefender Flodderjunkfood, der selbst Dustin in ein höheres Tempo zwingen würde: Ananas-Bacon-Spieße, crunchy Erdnuss-Chicken-Wraps, Hackbällchen orientalisch, Bolognese-Röllchen, Kichererbsenstick mit zweierlei Mojos, Garnelen-Windbeutelchen, Kobolde im Hemd, Runzelkartoffeln, Frühlingsrollen und Drumsticks in Zwiebel-Cola-Marinade. 8000 Kalorien, Minimum. Schling. Spachtel. Mampf. Nichts mehr fühlen, nur noch essen. Bald dümpelt in meinem halbvollen Weißweinglas ein Garnelenrest, in C.s übervollem Aschenbecher glimmen gleich zwei Kippen. Beim Essen rauchen ist das Größte. Bekleckert und besudelt zwischen blinkenden und piepsenden Spielautomaten. Das ist Glück. Und ich bin pleite.

«Ich kann dir leider nichts mehr leihen, Bursche.»

«Jaja. Ich will auch gar nichts mehr. Mir reicht's für heute.»

Ich trinke und starre und würde gerne eine rauchen. Auch bei C. geht's jetzt rapide bergab.

Nichts.

Nichts.

Nichts.

Nichts.

Nichts.

Nichts.

Nichts.

Nichts.

Usw.

Dann kommen die Kugeln. Endlich. Doch es läuft schlecht. Die Bilanz nach den ersten zehn Freispielen: achttausend Schilling, lächerlich.

«Das darf nicht wahr sein. Ich hab schon einhundertachtzigtausend drin, und dann so was!»

Freispiel Numero elf. Nichts.

Freispiel Numero zwölf. Lächerliche zweitausenddreihundert Schilling.

Freispiel Numero dreizehn. Nichts.

«Gleich heißt es Abmarsch.»

«Ja.»

Freispiel Numero vierzehn.

Eine Kugel.

Zwei Kugeln.

Drei Kugeln.

Vier Kugeln.

.... FÜNF KUGELN!!!

C. springt auf, sein Stuhl fällt mit lautem Gepolter um. Egal. Unter lauten «JAJAJAJA»-Rufen vollführt er einen hysterischen Freudentanz, dann umarmt er mich.

«Fünf, weißt du, was das heißt?»

«Nicht ganz genau.»

«Sechshunderttausend, mindestens.»

Huch, das sind ja sechstausend Euro.

Die Euphorie währt leider nur kurz. Schon nach wenigen Spielen versinkt C. wieder in Verzweiflung und Agonie. Psychogramm eines Spielers: Auch bei einem ganz unwahrscheinlichen Ausnahmegewinn beginnt er sofort zu rechnen, wann dieser wieder weg sein wird. Und warum der Gewinn nicht noch höher ausgefallen ist. Und wie hoch der Gewinn gewesen wäre, wenn er auf Höchsteinsatz gespielt hätte. Und warum in Gottes Namen die fünf Kugeln nicht gleich noch einmal einlaufen.

Am Ende schmeißt der Automat sechshundertsechzigtausend Schilling, das sind sogar sechzigtausend mehr als der von

C. prognostizierte Gewinn. Seine Reaktion: Betongesicht. Der Saalchef empfiehlt ihm, sich aus Sicherheitsgründen das Geld nicht sofort auszahlen zu lassen, sondern es am nächsten Tag abzuholen. C. erklärt sich einverstanden und bekommt eine Quittung ausgehändigt («Das Geld seh ich eh nie»). Jetzt heißt es Abmarsch zur mutmaßlich letzten Station des Tages.

Florida Club. International Night
  Pump up the jam, pump it up,
  while your feet are stomping,
  and the jam is pumping,
  look ahead the crowd it's jumping,
  pump it up a little more.
  Get the party going on the dancefloor,
  see cause that's where the party's at and you'll find out if you do that.
Old School Techno. So was läuft in Deutschland nur noch auf Neunziger- oder Ü-irgendwas-Partys. Oder bei den ganz Coolen. Der gutgefüllte Club ähnelt in erstaunlich vielen Einzelheiten deutschen Provinzdiscos: Chrom, Metall, Spiegel und Quatschkram in Schwarz, Silber und Beton. Rechts von der Tanzfläche ist eine kleinere Cocktailbar, links eine lange Bierbar. Wir holen zwei Gin Tonic, stellen uns an den Rand der Tanzfläche und warten ab. Girls, so weit das Auge reicht. Girls, girls, girls, denke ich, da hat er seine Girls.
  Yo! Pump up the jam
  Pump it up
  Pump it up
  Yo! Pump it
  Yo! Pump up the jam
  Pump it up
  Pump it up
  Yo! Pump it

C. kippt hastig seinen Drink hinunter. Er sieht gar nicht gut aus, die Augenlider sind gerötet und deutlich geschwollen, die Wangen aschfahl. Außerdem steht er merkwürdig in sich gekrümmt, als würde er eine Schonhaltung einnehmen, um irgendwelche diffusen Beschwerden zu lindern. So kommt jedenfalls keine Stimmung auf. Er deutet zum WC-Schild und verschwindet. Jetzt lässt er mich schon wieder allein, die nächste Bewährungsprobe eines an Bewährungsproben reichen Tages. Meine Füße sind geschwollen, und ich habe einen ekligen Geschmack im Mund. Auf der Tanzfläche sind fast nur Mädchen. Sie tragen die gleichen, ununterscheidbaren Klamotten wie überall auf der Welt. Eine immer gleichförmigere Alltagskultur überzieht den ganzen Erdball, überall gelten die gleichen Muster, Codes und Regeln.

C. bahnt sich im Stotterschritt seinen Weg zurück, nur mit Mühe kann er sich auf den Beinen halten. Nur sei er zu allem *Überfluss auch noch Opfer einer Lebensmittelvergiftung* geworden. Er habe sich mehrmals übergeben müssen und leide unter Magenkrämpfen. Die Verantwortung schiebt er auf den *Royal-Fraß*. Quatsch. Wenn mit dem Fingerfood etwas nicht in Ordnung gewesen wäre, müsste mir auch schlecht sein. Um ihn nicht zu reizen, behalte ich das jedoch für mich. Er ordert einen Schnaps. Und noch einen. Und noch einen. Wenn er loswolle, sage ich, bitte, gerne. Er winkt ab, es sei ja noch nicht mal ein Uhr, und nach dem Schnaps würde es ihm auch schon etwas bessergehen.

Uns fallen zwei Mädchen auf, die unglaublich gut tanzen. Fast scheinen sie über dem Boden zu schweben, ein geradezu körperliches Leuchten geht von ihnen aus. Die eine wirkt trotz ihrer geschätzten eins dreiundachtzig irgendwie, als wäre sie noch im Wachstum. Sie trägt zum ultrakurzen Size-Zero-Jeansrock ein enges Unterhemd, über ihrem Kopf türmt sich eine mächtige Afrofrisur, die fast aussieht wie eine Perücke. Immer wieder fährt sie mit dem Zeigefinger unter den Saum ihres Strings und hebt ihn aus der geröteten Rille, die er in ihr Gesäß gedrückt hat. Macht mir nichts aus, denn der ungewöhnliche Zustand erotischer Empfindungslosigkeit hält zum Glück an. Vielleicht ist mein Testosteronspiegel ja über Nacht ausgelaufen oder so. Egal, es ist unglaublich befreiend, sein Geschlecht nicht fortwährend als Belästigung zu empfinden. Ihre Freundin, einen halben Kopf kleiner, kompakt, trotzdem enorm beweglich, vollführt die unglaublichsten Verrenkungen. Eine Schlangenfrau.

«Schau, Bursche, welche Körperbeherrschung. Jetzt geht sie in den Spagat.»

«Ich wünschte, ich könnte auch Spagat. Überhaupt wäre ich gern etwas *gelenkiger*.»

«Der Zug ist abgefahren.»

Als die Mädchen uns bemerken, legen sie demonstrativ einen Schlag zu. Es ist, als wären sie in der Endrunde einer Castingshow und wir die Juroren. Nach jedem gekonnten Move schauen sie zu uns herüber. Siehst du, sagt C., das ist meine Ausstrahlung, die merken sofort, mit wem sie es zu tun haben. Er lächelt ihnen zu und deutet auf sein Glas, sofort kommen sie angeschoben. Der übliche Schmalspurdialog. Die mit der Afrofrisur heißt Hamdi, ihre Freundin Doreen. Hamdi könnte es mit ihrer zierlichen Stupsnase und den weißen, makellosen Zähnen mit jedem Topmodell aus der Illustrierten aufnehmen. Doreens Gesicht ist von der Kieferpartie bestimmt, mit den großen Nasenlöchern, den vorquellenden Augen und den leicht abstehenden Ohren ist sie an der Grenze zur Hässlichkeit: schön. Es sind ja erst geschmacklose Kleidung, ein schiefes Gebiss, Unebenheiten, eben Fehler, die eine Frau lebendig machen. Models sind bar wirklichen Reizes, weil sie lediglich die Summe abstrakter Diktate darstellen.

C. ordert zwei Gin Tonic für uns, die Mädchen bleiben bei Cola. Wir suchen uns einen freien Tisch, Hamdi setzt sich zu mir, Doreen zu C. Hamdi stammt aus Nairobi und ist Kosmetikerin. Sie sei nur auf Besuch, ihre Schwester erwarte nämlich in den nächsten Wochen ein Baby. Sie legt ihre Hand auf meinen Arm. Während sie weitererzählt, streichelt ihr Daumen in unregelmäßigen Abständen meinen Unterarm. Es fühlt sich unglaublich gut an.

Plötzlich, als hätten sie ein geheimes Signal empfangen, springen die Mädchen auf und ziehen uns auf die Tanzfläche. *Hit me baby one more time.* Hamdi legt meine Hände um ihre entblößte Taille, ihre Haut ist kühl und glatt und weich, sie schmiegt sich eng an mich und brüllt mir ins Ohr, dass ich ein *very nice guy* sei. Ja, bin ich auch. Mein Gesicht fängt Feuer. Die Chemie zwischen uns stimmt, denke ich, die Schaltkreise dicht aneinandergeschmiegter Körper. Ich habe das beruhigende Gefühl, mich nicht komplett lächerlich zu machen. Im Gegenteil, je länger wir tanzen, desto besser sieht es aus. Wahrscheinlich. Hoppel, hoppel. Unsere Gefühlskerne verschmelzen. Hoppel, hoppel. Aus Teilchen leben wir, und als Teilchen verständigen wir uns, ein unermesslicher Partikelstrom entscheidet, ob zwei sich füreinander interessieren oder nicht. Auch C. gerät völlig aus dem Häuschen. Er rudert wild mit seinen Gliedmaßen, plötzlich küsst er mich auf den Mund. Die Mädchen lachen und feuern uns an; sie tun wirklich alles, damit wir uns wohlfühlen. Eine heiße, atemlose Nacht. Was sind wir nur für Glückspilze. Virtuosen des Dancefloors, Könige des Nightlife. Tanzen, kreischen, juchzen, mitsingen. Drei Uhr. Die Girls fragen, ob wir noch *woandershin* mitkommen.

Ich: «Why?»

Falsche Antwort. Fragen nie mit Gegenfragen parieren.

Hamdi flüstert Doreen etwas ins Ohr, dann sagt sie, wir sollten warten, sie würden gleich wiederkommen. Danach verschwinden die beiden. C. fragt, wie viel Geld ich noch hätte. Wieso? Weil wir jedem Girl mindestens 2000 geben müssten, die würden sich schließlich nicht zum Spaß mit uns abgeben. Wie, Spaß? Er müsse sich schon sehr über meine Naivität wundern, selbstverständlich wären die Mädchen Prostituierte. Hä? Wieso das denn? Schlagartig verpufft meine Euphorie. Woher will er das überhaupt wissen?

Als sie zurückkehren, drückt C. Doreen 2500 Schilling in die Hand, ich gebe Hamdi 3300, alles, was ich noch habe. Sie fragen, ob wir uns morgen wiedersehen würden. C. nickt: «Same place, eleven o'clock.» Dann bringen sie uns zu den wartenden Taxen. Wir steigen ein, die Mädchen winken, wir winken zurück.

GLEITZEIT

Beim Aufstehen stolpere ich über einen schönen, großen Aluminiumkoffer der deutschen Traditionsmarke Rimowa. Ich brauche einen Moment, um zu begreifen, dass es sich bei dem Koffer, der mitten im Zimmer steht, wirklich und wahrhaftig um *meinen* schönen, großen Aluminiumkoffer der deutschen Traditionsmarke Rimowa handelt. Ein emsiges Helferlein hat ihn in meiner Abwesenheit gebracht. Äußerlich scheint er unbeschadet zu sein, aber was ist mit seinem Innenleben? Möglicherweise erwartet mich eine böse Überraschung: Reisig, Altpapier, Quallen. Mit zitternden Händen lasse ich die Verschlüsse aufspringen. Alles an seinem Platz. Das ist Schicksal, denke ich, bald ist Weihnachten, und ein schöneres Präsent hätte mir der liebe Gott schlechterdings nicht machen können. Zeit, innezuhalten, den Wahrnehmungsfilter zu wechseln und mir die positiven Aspekte der Reise vor Augen zu führen:

1) Ich verfüge wieder über vollständiges Reisegepäck.
2) Mein lieber Freund ist genesen.
3) Wir haben in Weltrekordzeit das Treatment zu einem Kinofilm verfasst.
4) Ich bin der erste Mensch der Welt, der im Urlaub abgenommen hat.

Ab sofort wird umgeschaltet auf Programm zwei: gute Laune. Ich werde mein Gehirn einer Optimierung unterziehen, umprogrammieren und völlig neu eichen. Die Verdrahtung im Kopf ändert sich. Grundkurs Hirnstoffwechsel: Ein häufig benutztes neuronales Netzwerk ist infolge von Ionenanhäufung immer leichter zu aktivieren (Prinzip der fortschreitenden Selbstverstärkung). Die zehn Milliarden Neuronen im Kopf feuern dann statt nur von A nach B auch von B nach A. Vereinfacht gesagt. Bisheriger Fehler: Da ich mir angewöhnt habe, die Welt durch eine dunkle Brille zu betrachten, versucht mein Gehirn automatisch, diese negative Stimmung aufrechtzuerhalten, und wählt aus der Summe der Sinneseindrücke diejenigen Reize aus, die zur Gefühlslage passen: Die Großhirnrinde denkt einen negativen Gedanken und schafft es, das übrige Gehirn davon zu überzeugen, dass dieser ebenso wirklich sei wie ein physischer Stressor. Wenn die Niedergeschlagenheit zu lange anhält, wird die Substanz des Gehirns angegriffen.

Ständige? haben übrigens den gleichen Effekt: Irgendwann wird der Stummel mit Punkt, der Wurm des Misstrauens das Display meines Telefons zerstören. Egal, heute kann C. Fragezeichen schicken, bis er schwarz wird, denn heute herrscht Ausnahmezustand. «Koffer wiederaufgetaucht, muss das hier erst *abwickeln*», schreibe ich zurück.

Abwickeln, so ein Schwachsinn.

Mir kommt eine Idee:

«Weißt du eigentlich, was heute ist?»

«Keine Ahnung, wovon du sprichst.»

«Heute ist Bergfest, die Hälfte der Reise ist vorbei.»

«Was willst du? Ich spüre, dass du etwas willst.»

«Die erste Woche stand im Zeichen großer Aufregung und harter Arbeit. Heute geht's schon wieder zu den Kugeln und danach in die Disco. Wenn ich wie gestern erst um vier im Bett liege, kann ich unmöglich schon um neun am Pool sein.»

«Du könntest schon. Wenn du etwas weniger trinken würdest.»

«Es ist nun einmal, wie es ist. Worauf ich hinauswill: Lass uns ab morgen die Gleitzeit einführen.»

«Was?»

«Gleitzeit. Neun bis halb elf. Wer fit ist, kommt um neun, wer müde ist, darf sich bis halb elf Zeit lassen.»

«Du bist verrückt! Gleitzeit! Im Urlaub! Auf so etwas kannst nur du kommen.»

«Gib zu, es ist eine originelle Idee.»

«Vollkommen durchgedreht.»

«Ach komm. Bitte! Lass uns die restlichen Tage ohne Zeitdruck genießen.»

«Nur aus Freundschaft mache ich dir einen Vorschlag: Wir probieren es zwei Tage aus, dann wird neu verhandelt.»

«Einverstanden.»

«Jetzt heißt es jedenfalls erst mal Abmarsch nach Mombasa, das Geld abholen. Ich frage Titus, ob er uns fährt.»

Er fährt. Wieder kommt uns der Junge ohne Namen entgegen. Begeistert winkend. Als ob er uns erwartet hätte. Ob er den ganzen Tag auf Autos wartet, um ihnen zuzuwinken? Sieht fast so aus.

C. bekommt seinen Gewinn anstandslos ausgehändigt. Und nun? Alle Kugelautomaten sind frei. C. macht eine ausladende Handbewegung.

«Setz dich, Bursche. Eine kleine Pause wird uns guttun. Magst du ein Bier?»

Er weiß ganz genau, wie er mich kriegen kann.

«Wie, jetzt schon?»

«Wir sind im Urlaub. Entspann dich. Ich darf dich daran erinnern, dass die kommenden Tage unter dem Regiment der

Gleitzeit stehen. Wenn einem nach Bier und den Kugeln zumute ist, soll man dem ruhig nachgeben. Laissez faire, laissez passer.»

Er fabuliert von einem von ihm selbst entworfenen Automaten: Drunkard's End. Wahlweise Drunkard's Dreams. Drunkard's Luck. Drunkard's Nightmare. Bei diesem Alkoholautomaten mit ausgeklügelter Psychoakustik sind alle Gewinnsymbole der Kneipenwelt entliehen: der Wirt. Aschenbecher (leer/voll/umgekippt). Flasche Bier. Schoppen Wein. Kurzer. Zapfhahn. Supersymbol ist ein Trinker in unterschiedlichen Aggregatzuständen: der fröhliche Zecher, der lauthals die Runde unterhält; der bereits angeschlagene Zecher; der traurige, einsame Zecher und der komastramme, unter den Tisch gesoffene. Fünf unter dem Tisch liegende Zecher künden vom Gewinn des Jackpots.

Eine Stunde und drei Bier später ist C. 100 000 Schilling ärmer, ich liege 50 000 vorn. Wundersamerweise. Verlängerung auf Verlängerung auf Verlängerung. Der Kellner stellt uns unaufgefordert ein zweites Bier hin. Der Saalchef fragt, wie es uns geht. Ein anderer Spieler nickt freundlich zu uns herüber. Es ist, als würden wir bereits zum Inventar gehören, komische Vögel, blasse Farbtupfer, die, so viel ist sicher, ihren Gewinn bis zum letzten Schilling wieder verspielen werden.

An dem freien Automaten links von uns lässt sich ein ungewöhnliches Paar nieder: Die Frau, eine große, klapprige Erscheinung, von Kopf bis Fuß in eine dunkelblaue Burka eingehüllt, ihr Ehemann, halber Kopf kleiner, dürr und unscheinbar, ist Bushido wie aus dem Gesicht geschnitten. Sie füttert den Automaten, Bushido bestellt Cola (Cola!). Aufmerksam folgt er dem Spielverlauf und hört beflissen zu, wenn sie gelegentlich das Wort an ihn richtet. Er nickt, bestätigt, pflichtet ihr bei und benimmt sich irgendwie wie ein begossener Pudel. Seltsam, sehr seltsam. Noch 'ne Cola. Ich dachte, Cola gilt in muslimischen Kreisen als westlicher Teufelstrunk und ist absolut tabu. Und das Glücksspiel ist des Teufels, und wenn sich einer vergnügen darf, dann der Mann. Koran mystique, Islam paradox. Kanns' ma sehen. Schluck Cola und nächstes Spiel.

Als ich eine neue Runde Bier ordere, bedenkt sie mich mit einem strafenden Blick. Kommt mir jedenfalls so vor, schwer zu sagen, wenn man nur die Augen sehen kann. Vielleicht hat sie auch nur deshalb schlechte Laune, weil die Kugeln nicht einlaufen. Die Kugeln verbinden. Die Kugeln kennen keine Feindschaften. Keine Ideologien, Religionen, Schießmichtot. Die Arme hat wirklich Pech. Nichts. Nichts. Schon wieder nichts. Sie spielt neun Gewinnlinien mal eins, das sind umgerechnet 45 Cent pro Spiel. Low Rollers. Sie hebt den rechten Gesäßballen. Damit etwas Luft rankommt, denke ich. Bushido lädt 2000 Schilling nach. Immerhin darf er das Geld verwalten. Wieder hebt sie den Hintern. Oje, jetzt beginnt es zu müffeln, ein moschusartiger, zwiebeliger Schweißgeruch, der sich seinen Weg durch die Vermummung bahnt. Wie es wohl riecht, wenn sie aus ihrer Burka geschlüpft ist? Man weiß gar nicht, wen man mehr bedauern soll, Bushido oder sie. Nichts. Nichts. Nichts. Das sind die Freuden der muslimischen Frau, denke ich, vor einem Idiotenapparat sitzen und Brause trinken. Nachdem ihr letztes Geld im Bauch des Automaten versickert ist, schraubt sie sich mühsam aus dem Sessel. Die Wolke, die sie bei ihrem Abgang hinterlässt, verschlägt mir den Atem.

«Bursche?»

«Ja.»

«Wusstest du eigentlich, dass mich Doreen auf 25, höchstens 26 geschätzt hätte?»

Er glaubt es wirklich.

«Ich habe es dir doch gesagt. Du bist ein gutaussehender

Mann. Ich würde sogar sagen, ein sehr gut aussehender Mann.»

«Na denn.» Mit Genuss verschlingt er ein Clubsandwich mit Pommes und Chilisoße.

«Iss doch etwas langsamer. Gerade jetzt, wo du noch nicht richtig wieder auf dem Posten bist. Denk daran, der Magen hat keine Zähne.»

«Dafür aber jede Menge Magensäure.»

Ein kleines Soßentröpfchen spritzt zwischen seinen Lippen hervor und bleibt auf dem Kinn kleben. Er spült mit dem dritten Bier nach. Sein Aschenbecher quillt schon über.

«Schau, Bursche, wie gut wir es haben.»

Er will wissen, ob ich mich im Frühjahr einem *Bubenurlaub* anschließen möchte, vier Männer, eine Woche Portugal, Cascais, das größte Casino Europas. Hauptsache ohne Frauen. Die fänden nämlich grundsätzlich *alles* schlecht, was Vergnügen bereite: trinken, spielen, sich gehenlassen, ganz davon zu schweigen, wenn man mal einer anderen Frau hinterherschaue. Außerdem würden sie unablässig Aufmerksamkeit einfordern und einem überhaupt die Luft zum Atmen nehmen. Alles, worüber schlechte Comedians noch schlechtere Witze machten, stimme leider. Gewohnheit, Gewissensqualen und seelische Abhängigkeit, auf diesen Säulen ruhe früher oder später jede Beziehung. Sagt's und verschickt die nächste SMS an seine Freundin. Bestimmt die zehnte.

«Ich versteh dich nicht. Ich denke, wir wollen in Ruhe spielen und trinken. Mach's wie ich und lass das dämliche Handy im Hotel. Sag ihr einfach, es sei zu gefährlich, es mit in die Stadt zu nehmen. Ich begreife nicht, wieso du dich so drangsalieren lässt.»

«Und wie soll ich ihr erklären, dass ich bereits mittags vor den Kugeln sitze?»

«Mein Gott, dann sag ihr, dass wir uns die Stadt anschauen. Oder im Museum sind.»

«Sie weiß ganz genau, dass es in Mombasa kein Museum gibt.»

«Dann lass dich einmachen. Merkst du nicht, welchen Druck diese beschissenen SMS erzeugen? Ich habe mir jedenfalls geschworen, mich nie wieder von Kurznachrichten in die Enge treiben zu lassen. Wenn du schon partout auf jede SMS reagieren musst, lass dir doch wenigstens mal zehn Minuten Zeit mit der Antwort. Einen kleinen Puffer, um Druck rauszunehmen.»

«Du hast ja recht.»

Durch das ständige Naseputzen ist die Haut um seine Nasenflügel herum rissig geworden und an mehreren Stellen aufgesprungen. Um fünf liegt er 200 000 hinten, ich 220 000 vorn.

«Wie machst du das, Bursche? Ich muss ständig *nachwassern*, und dich lieben die Kugeln.»

Nachwassern!

«Wieso? Gestern hattest *du* Glück, heute bin ich eben mal dran.»

«Vorschlag: Um sechs brechen wir hier die Zelte ab und fahren ins *Florida*. Wir können an den Strand gehen.»

Die Tuc-Tuc-Fahrt (nur 100 Schilling) bereitet ihm wieder große Freude. Unter lauten Juhu- und Holla-Rufen rückt er bei jedem Schlagloch seine Brille zurecht. Wir legen uns an den Strand. Tagsüber vibriert die Stadt in einem silbrigen Film von verschmutzter Luft, jetzt sinkt die Dämmerung, als rinne Blei vom Himmel. Die Luft ist warm, schwer, schwül und träge.

«Würdest du für eine Million Euro drei Jahre als Tuc-Tuc-Fahrer in Mombasa arbeiten?»

«Nein. Niemals.»

«Freust du dich schon auf die Kugeln?»

«Wie, da waren wir doch gerade erst.»

«Ja, aber ich meine morgen, stellt sich beim Gedanken daran bereits eine leichte Vorfreude ein?»

«Morgen schon wieder? Wollen wir nicht einen Tag verschnaufen?»

«Das werden uns die Kugeln nicht verzeihen. Heute müssen sie ruhen, aber morgen wollen sie wieder bewegt werden.»

«Wir werden sehen.»

Kurze Pause.

«Wenn ich mich schon auf dein dubioses Gleitzeitkonzept einlasse, können wir auch noch etwas anderes ausprobieren.»

«So? Was denn?»

Mir schwant Böses.

«Regentschaft. Für jeweils acht Stunden ist einer von uns der Regent und darf entscheiden, was gemacht wird. Der andere muss sich ohne Widerworte fügen. Der Regent darf auch bestimmen, was gegessen und getrunken wird.»

«Das scheint mir ja eine todsichere Methode zu sein, sich den Urlaub komplett zu verderben.»

«Nein, das ist ein hochinteressantes Spiel. Wenn es einem zu bunt wird, kann man eine Revolution anzetteln. Die kostet allerdings zweihundert Euro.»

«Aha.»

«Also, wir probieren das morgen mal aus.»

«Ich kann ja schlecht nein sagen.»

Pause.

Ich: «Glaubst du eigentlich, dass es in Kenia eine funktionierende Kabarettszene gibt?»

«Nein. Die haben keinen Humor. Beziehungsweise anderen. Jedenfalls keinen klassischen Kabaretthumor.»

«Kann ich mir auch nicht vorstellen.»

Pause.

«Weißt du was, Bursche? Ich bin wahrscheinlich an Borderline erkrankt.»

«Was? Wie kommst du da denn jetzt drauf?»

«Weil ich sämtliche Kriterien erfülle: ständige Angst davor, verlassen zu werden. Instabilität des Selbstbildes. Fortdauerndes Gefühl innerer Leere. Cholerische Anfälle. Selbstschädigendes Verhalten – Glücksspiel, Alkohol, Rauchen.»

«Ach Unfug, wenn's danach ginge, würde die halbe Weltbevölkerung an Borderline leiden. Außerdem ist Borderline eine ausgesprochene Modekrankheit. Auch so eine Erfindung aus den Sechzigern, Quatschkram. Früher war man entweder verrückt oder nicht verrückt. Hältst du dich etwa für verrückt?»

«Nein.»

«Na also.»

«Bursche, ich bin müde. Wie wär's, wir legen uns ein Stündchen aufs Ohr?»

Er rollt sich in sein Sakko ein und ist ein paar Minuten später eingeschlafen. In der Ferne verschmelzen Meer und Himmel. Es rauscht gleichgültig und dumpf, ebenso gleichgültig und dumpf wird es rauschen, wenn wir einmal nicht mehr sind. Je länger ich hier bin, desto mehr könnte ich mir vorstellen, mein Leben damit zu verbringen, aufs Meer zu starren. Nichts anderes als das: aufs Wasser starren.

Als wir aufwachen, ist es stockfinster. Schon halb elf, gibt's doch gar nicht! Wir torkeln noch schlaftrunken in die Disco. Pünktlich um elf erscheinen Hamdi und Doreen. Doch der Abend entwickelt sich leider nicht wie gewünscht. Ein Totalausfall, ein Fiasko, ein Desaster. Ich komme einfach nicht rein und weiß nicht, warum. Warum ist nichts, aber auch gar nichts übrig vom gestrigen Schwung? Als hätten alle schönen Erleb-

203

nisse keinerlei Nachhaltigkeit, während sich der ganze Schrott auf ewig festsetzt. Die inneren Gesetzmäßigkeiten des Night-life: Ich verstehe sie nicht, habe sie nie verstanden und werde sie auch nie verstehen, niemals. Kein Lächeln, kein Wort, keine Bewegung sitzt. Als hätte ich Eiswürfel in den Adern. Vor Befangenheit wie gelähmt, hoppele ich herum, erfüllt von einem nicht aufhebbaren Gefühl von Verzweiflung und Nichtigkeit. Zwischen Hamdi und mir tut sich rein gar nichts. Schwingungs-unregelmäßigkeiten. Der Spin überträgt sich einfach nicht. Das *Subpersonale*.

So wird es kommen eines Tages: Ohne Vorwarnung ist alles vorbei, über Nacht wird man zum Gespenst, aus dem Buch des Lebens gestrichen. Gegen eins signalisiere ich C., dass ich ge-hen *muss*. Wir drücken den Girls jeweils 2000 Schilling in die Hand. *Bis morgen*. Sie begleiten uns zu den Taxen und winken. Wir winken zurück.

REGENTSCHAFT

C. empfängt mich mit versteinertem Gesicht.

«Viertel nach zehn. Ich finde es einigermaßen rücksichtslos, dass du gleich so maßlos übertreibst. Du hättest mir mit einem gemeinsam eingenommenen Frühstück eine große Freude bereitet.»

Er sei kurz nach fünf aufgewacht, sein Schlafdefizit betrage besorgniserregende fünfundzwanzig Stunden. Nun müsse er sich aufs Zimmer zurückziehen, um wenigstens einen kleinen Teil nachzuholen. Obwohl, wie ja allgemein bekannt sei, sich Schlaf nicht nachholen lasse.

Ob das stimmt? Wenn dem so wäre, würden sich ja bereits zur Lebensmitte Berge von nicht mehr gutzumachendem Schlafdefizit auftürmen.

«Wir müssen uns darauf einigen, wann die Regentschaft beginnt und wer Regent wird, Bursche.»

«Ach, das ja auch noch.»

«Wir werfen eine Münze. Du hast die Wahl.»

«Ähre.»

Zahl fällt.

«Ich darf dich noch einmal mit den Regeln vertraut machen: Meine Regentschaft beginnt um achtzehn Uhr und endet um zwei Uhr. Ich darf auch bestimmen, was du essen und trinken wirst. Revolution kostet zweihundert Euro. Servus.»

«Gute Nacht.»

Und nun, so ganz allein? Der Mehlgnom! Wenigstens eine Seite! Ab zum Plumpspool, da hab ich meine Ruhe. Von wegen. Schlimmes erwartet mich: Unsere kleine Heimstatt, unser quasi exklusiv genutztes Refugium, der Platz, an dem wir leben, lachen und arbeiten, ist von den Sauf-Engländern besetzt. Ich bin gezwungen, an den Big Pool auszuweichen. Am Plumpspool bin ich wer, hier nur einer unter vielen. Dabei aber kein bekanntes Gesicht, nicht ein einziges. Wo sind die eigentlich alle? Schlaganfallmann, Feeder, Rouladenbayer, von den Wolfs ganz zu schweigen. Keiner da, überall nur Rentner, ununterscheidbar. Ihr alleiniges Interesse gilt dem Funktionieren der Organe und ihrem labilen Gleichgewicht, den koronaren und vaskulären Schwächen.

So, jetzt ist aber auch gut mit Seniorenbashing.

Tipp, tipp, tipp. Unsympathisch, im Urlaub auf dem Laptop rumzuhacken. Tipp, tipp, tipp. Ich kann mich nicht daran erinnern, jemals in meinem Leben lustloser gewesen zu sein. Tagesaufgabe: Bilden Sie die sogenannte *deutsche Reihe.* Kaffeerund – Sitzbad – Nachwassern – Dienstreise – Mehlgnom.

Wenn der Anfang erst einmal gemacht ist, schnurrt erfahrungsgemäß der Rest wie von selbst. Also. Kapitel eins: 1969. Ein dunkler, trüber Wintermorgen. Es ist noch sehr früh. Mein Kinderzimmer liegt im ersten Stock. Das ganze Haus ist erfüllt von beißendem Geruch. Klo und kalter Zigarrenrauch. Opa. Eine seiner berüchtigten langen Sitzungen. Er raucht auf dem Klo eine Zigarre, um den Gestank zu überdecken. Die Tür zu schließen hat er vergessen. Ich habe Hunger. Auf der Suche nach etwas Essbarem tappe ich die Treppe hinunter. Oma sitzt in der Küche. Sie hat, wie immer, wenn sie allein ist, das Gebiss rausgenommen und guckt teilnahmslos aus dem Fenster. Als sie mich sieht, erschrickt sie und greift hastig nach den falschen Zähnen, doch die flutschen ihr aus der Hand und landen auf dem Fußboden. Sie starrt mich an und sieht aus wie ein riesiger, alter Frosch. Ich habe Angst.

Ach Scheiße. Das ist es noch nicht. Ton, Sound, Intonation – grundfalsch! Ich werde ihn nie finden, den verfickten hohen Ton! Andererseits: Hochliteratur unter Palmen, das kann nicht funktionieren. Nicht bei dreißig Grad im Schatten. Ich klappe den Laptop zu und *Abbitte* auf: «... An den äußersten Rändern des Schreibtisches einige Photographien: auf dem Rasen vorm College die Theatergruppe von *Was ihr wollt*, er selbst als Malvoglio, gelb bestrumpft mit gekreuzten Kniegürteln [...] Zuletzt in einem metallenen, von Grünspan überzogenen Jugendstilrahmen ein Photo von Grace und Ernest, seinen Eltern, drei Tage nach der Hochzeit. Hinter ihnen schob sich ein Kotflügel ins Bild – bestimmt nicht ihr eigener Wagen, und weiter weg ragte eine Darre über eine Ziegelmauer ...» Ach je. Eine Darre. Ich lege das Buch beiseite, diesmal wohl endgültig. Schön wäre jetzt, in einem Jugendbuch zu schmökern, das man seit der Kinderzeit nicht mehr in die Hand genommen hat. *Tom Sawyer. Robinson Crusoe. Die kleine Hexe. Japanische Märchen. Der Lektro.* Ravensburger Taschenbücher. Beglückende Lektüre, die einen in glücklichere Tage zurückkatapultiert.

Abwechslung naht: Eine Familie (Vadda, Mudda, Tochta) steuert die Liegen neben mir an. Attraktive Menschen, kann man übrigens schon am entsprechenden *Gangbild* ausmachen. Interessante Sachinformation: Bereits aus der Entfernung verrät es viel über die Schönheit eines Menschen. Das Geschlecht kann ab einem Alter von vier Jahren am Gang erkannt werden. Bereits ab ungefähr 25 Jahren wird der weibliche Gang unattraktiver, bei Männern sinkt die Anziehungskraft des Gangbilds ab rund 30 Jahren.

Das Familienoberhaupt, ein harter, kantiger Mann mit ge-

bräunter Glatze und stahlblauen Augen, seinem Gangbild nach
zu urteilen Entscheidungsträger. Die magere, sehnige Frau ist
früher außergewöhnlich schön gewesen. Sieht man. Jetzt nicht
mehr. Übertrainiert wie Madonna, das Gesicht maskenhaft
starr und ausdruckslos, ihre Hände dickadrig vom Hanteltrai-
ning, die Haut schlaff. Kann sich liften lassen und fit sein, aber
ihre *Aura* ist alt. Beim Hinsetzen bedenkt sie mich mit einem
knappen, nichtssagenden Lächeln, ein Wunder, dass sie mich
überhaupt bemerkt. Ich versuche mir vorzustellen, wie sie früher ausgesehen hat. Und warum sie jetzt *so* aussieht. Neid,
Missgunst und unablässiger, trüber Gedankenfluss hat in winzigen, kaum merklichen Schritten ihre Physiognomie entstellt,
ein beständiges Morphing, kaum merkliche tektonische Ver-
schiebungen: ein Prozess, an dessen Ende ein anderer Mensch
steht. Jetzt leidet sie an der unverbrauchten Jugend ihrer Tochter. Die ist nämlich nicht nur unglaublich schön, sondern
strahlt auch die natürliche, instinktive Überlegenheit von je-
mandem aus, der in seinem ganzen Leben noch keine Minute
Not kennengelernt hat. Und nichts zustande gebracht hat. Und
aller Voraussicht nach auch nichts zustande bringen wird. Und
warum? Weil sie es nicht *nötig* hat. Da kann unsereins nicht
mithalten. Wahrscheinlich heißt sie Britney. Oder Ashley. Oder
Miley. Ihr Freund aus der Upper Class konnte sie nur deshalb
nicht begleiten, weil er gerade auf Hawaii einen Surfwettbe-
werb gewinnt.

«Hello, Sir, how are you?»

Der Entscheidungsträger! Sir! Er meint tatsächlich mich.

«Fine, thank you.»

Oje, mein Hobbit-Englisch brandmarkt mich gleich wieder
als Honk, als *grumpy German*. Jetzt heißt es tapfer sein. Sie kämen aus Kanada, sagt er, und würden eine Woche bleiben. Er
sei Geschäftsmann, irgendwas mit Holz, wie ich mit Mühe her-

aushöre. Seit ein paar Jahren verbrächten er und seine Familie Weihnachten im Nyali Beach. Ich nicke eifrig. Sein samtener, professionell klingender Bariton ist auf künstliche Freundlichkeit getrimmt. Woher ich komme, fragt er, und, mit Blick auf den Laptop, ob es hier Wireless LAN gebe. Keine Ahnung, entgegne ich, ich würde den Computer ausschließlich als Schreibmaschine nützen. Aha, fragt er, neugierig geworden, was ich denn schreibe. Ach je, was soll ich jetzt sagen? Ich sehe sicher nicht so aus, wie sich ein kanadischer Geschäftsmann einen deutschen Schriftsteller vorstellt. Oder Drehbuchautor. Oder auch nur *Buchautor*. Ian McEwan etwa würde man abnehmen, dass er Schriftsteller ist. Oder Durs Grünbein. Allein schon wegen des Namens. Durs Grünbein, Grünbein Durs, von hinten wie von vorn Schriftsteller durch und durch und durch. Durs Grünbein sieht aus wie einer, der wie Durs Grünbein schreibt. Überhaupt sehen eigentlich alle Schriftsteller aus wie die Sachen, die sie schreiben. Ingo Schulze. Judith Herrmann. Uwe Tellkamp. Julia Frank. Bastian Sick. Mario Barth, haha. Ich, zum Holzmogul: «Some sort of diary.» Aha. Er zwinkert mir gesprächsbeendend zu und scrollt in seinem Blackberry. Was ist eigentlich mit Lucy? Wollte sie mich nicht abhören? Vielleicht traut sie sich in Gegenwart anderer Menschen nicht, mich anzusprechen. Die große Liebe zum falschen Zeitpunkt.

15 Uhr. SMS an C.: «Wo bist du?»

«Netzrecherche.»

Vielleicht freut er sich, wenn ich ihm einen Besuch abstatte.

«Was treibt dich hierher, Bursche?»

«Ich wollte nur mal schauen. Heute ist der vierte Advent.»

«Um mir das zu sagen, bist du doch bestimmt nicht gekommen?!»

«Mir war langweilig.»

«Langeweile ist nur etwas für dumme Leute. Mach's wie ich!»

«Ich weiß gar nicht, was du da genau machst.»

«Ich informiere mich über das Land, dessen Gäste wir sind.»

«Und, irgendwas Interessantes rausgefunden?»

«Dir dürfte wahrscheinlich nicht bekannt sein, dass Kenia der größte Blumenexporteur der Welt ist.»

«Nein.»

«Etwas einsilbig, der Herr. Du kannst gern hierbleiben und mir Gesellschaft leisten, aber jetzt entschuldige mich bitte.»

Besser hier bei meinem Freund als am Big Pool oder am Strand oder gar auf dem Zimmer. Also tu ich es ihm nach. Netzrecherche. KENIA.

Kenia ist ein Staat in Ostafrika.

Kenia ist in zwei Klimazonen unterteilt.

Die Tier- und Pflanzenwelt ist sehr groß.

Die Fruchtbarkeitsziffer lag 2006 bei 4,9 Geburten pro Frau.

Aha. Nächster Suchbegriff. SEXUELLE ABARTIGKEITEN: Amaurophilie: Bevorzugung von blinden Partnern oder solchen mit Augenbinden. Bricing: Spiele, bei denen Teilnehmer an einen Pfahl gebunden werden. Knismolagnie: sexuelle Erregung durch Kitzeln. Makrophilie: Männer, die es nicht nur gut finden, wenn ein Körperteil einer Frau groß ist, sondern alle. Richtig groß. Sechs Meter Körpergröße dürfen es schon sein. «Kapier ich selber jetzt nicht» (Anmerkung des unbekannten Verfassers). Mikrophilie: Da soll die Partnerin klein sein, richtig klein. Zum Beispiel gerade mal so klein wie der eigene Penis.

Und das kann sehr klein sein. «Kapier ich jetzt auch nicht» (erneute Anmerkung des Verfassers).

Weiter. Ich stoße auf einen einschlägigen Songtext:

Ich schleiche mich nachts in den Bauerhof vom Nachbarn.

Bleibe ganz leise, damit ich sie nicht wachmach.

Und geht's zu meinen Lieblingen im Schweinestall.

Oink, oink, halt dein Maul, du Sau!

Dein Hinterteil ist wahrlich ein Augenschmaus.

Oink, oink, das ist schweinegeil!

Was es nicht alles gibt.

19 Uhr. Wo sind die Wolfs? Haben sie das Interesse an unserem Duell verloren, nur weil wir uns ihnen einmal nicht gestellt haben? Sind sie wg. Safari verhindert? Gar abgereist?

«One beer and a glass of white wine.»

C. korrigiert.

«Two Cola.»

«Aber ich brauch dringend was zu trinken.»

«Das bildest du dir nur ein! Alles Kopfsache. Unter meiner Regentschaft sollst du gesunden.»

Ich bin fickrig wie nichts Gutes. Ein Königreich für ein Bier.

C. holt mir am Buffet Steak, Kartoffelgratin, Blumenkohl in Sahnesoße.

Ich, verzweifelt, aufgebracht: «Aber das hat doch mit Trennkost nichts zu tun!»

«Ich habe dir liebevoll einen Teller mit den schönsten Köstlichkeiten zusammengestellt. Willst du bereits in der ersten Stunde meiner Regentschaft eine Revolution anzetteln?»

Nach dem Essen möchte er in die Minidisco. *Hands up/Reise nach Jerusalem/In-out-Spiel/Rudolf Mezaros, ein Künstler, dem kann zu, schließt an seine Publikum an verursachen einer entspannen alternativen Atmosphäre durch seine Musik.*

«Darf ich jetzt was trinken?»

«Nein. Vielleicht später.»

Der Junge ohne Namen sieht irgendwie frisch gewaschen aus. Er trägt ein schneeweißes T-Shirt und kann wirklich unglaublich schnell laufen. Wie der Blitz. Der wird mal Sprinter. Immer sieht es so aus, als wolle er etwas sagen, etwas rufen, aber dann bleibt er stumm und winkt und winkt und winkt, bis wir zu schnell für ihn werden.

Im *Royal* das gleiche Spiel wie gestern: Die Kugeln, ausgeruht, fallen zu meinen Gunsten und zu C.s Ungunsten. Nach anderthalb Stunden liege ich 150 000 vorn, er 130 000 hinten. Ständig müsse er nachwassern, beklagt er sich. Ununterbrochener SMS-Terror seiner Freundin. Macht mich wahnsinnig!

«Wann darf ich endlich was trinken?»

«Gleich, im *Florida*. Die Kugeln lieben dich, solange du keinen Alkohol trinkst.»

«Gestern war ich ganz normal besoffen und hab auch gewonnen.»

«Geh, Bursche, ich will das nicht mit dir diskutieren. Getrunken werden darf im *Florida*. Punkt.»

23 Uhr. Abmarsch, Hamdi und Doreen warten bereits. Alte Bekannte, vertraute Gesichter, man weiß, was man aneinander hat. Die Stimmung ist so mittel, die Euphorie der ersten Nacht werden wir nie wieder erreichen. Unser Verhältnis ist *zementiert*. Vielleicht sollten wir es mit Partnertausch probieren. Von Hamdi weiß ich alles, vielleicht würden Doreen und ich viel besser miteinander harmonieren. Der Spin, die Schaltkreise, der Partikelstrom. Verstehst, Gschüttelter? Es soll endlich wahr werden. Wirklich wahr. Wirklich wahr heißt wahr auf molekularer Ebene. Materialbeherrschung! Oink, oink.

Die Girls sitzen professionell ihre Zeit ab und warten darauf, mit den obligatorischen zweitausend Schilling bedacht zu werden. C. kehrt mit zwei Gin Tonic von der Bar zurück.

«Hier, Bursche, das hast du dir verdient.»

Ich stürze den Drink in einem Zug hinunter.

«Darf ich noch einen?»

«Frühestens in einer halben Stunde. Es ist ja wirklich erschreckend mit dir.»

Ich müsste im Zehnminutentakt nachwassern, um überhaupt etwas zu merken. So geht es nicht weiter.

«Revolution.»

Ich drücke ihm 20 000 Schilling in die Hand.

«Jetzt hole ich mir noch einen Drink, und danach hauen wir ab.»

«Ich kann mich nur über dich wundern, Bursche.»

«Keinen Widerspruch. Um Punkt eins ist Abmarsch. Und die Girls bekommen heute nicht zwei-, sondern dreitausend Schilling, Weihnachtsgeld.»

Wir verabreden uns für den ersten Feiertag, gleiche Uhrzeit, gleiche Stelle.

Im Hotel angekommen, zwinge ich C. dazu, mit mir gemeinsam auf dem Zimmer noch einen Absacker zu nehmen. Er protestiert: Wir sollten in die *Heia* gehen, um den Heiligabend *frisch, munter und ausgeruht* zu verbringen. Er schimpft und zetert, aber was soll's, schließlich bin ich der Regent.

JUNGLE BELLS

Heiligabend unter Palmen! Weihnachten in Afrika! Meine Lippen sind gedunsen und taub vom Schlaf. Ich sehne mich nach Deutschland, nach sanftem, rieselndem, glitzerndem Schnee, eisigem Wind, nach winzigen Eispartikeln, die in der Sonne schwirren. Kalte, glitzernde Fläche. Reinigender Duft, der aus dem klaren Quell des Winters geschöpft ist. Lichterketten, bunter Schmuck, Glühwein, Eisblumen, Weihnachtsplätzchen, frostiges Wintermoor, Adventskalender. Überall Schnee, kalt, weiß, alle Entfernungen zuschüttend. Ich stelle mir vor, einen Spaziergang zu unternehmen, mit Schal und Wollfäustlingen durch verschneite Gässchen zu stapfen, bis mich eine Eisnase zur Umkehr zwingt. Daheim schäle ich mich aus dem schweren Nerz und mache mich geschwind an die Zubereitung einer *Canard à l'orange*. Die Wohnung ist bald durchdrungen vom Duft der frischen, jungen Barberie-Ente, die ich regelmäßig mit Fett übergieße.

Träume sind Schäume. Die gleißende Sonne dringt mir bis in die Knochen, bewirkt eine Art farblicher Gleichschaltung, die Dinge werden schemenhaft und durchscheinend, der Horizont immer enger. Ich habe einen Lichthut am Kopf.

C. sitzt mit anklagender Miene vor einem Berg steifer, ranziger Tempotaschentücher. Sein Gesicht ist seltsam zerquetscht, die Nase rot geschwollen, Schweißrinnsale kriechen Richtung Augenbraue.

«Halb elf! Und das am Heiligen Abend!»

«Was ist los? Bist du schon wieder krank?»

«Danke der Nachfrage, es hätte mich nicht gewundert, wenn es dir nicht aufgefallen wäre. Ich bin total vergrippt, keine Ahnung wieso. Es ist einfach nicht mehr zum Aushalten.»

Er niest und schaut mich mit verpliertem Blick an.

«Gott, ach Gott. Ich hatte lediglich zwei beschwerdefreie Tage.»

«Wie meinst du das?»

«Genau zwei beschwerdefreie Tage, was gibt's daran falsch zu verstehen? Den neuen Virus werde ich bis zur Heimreise nicht mehr los. Ich habe jetzt schon Angst vor dem Rückflug.»

«Wir sollten ins Medical Care gehen.»

«Schon wieder? Die lachen mich doch aus! Weihnachten ist bestimmt nur Notdienst, wenn überhaupt. Und wenn der erste Doktor Dienst schiebt, hilft's sowieso nicht, und ich bin am Ende nur finanziell ruiniert.»

Er beäugt mich misstrauisch.

«Du hingegen machst ja einen ausgesprochen munteren Eindruck.»

«Ach was, alles wie immer.»

«Von wegen. Das ist mir schon vor einiger Zeit aufgefallen: Dir geht's umso besser, je schlechter es mir geht.»

«So ein Unsinn.»

Das Einzige, was Kranke tröstet, ist, wenn es anderen noch schlechter geht. Aus Solidarität versuche ich mich seiner Verzweiflung anzupassen. Ob er trotz seines Zustandes irgendwelche Pläne für den Heiligen Abend habe, will ich wissen. Am liebsten würde er sich *mit einem guten Buch unter der Bettdecke verkriechen*, er werde mir aber aus Freundschaft und Pflichtgefühl Gesellschaft leisten. Ich biete an, ihm im Gift-Shop Taschen-

215

tücher oder Tropfen oder Tabletten oder Spray oder Pillen zu besorgen, derweil könne er schon zum Meer gehen.

Als ich eine halbe Stunde später nachkomme, kauert er auf einer altersschwachen Liege und starrt auf den Indischen Ozean. Wie eine riesige Wurst hängt ihm eine Wolldecke über den Schultern. Er klagt über Ausbrüche kalten Schweißes, außerdem würde er trotz der Hitze frösteln, aber Kranke hätten ja bekanntlich ein gestörtes Wärme-Kälte-Empfinden. Das Leben besteht aus der Summe nicht ausgeheilter Krankheiten, denke ich, behalte es jedoch für mich.

Langes, müdes Schweigen.

«Glaubst du, den afrikanischen Kontinent in seiner ganzen Komplexität bereits durchdrungen zu haben?»

Er erwartet keine Antwort. Weiter:

«Schau. Das Meer. Es ist tiefer, als man denkt, und reicher an Erinnerungen. So weiten sich die Bilder.»

Er beugt seinen Oberkörper vor und zieht die Badehose bis unter den Bauchnabel.

«Ich sehe schrecklich aus.»

«Ach was, du siehst aus wie immer. Für einen Mann in den Vierzigern siehst du sogar sehr gut aus. Und die zwei, drei Kilo bist du im Handumdrehen wieder los.»

Er greift sich in die Hüfte und knetet an der Schwarte herum.

«Im Sitzen fällt es noch viel mehr auf, wenn man zugenommen hat.»

«Je fetter man ist, desto weniger Badewasser braucht man.»

«Sehr witzig. Dir ist also auch aufgefallen, dass ich zugenommen habe. Ich habe mich vorhin sehr lange im Spiegel betrachtet und einen Schreck bekommen. Müde. Alt. Von Kummer gezeichnet. Ich bin keiner, mit dem man sich noch amüsieren mag.»

«Ach, komm, jetzt übertreibst du. Das ist nur wegen des neuerlichen Krankheitsschubs. Ich fühle mich hervorragend von und mit dir unterhalten.»

«Ja, du. Aber was ist mit den Girls? Für die bin ich ein alter Mann. Der Sex differenziert die Menschen auf erbarmungslose Weise, selbst am entlegensten Ort der Welt. Wenn man nicht mehr begehrt wird, lohnt es sich nicht mehr zu leben. Zu begehren und nicht begehrt zu werden, ist der Inbegriff des Schrecklichen. Bald sind auch wir völlige Nichtse, ich gebe uns noch fünf Jahre. Höchstens.»

«Ach, erst mal abwarten, wie es wirklich kommt.»

«Was redest du da? Ich schneide ein seriöses Thema an, und du antwortest mit Platituden.»

«Jaja. Frohe Weihnachten.»

Stille. Schweigen. Wellenplätschern. Er zündet sich eine Zigarette an, zieht den Rauch ein, der in tiefsten Tiefen verschwindet und dann nach einem Moment in kleinen Wölkchen wieder hervorquillt. Das Endziel der Reise zerbröckelt langsam, kommt mir in den Sinn. Welches Endziel? Vier Tage müssen wir noch durchhalten. C. hält die Augen geschlossen. Von Fliegen umsummt, fiebernd. Heiligabend verschlafen, stummer Protest gegen Jesus. Da er voraussichtlich bis in den Nachmittag hinein dämmern wird, werde ich meinen Weihnachtsschmaus wohl alleine genießen müssen.

Vorsorglich sende ich ihm eine SMS: «Bin zum Mittagstisch. Komme gleich wieder.» Vor dem Gift-Shop steht ein mannsgroßer Weihnachtsmann. Ich mache ein Foto und verschicke die MMS als Weihnachtsgruß genau siebenunddreißigmal. BU (Bildunterschrift): «Jungle Bells». Wer Humor hat, versteht's, wer keinen hat, soll sich einen anderen Freund suchen. Beim Essen treffe ich auf Familie Flodder, die die gleiche, trübe

Vorstellung wie beim letzten Mal geben: Die Eltern mampfen, was das Zeug hält, Dustin trödelt und bekommt den Teller weggezogen. Herr Flodder hat die Beine unter dem Tisch weit gespreizt, er ist die Gemeinheit in Person, roh, unüberwindlich, dumm. Seine Art zu essen ist abstoßend, die Finger, die wie runzlige Krallen aussehen, umklammern die Hähnchenkeulen, als wollte er damit jemanden totschlagen. Seine Zähne säubert er mit dem Zeigefinger, wobei er wie ein Schimpanse die Oberlippe zurückzieht. Wenn er die nackten Unterarme vom Tisch nimmt, gibt es jedes Mal ein klebrig ziehendes Geräusch. Frau Flodder hat sich tatsächlich Dreadlocks flechten lassen. Sie blättert in der *Gala* und studiert voller Genugtuung eine Doppelseite mit den OP-Narben gelifteter Gesichter, Speckwaden und Celluliteoberschenkeln Prominenter in Nahaufnahme. Seht her, scheint sie zu triumphieren, wenn die nicht Geld genug hätten, sich alle naslang liften und operieren und absaugen und anti-agen zu lassen, würden sie *exakt* so aussehen wie ich!

Ich stelle für meinen kranken C. einen Teller mit seinen Lieblingsspeisen zusammen. Das Thema Regentschaft hat sich zum Glück wg. Krankheit erledigt. Mir ist noch kein einziger Affe über den Weg gelaufen, seltsam. Vielleicht werden die zu Weihnachten weggesperrt, als Aufmerksamkeit des Hauses zum Fest. C.s Kopf liegt schlaff auf seiner Brust, er röchelt leise. Ich halte ihm eine Pommes unter die Nase, noch im Halbschlaf beißt er ab und tastet nach meiner Hand.

«Geh, Heinzi, das ist lieb. Hast du deinem Freund etwas zu essen geholt.»

«Ja, und eine Zeitung. Neuigkeiten aus der Heimat.»

«Brav, der Heinzi. Gell?»

«Ja.»

Langsam und bedächtig isst er seinen Teller leer.

«Ich hatte einen schlimmen Traum. Ich habe von den Büchern geträumt, die ich in meinem Leben nicht mehr werde lesen können. So viele gute Bücher gibt es, und ich werde sie alle nicht mehr lesen können.»

Pause.

«Bursche, ich muss mich für meine Ausfälle entschuldigen. Wir kennen uns jetzt lang genug, du weißt, dass das nicht meine Art ist. Aber die Prüfungen hier sind hart. Ganze zwei beschwerdefreie Tage!»

«Ja, ist schon gut. Aber wart's nur ab, die Reise wird noch eine versöhnliche Wende nehmen.»

Wir beobachten einen unablässig von einem Ende des Strandes zum anderen latschenden Security-Man. Den ganzen Tag nichts anderes: von rechts nach links gehen und zurück.

«Der Typ da, der muss sich doch unfassbar langweilen.»

«Glaube ich nicht, Bursche. Höchstens ein bisschen. Aber es ist nicht die westliche Langeweile, diese schreckliche, vernichtende, alles zerstörende Langeweile. Hier wird das Leben anders angenommen. Die Menschen ertragen ihr Dasein viel besser.»

«Meinst du?»

«Weißt du, woran der Westen untergehen wird? Nicht an Kriegen und auch nicht an Verelendung oder Verarmung. Am seelischen Unglück! Am epidemisch um sich greifenden seelischen Unglück. Schau uns doch an. Ständig dieses diffuse Unbehagen. Zerknirschung und Verzagtheit, quälende Vorahnung einer Katastrophe. Alles, aber auch alles wird uns zur Qual.»

Pause.

Ich: «Ach, mein Lieber, bald bist du wieder gesund, dann ändert sich auch gleich die Sicht der Dinge.»

«Hoffentlich. Ein Königreich für einen Kaffee.»

«Ich geh uns Cappuccino holen und Sprite.»

«Das ist sehr lieb von dir.»

Wo ist eigentlich Lucy? Wie vom Erdboden verschluckt. Das war's wohl schon wieder mit unserer kleinen Romanze.

Minutenlang versucht C., eine Zigarette mit seinem abgegnabbelten BIC-Feuerzeug anzuzünden. Er schnippt, schnippt nochmal. Das kleine Rad lässt sich nur schwer drehen. Schnipp, schnipp, schnipp. Ich stelle mir vor, bis oben hin voller Samen zu sein. Alter, abgestandener, ranziger Samen. Bis zur Hutkrempe voller Sacksuppe. Geflutet mit alter, böser Eisoße, die nicht rausdarf. Ihh, wie eklig. Schnipp, schnipp, schnipp.

«Kauf dir doch ein neues.»

Schnipp, schnipp, schnipp, schnipp.

«Nein. So vergeht wenigstens Zeit.»

Schnipp, schnipp. Dann, endlich, kommt die Flamme.

Auf dem Rückweg schreit er plötzlich laut auf.

«Was ist?»

«Ich bin gestochen worden. O Gott, o Gott.»

Sein Gesicht läuft knallrot an, die Lippen zittern, dicke Schweißperlen bilden sich auf der Stirn. Vielleicht eine Allergie, von der ich nichts weiß. Jetzt stirbt er mir unter den Händen weg. Er taumelt.

«Es tut so weh. Es tut so entsetzlich weh.» Er humpelt ein paar Schritte, bleibt stehen.

«Heinz, muss ich sterben?»

Er meint es vollkommen ernst. Die rote Farbe weicht, sein Gesicht wird vor Angst bläulich und ausdruckslos. Mit sanfter Gewalt drücke ich ihn nach unten.

«Ich schau mir das mal an.»

Ein harmloser blassroter Einstich, vermutlich eine Biene.

«Heinz, was ist? Bitte sei ehrlich.»

«Gar nichts, ein Bienenstich, das zwiebelt eine Stunde, und dann ist wieder gut.»

Von einem Moment zum anderen ist er wieder völlig ruhig und gefasst:

«Meinst du? Weiter nichts? Na dann.»

Beim Gehen biegt er seinen rechten Fuß leicht nach außen ab.

Von den Wolfs fehlt jede Spur. Wohl doch abgereist; daheim bereiten sie sich gerade auf den Kirchgang vor, händchenhaltend stapfen sie durchs verschneite Kiel oder Hannover oder Frankfurt. C. hat einen Wall Taschentücher, Nasenspray und Tablettenschachteln vor sich aufgebaut. In Endlosschleife laufen Weihnachtslieder; alles klingt nach Boney M.

«Jingle bells, jingle bells, bum bum bum bum bum.»

C. macht verzweifelte Karpfenbewegungen und deutet auf seine Schläfe.

«Die Verstopfung hat sich eingenistet und strahlt ab in die Zähne. Ein wanderndes Ziehen im ganzen Kiefer.»

Der Höhepunkt der Krankheit sei noch nicht erreicht, außerdem bereite ihm der Insektenbiss weiterhin diffuse Schmerzen, wahrscheinlich sei es eben doch keine Biene gewesen, sondern ein Insekt, dessen Gift erst Wochen später seine volle Wirkung entfalte und, wenn man es schon fast vergessen habe, zum Tod führe.

«Fröhliche Weihnacht überall, bumbumbumbumbumbum, bumbumbum.»

Die Leute um uns herum machen durch die Bank einen gutgelaunten, besinnlichen, festlichen Eindruck.

«Was meinst, Heinzi, was sie am Heiligen Abend für uns vorbereitet haben?»

«Weiß nicht. Nichts wahrscheinlich.»

Mit dem erhofften Weihnachtsschmaus hat das *Christmas Menu*, eine durch die Gewürzmischung geschmacklich gleichgeschaltete Matschepatsche, nichts zu tun. C. stochert auf seinem Teller herum, spießt ein Stück Fleisch auf, um es gleich wieder fallen zu lassen.

«Nun schau dir das an, Heinzi! Sieh doch selbst!»

«Ja, doll ist das nicht.»

«Und das am Heiligen Abend.»

Teilnahmsloses Insichhineinschaufeln. Ich vergleiche den Geschmack mit dem Erinnerten aus meiner Kindheit. Ach, ach, ach.

«*Ihr Kinderlein kommet*, bumbumbum, bumbum.»

Die Kellnerin, *Samy*, erkundigt sich nach unseren Getränkewünschen. Sprite, half liter white wine. Sie erkundigt sich nach C.s Plänen fürs kommende Jahr. Antwort:

«Suicide.»

«I'll assist you.»

Von wegen, die Kenianer hätten keinen Humor.

«Alle Jahre wieder, bumbumbumbumbum.»

Sieben Tage Trennkost fordern schlagartig ihren Tribut. Ich habe brüllenden Hunger. Einen mörderischen, tierischen, nagenden, bohrenden, zerrenden, reißenden Hunger. Von einer Sekunde zur nächsten. Dammbruch. Mein Körper schreit nach Nahrung, jede Pore in verzweifelter Gier. Wille hin, Wille her, es ist an der Zeit, den Selbstbetrug zu beenden: STUFFED PEPPADEW PEPPERS. CATCH OF THE DAY. CHICKEN NOODLE TERIYAKI. Ein schwarzes Loch. PRAWN SALAD. SIZZLE STEAKS.

«Was ist los mit dir, Bursche? Wieso schlingst du so? Lass dir Zeit, es ist Weihnachten.»

Egal. Mampf, spachtel, schling, würg, schluck. Bald werde

ich vom Stuhl plumpsen, mich selber verdauen und einen neuen Kosmos gründen aus Schmieröl, Klopsmasse und Talgschmodder. Selbst zum schwarzen Loch werden, das alles Fett im Umkreis von einer Milliarde Lichtjahren verschlingt. Wegeitern, zerlaufen und auflösen werde ich mich. Sauklumpen, Geschöpf der Sauen!

Dann passiert es: ein dumpfer, tauber, schrecklicher Schmerz. In die Zunge gebissen, mit voller Wucht, beide Schneidezähne, voll die Mitte des Lappens erwischt.

«AHHHoorrrghh.»

«Was ist nun schon wieder, Bursche?»

«OOOOOhhh.»

Der Geschmack des Essens mischt sich mit dem von Blut. Ich kann nur noch lallen: «Unge, olles Bett aubebiffe.»

«Wie hast du denn das bloß wieder gemacht? Zeig mal her!»

Gott, tut das weh. Ich strecke erzlangsam die Zunge heraus. C. zuckt zusammen.

«Geh, Bursche! So was habe ich ja noch nie gesehen. Ein langer, tiefer Riss. Ein blutiger Klumpen, alles geschwollen. Du wirst eine Narbe davontragen.»

«Ah, ah. Ja, ja.»

Ich schlucke eine Ladung Blut hinunter und stürze aufs Klo. Schwälle dunkelroten Schleims ergießen sich ins Waschbecken. Ich betrachte mich im Spiegel, es sieht aus, als hätte mir jemand in den Mund geschossen. Das Herz schlägt mir bis zum Hals, bestimmt stehe ich unter Schock. Ein Mann betritt die Toilette und weicht bei meinem Anblick unwillkürlich einen Schritt zurück.

«Oh god. Can I help you? What happened?»

Shit happened, sieht man doch. Verzweifelt winke ich ab, keine Ahnung, wie *auf die Zunge beißen* auf Englisch heißt, Zunge heißt tongue, weiter weiß ich nicht. Der Mann schüttelt den Kopf, wünscht mir *Merry Christmas* und verzieht sich unter lautem Furzen in eine Kabine. Ich schleppe mich zurück ins Restaurant.

«Es bleibt dir nichts übrig, als zu warten, bis die Blutung von alleine aufhört. Ich verstehe nicht, wie einem erwachsenen Mann so etwas passieren kann.»

«Ah, ah.»

«Hier rumzuhocken bringt nichts, du benötigst Ablenkung. Lass uns ins Schmutzige gehen, unser Geld zurückholen.»

Stapf, stapf. Bei jedem Schritt durchpulst ein schmerzhaftes Puckern meine Zunge. Wenn das verdorbene Essen erst einmal in die Blutbahn gelangt, wird alles sehr schnell gehen.

«Eins, zwo, eins, zwo, drei. Lässt die Blutung nach?»

Als Antwort spucke ich eine Ladung roten Schmodder auf den Boden.

«Geh, Bursche, das ist unappetitlich.»

«As soll i mache! Enn I auernd unnerschlucke, wid mi schlech.»

«Dann lass dich ein paar Schritte zurückfallen und mach es irgendwie *dezent*, meine Güte.»

Das Schmutzige passt irgendwie zu meiner blutigen Fresse; ich könnte auf den Teppich rotzen, und man würde keinen Unterschied bemerken. Um die Blutung zu stoppen, drücke ich die Zunge gegen den Gaumen. Fühlt sich schrecklich an, alles voller Zunge, igittigitt. Sie ist bestimmt schon doppelt so groß wie normal. Wenn sie noch mehr anschwillt, ersticke ich. Dabei habe ich doch noch so viel vor im Leben! Naja, so viel auch wieder nicht, aber immerhin. Jetzt einen Schnaps zum Desinfizieren, endlich gibt es mal einen guten Grund. Und Bier zum Kühlen. Nach einer halben Stunde liegen wir jeweils mit 100 000 Schilling hinten. Im Schmutzigen *kann* man einfach nicht gewinnen. Und das wissen auch alle außer uns. Dauernd muss ich zum Blutspucken zur Toilette, wo mich wie immer der schlafende Klomann, brüllend laute Musik und grauenhafter Gestank erwarten. Die Zunge puckert und pocht und wird langsam taub. Es ist noch nicht mal elf. Eins, zwo, eins, zwo, drei, vier. Ist das alles beschissen. Lächerlich und beschissen. Wir verspielen die letzten 20 000 und gehen. Keine Waldnutten.

WORLD WHITE TRASH

«Darf ich dich nach deinen heutigen Plänen befragen?»

Es scheint ihm besserzugehen.

«Eis icht. Ut so weh bei Speche. Ag du.»

Die Scheißzunge tut weh wie sonst was, sie ist taub und geschwollen, aber wenigstens blutet es nicht mehr. Vielleicht ist das Unglück Vorbote von etwas viel Schlimmerem, neuronale Abschaltung, versehentliche Selbstzerstörung. Irgendwas mit …ologie. Zähne ausbeißen, Zunge durchbeißen, gegen Pfosten und Rahmen rennen.

«Ich bin seit sechs wach und habe herausgefunden, dass die Kenianer am ersten Weihnachtsfeiertag zum Public Beach ausschwärmen. Das ist in der Nähe des *Florida Club*, da könnten wir am Nachmittag hin. Und dann gibt es noch einen anderen Club, die *Tembo Disco*, ganz in der Nähe soll es auch eine Gogo-Bar geben. Wir sollten in den verbleibenden drei Tagen noch etwas erleben. Ich schick Doreen 'ne SMS, dass wir sie erst morgen wieder treffen.»

«As is mit de ugeln?»

«Die lassen wir noch eine Nacht ruhen. Morgen nehmen sie uns dann wieder mit auf die Reise. Wie viel schulde ich dir eigentlich mittlerweile?»

Ich zeige mit der rechten Hand eine Fünf und mit der linken fünf Nullen. Euro.

Wo ist der Junge ohne Namen? Hat winkfrei wg. Weihnachten. Oder er erwartet uns winkend am Public Beach. Die Straßen sind brechend voll, im Schneckentempo quälen wir uns vorwärts. Die Kupplung schleift, hört sich gar nicht gut an. Nach einer endlosen Stunde kommt der Verkehr zum Erliegen. Titus stellt den Motor aus. Schwitzen. Schweigen. Beißender Spritgeruch, bläuliche Bleidämpfe, die Hitze, das Licht ist wie ein bösartiger Tumor. Menschen aus unseren Breitengraden sind für diese Temperaturen einfach nicht gemacht.

«Ich halt daf nicht meh auf, ich dreh duch. Pubbic Beach! Barum ind bir nich im Hotel gebiebe!»

«Reiß dich bitte zusammen, Bursche. Und trink nicht so viel. Nimm dir ein Beispiel an den Menschen hier, die sind eindeutig gelassener. Während wir immer gleich die Nerven wegschmeißen, freuen sich die Kenianer, dass Weihnachten ist.»

Titus fragt, ob er das Radio anstellen darf. Ja, sicher, gerne. Die Liveübertragung eines Fußballspiels. Die Lautsprecher scheppern und scharren und quäken. Nerv. Klöter, klöter. Irgendwas klötert. Die Laune erreicht einen neuen Tiefpunkt. C. schnippt seine Kippe aus dem Fenster und murmelt vor sich hin.

«Indes wie blasser Kinder Todesreigen um dunkle Brunnenränder, die verwittern, im Wind sich fröstelnd blaue Astern neigen.»

«Wa oll as?»

«*Verfall* von Georg Trakl, ein sehr schönes Gedicht.»

«Ön? Weiß nich.»

Kaltes, dunkles Bildergerinnsel. Bloß nicht von anstecken lassen. Titus telefoniert. Eine alte Frau, ein schroffes Knochengespenst, klopft an die Scheibe. Sie starrt uns aus großen, flatternden Augen an und winkt uns seltsam aufgedreht zu. Un-

227

heimlich. Wir winken ängstlich zurück. C. fummelt an seinem Handy und pfeift tonlos vor sich hin. Ich spüre, wie sich die Schweißflecken unter meinen Achseln ausbreiten.

C. knetet an seinem Bauch herum.

«Nicht nur, dass ich dick bin, auch meine Haltung ist schlechter geworden.»

«Ah wa.»

«Doch. Ich esse viel zu viel Junk-Food. Aber statt uns mit unseren Wohlstandsproblemen endgültig die Laune zu verderben, sollten wir unseren Fahrer mal ins Gespräch einbinden. Es ist unhöflich, ihn immer außen vor zu lassen. Schließlich ist er fast so was wie unser Freund.»

«Ie enn?»

«Uns für ihn interessieren. Wo er herkommt. Was er vorhat. Familie. Was weiß ich. Titus?»

Er schaltet das Radio ab und dreht sich erwartungsvoll um.

«Have you been living in Mombasa your whole life?»

«No.»

Er sei in einem kleinen Dorf hundert Kilometer nördlich aufgewachsen. Mit zehn Jahren habe er beide Eltern verloren, einer seiner Onkel habe ihn danach bei sich und seiner Familie aufgenommen, wenig später seien sie nach Mombasa gezogen. Er habe mit neunzehn Jahren geheiratet, seine Frau sei mit dem dritten Kind schwanger. Sie habe eine Zeit im Dolphin Beach gearbeitet. Ob wir wüssten, dass die Hotelangestellten nur siebzig Dollar im Monat verdienen? Und so einen Job zu bekommen, sei schon ein großes Glück.

Der Wagen vor uns setzt sich in Bewegung. Endlich. Wir biegen links ab zum Public Beach, nach ein paar hundert Metern ist dann endgültig Schluss. Titus rät uns, zu Fuß zu gehen. Die ganze Stadt scheint auf den Beinen zu sein. Die Leute sind weihnachtlich herausgeputzt, besonders die Kinder und Jugendlichen sind auffallend schön. Wir lassen uns in der Menschendünung mittreiben, ich fühle mich irgendwie geborgen und aufgehoben. Nach einer halben Stunde erreichen wir den Strand.

«Inks ode echts?»

«Rechts. Schau, da ist ein Haus, sieht aus wie ein Restaurant oder so. Ich habe Hunger.»

Der zweistöckige Schuppen aus rohen Bretterwänden hat ein Satteldach aus rostigem Wellblech, das im Wind klappert. Wir gehen hinein. Die Decke hängt durch, und die Wände zerbröckeln. Die Fenster sind mit Brettern zugenagelt, Tapete klebt in den Ritzen, man kann noch die Fetzen der alten Blümchenmuster sehen. An den kahlen, grauen, mit Vogelkacke bespritzten Wänden hängen verblichene und zerrissene Poster. Wir klettern eine Holztreppe hinauf in den ersten Stock, der bis auf einen demolierten Billardtisch leer ist.

«Das war ja wohl nix. Lass weiter.»

Wir erreichen eine große, gutgefüllte Terrasse mit direktem Zugang zum Meer. Ein einzelner Tisch ist noch frei. Wir bestellen Schwertfisch mit Pommes. Am Nebentisch sitzt ein massiger Hüne mit einer starken, gewölbten Stirn vor einem Teller mit Hühnchen und Reis. Er isst mit den Händen. Nach einer Weile dreht er sich zu uns und lächelt. Eine Rinne glänzenden Fetts ist auf dem Kinn eingetrocknet.

«Hello, I saw you at the *Florida*. How are you?»

«Oh, fine, thank you.»

«I wish you a merry Christmas.»

«Thank you, the same for you.»

Er wendet sich wieder seiner Mahlzeit zu.

C., leise: «Siehst du, die Leute mögen uns. Vielleicht sind wir doch keine so schlechten Menschen.»

Das Essen ist ungenießbar, der Fisch trocken und die Pommes fast roh, nach ein paar Bissen kapitulieren wir, holen uns Bier und suchen uns ein freies Plätzchen am Strand. Die Leute haben Decken ausgebreitet und kleine Feuer entzündet. Ich wünschte mir, vom eintönigen, dumpfen Brausen des Meeres, vom leisen Rauschen der Gespräche behütet einzuschlafen. Die Farbe der Gischt wechselt in ein trübes Goldgrün. Ich kann mir gerade nichts Schöneres vorstellen, als unter lauter Kenianern hier am schmutzig-grauen Strand zu sitzen. Ein kleines Mädchen rennt auf mich zu, drückt mir eine Plastikschaufel in die Hand und plappert fröhlich drauflos. Ich nicke ratlos und bescheuert. Da kommt auch schon die Mutter, eine große, hagere Frau. Sie lächelt mich freundlich an. Ihre Zähne sind bis auf ein paar kleine bräunliche Stümpfe abgefault, Arthritis hat ihre Hand verkrüppelt. Sie nimmt ihre Tochter auf den Arm, dann verschwinden sie in der Menge. Die Sonne geht unter, langsam leert sich der Strand. Das Blut pocht in der Höhlung meines Handgelenks, ich spüre ein Leichterwerden, ein angenehmes Verflüchtigen meiner selbst. Das Leben scheint so überaus lang zu sein, dass kein Ende abzusehen ist. Zu Hause würde ich nichts tun, als von einer Ecke in die andere zu gehen und zu pfeifen, denke ich und muss lachen.

«Was ist?»

«Ichts.»

«Wir könnten Titus mal zu Hause besuchen.»

«Meinssu?»

«Zu Anfang dachte ich, seine Freundlichkeit ist gespielt. In Europa hasst doch jeder, der vom Tourismus lebt, seine Gäste. Jetzt scheint es mir, als würde den Kenianern das Zynismusgen fehlen.»

«Ah.»

«Aber woher sollen *wir* das wissen. Sicher nicht nach drei, vier Ausflügen ins Casino. Wir sollten uns davor hüten, irgendwas zu glorifizieren.»

«Aa.»

«Wie schön das Leben sein könnte, wenn man seine Existenz nicht für Zufall hielte, sondern sich als Teil von etwas Allgemeinem begreifen würde.»

Wir drehen uns auf den Rücken, der Tag endet mit einem purpurroten Sonnenuntergang.

Einpennen.

Ich werde davon wach, dass mir C. Wasser auf die Stirn träufelt.

«Du hast wirklich einen gesegneten Schlaf. Es ist gleich elf, Abmarsch.»

Tembo und *Lolipop* liegen stadtauswärts, ungefähr auf halber Strecke zum Hotel. Im brechend vollen *Tembo* herrscht eine Hitze wie in der Hölle, die Stimmung ist unangenehm aufgeladen, hysterisch, ungut. Scheint ein Tourischuppen zu sein, es dominieren Weiße und Mischlinge, Halbinder, Halbsüdländer, Halbirgendwas. Aus den Lautsprechern pumpt Idiotenmusik, exklusiv von Arschlöchern für Arschlöcher produziert. *Feel the Love Generation*, der WM-Song 2006. Die glückliche Verzauberung, die mich am Strand gerade eben noch umgeben hat, verschwindet. Wir setzen uns an einen Tisch am Rand der Tanzfläche.

Eine Clique, Weiße Anfang dreißig, drängt ins Zentrum. Die Frauen, unansehnlich und plump, tanzen, als wären sie aus Blei gegossen. Ihre Männer sehen seltsam gleich aus, viereckige Gesichter, buschige, zusammengewachsene Augenbrauen, raspelkurze Bürstenfrisuren. Groß, schwer, massig, wie ehemalige Bodybuilder, die nicht richtig abtrainiert haben. Augenscheinlich Brüder: Tick, Trick und Track. Sie halten ihre Bierhumpen in der Hand und wanken von einem Bein aufs andere. Heavy Dancing. Grölen, zappeln, schubsen, plötzlich überkommt es Trick, und er leert den Inhalt seines Glases auf Tracks Würfelkopf. Genialer Witz. Riesengelächter, Tracks Gesichtszüge entgleisen für einen winzigen Moment, man sieht ihm an, dass er Trick am liebsten gehörig und anständig und gründlich die Fresse polieren würde, doch dann schüttelt er sich wie ein nasser Hund und tanzt weiter, als sei nichts gewesen.

Aserejé ja de jé de jebe tu de jebere
seibiunouva
majabi an de bugui an de buididipí
Aserejé ja de jé de jebe tu de jebere
seibiunouva
majabi an de bugui an de buididipí

Der Ketchupsong. Eine Gruppe betrunkener junger Männer platzt herein. Holländer, Engländer, Finnen, so was, egal. Globaler Abfall, World White Trash. Das riecht nach Ärger. Wild mit Armen und Beinen rudernd, ahmen sie die bekannten Tanzschritte nach und blicken sich dabei beifallheischend um. Sie glauben, dass sie geil tanzen, sehen aber nur erbärmlich aus. Von Testosteron aufgepeitschte Schießbudenfiguren, die meinen, sie könnten hier am anderen Ende der Welt den Breiten schieben, dabei sind sie nur wie die anderen Scheißbudenfiguren immer schon betrunken, bevor es richtig losgeht. Sie haben nie eine Chance, nicht hier, nicht daheim und nirgendwo auf diesem Planeten, sie haben es bloß noch nicht begriffen. Immer noch nicht! Oder vielleicht doch? Wenn man *genau* hinschaut, merkt man, dass alles nur gespielt ist, selbst berauscht sind sie nicht zur Ekstase fähig. Adrenalin und Alkohol sind in die Lenden gesickert und dort zu idiotischem Begehren vergoren. Sexualtrieb – eine Krankheit, eine Ansammlung körperlicher Symptome. Ein pickliger Rotschopf löst sich aus der

Gruppe und bewegt sich zappelnd auf ein Mädchentrio zu. Das Unterhemd hängt lapprig über den Leib, die Shorts verhüllen sackig den Unterkörper. Kein schöner Anblick. Er versucht, sie zum Mitmachen zu animieren, aber die Frauen haben nur verächtliche Blicke für ihn übrig, eine scheucht ihn tatsächlich mit einer Handbewegung weg, wie man einen Hund vertreibt. Für einen Moment gerät er aus der Fassung. Er gehorcht und torkelt zurück zu seiner Clique. Die Zeiten, in denen Typen wie er in den Armenhäusern dieser Welt nur mit dem Finger schnippen mussten, sind augenscheinlich vorbei. Die Kumpels reden auf ihn ein, drücken ihm einen Drink in die Hand. Seine kleinen, bleiernen Augen schweifen alkoholisch-ölig umher. So schnell gibt er nicht auf. Die magnetische Strömung, die Elektrizität zwischen den zuckenden Körpern um ihn herum machen ihn wahnsinnig, er will ficken, jetzt, sofort, unverzüglich.

Sein Gesicht zu einer grotesken Idiotenfresse verzerrt, versucht er es bei den nächsten Girls und provoziert die gleichen Reaktionen: Sie drehen sich angewidert weg, aber so schnell lässt er sich diesmal nicht abschütteln, er tänzelt ihnen hinterher, eine dreht sich um, brüllt ihm was ins Gesicht, wieder trollt er sich zu seiner Gruppe. Er würde sterben, um zu ficken. Vielleicht stehen die Mädchen hier nicht auf Rothaarige, also versuchen es seine Freunde, ein nichtssagender Normalo und ein untersetztes Kraftpaket, Typ Meister Proper. Sie tanzen mal das eine, mal das andere Mädchen an. Nichts. Nichts. Nichts. Sie tanzen, singen, täuschen so was wie Schwung vor, sie wollen sich ihre Niederlage nicht eingestehen.

Tick, Trick und Track und die bleiernen Enten haben inzwischen Gefallen an der Bierschlacht gefunden. Ohne Rücksicht auf Verluste oder andere Gäste spritzen und machen sie sich gegenseitig nass, die Leute um sie herum weichen genervt zurück. Trick, total in Rage, zielt erneut auf Track, doch der hat

233

seine Lektion gelernt. Blitzartig zieht er seinen Kopf ein, und der Bierschwall landet volles Rohr in der Visage von Meister Proper. Oje. Das ist zu viel. Betrunken, notgeil, übernächtigt, verzweifelt, gedemütigt und jetzt auch noch von einer Comicfigur besudelt. Ohne Vorwarnung und mit voller Wucht schlägt er Track die geballte Faust ins Gesicht. Jeder andere wäre sofort k. o. gegangen, doch Track sackt nur für einen kurzen Moment weg, dann schüttelt er sich und macht kurzen Prozess. Zwei ansatzlose Gerade, gefolgt von einem Uppercut in den Solarplexus. Meister Proper geht kampfunfähig in die Knie, doch Track zieht voll durch, mit dem Knie in die Fresse, eine Aktion von so roher, viehischer Brutalität sieht man selten. Das Ganze dauert keine fünf Sekunden. Trick reicht ihm das Bierglas. Track leert es mit großen hastigen Zügen, seine Hände zittern.

Meister Proper ist Matsch. Der halb offenstehende Mund gibt den Blick frei auf die auseinanderstehenden, gelben Vorderzähne, aus der Nase läuft rötlicher Schleim, die Augen sind nur noch blutige, geschwollene Beutelchen. Die übrigen Gäste sind auf Abstand gegangen, von der Security keine Spur. Warum auch? Pack schlägt sich, Pack verträgt sich. Endlich kommen seine Freunde zu Hilfe. Aber was sollen sie machen? Sie diskutieren aufgeregt. Sich mit den Brüdern anzulegen ist eine schlechte Idee, eine ganz schlechte Idee. Am besten schaffen sie ihn in eine Ecke und lassen ihn einfach liegen. Irgendwann am nächsten Vormittag kann er sich den anderen krummen, liegengelassenen Menschenresten anschließen, die durch den Müll in ihre Hotels zurückkriechen.

Zeit, die Location zu wechseln.

Bereits am Eingang des *Lolipop* werden wir von zwei Mädchen in extrasexy Weihnachtsoutfits abgefangen, die eine, klein wie eine Elfjährige, spindeldürr, aufgepumpte Brüste, schmiegt sich sofort an C., die andere baut sich so dicht vor mir auf, dass ich die Äderchen auf dem Grund ihrer Iris sehen kann. Blindes, weißes Flattern in den Tiefen der Augäpfel. Sie schwankt, ein dünnes Rinnsal Sabber läuft ihr aus dem Mundwinkel. Ich schreie C. ins Ohr, dass ich sofort wieder wegwill, doch der wird schon von der Kleinen hinter sich hergezogen. Meine starrt mich unvermindert an. Ich werfe über ihre Schulter hinweg einen Blick in den Club. Auf einem verspiegelten Podest müht sich eine Gogotänzerin. Mit echsenhafter Lethargie wickelt sie ihren Körper um die Stange und versucht, sich nach oben zu ziehen, doch plötzlich, als hätte sie der Schlag getroffen, rutscht sie ab und bleibt regungslos liegen. Weder Gäste noch Personal nehmen Notiz von ihr. Kurz bin ich davon überzeugt, dass sie tot ist. Falsch. Sie schüttelt sich und nimmt, noch völlig benommen, ihre Show wieder auf. Meine starrt und starrt und will gar nicht aufhören mit Starren. Ich brülle ihr *Merry Christmas* ins Gesicht. Sie legt den Kopf schief, ihr Mund zerreißt, girrende, hohle, behinderte Laute, als müsste sie erst den ganzen Dreck rauspumpen, dann:

«Candy.»

«Heinz.»

Sie führt mich zu einem Sofa im hinteren Teil der Bar. Die Kleine sitzt bereits auf C.s Schoß. Die Girls fordern uns auf, ihnen 1000 Schilling in den Slip zu stecken. Wir gehorchen. Candy setzt sich rücklings auf mich und bewegt aufreizend ihren Arsch. Ich sehe wohl nicht besonders glücklich aus, denn ein Kellner packt sie unversehens wie eine Katze am Nacken und zerrt sie von mir runter. Was wir trinken wollten. Wir fragen die Frauen. Wodka Red Bull. Der Kellner verschwindet, Candy sinkt zurück in ihre Starre, verbraucht, verwüstet, erloschen, die Kleine torkelt in ein Séparée.

«Was ist hier los, Bursche?»

«Alle esoffen.»

«Da sind noch andere Sachen im Spiel.»

Die Kleine taucht wieder auf. Mit einem Absatz ihrer Pumps hat sie einen Streifen Klopapier aufgespießt; sie zieht ihn, ohne es zu merken, hinter sich her. Sie setzt sich wieder auf C.s Schoß, nimmt seine Hände und presst sie gegen ihre Brüste. In der nächsten Sekunde, mitten in der Aktion, sackt ihr Kopf auf die Brust, als hätte sie das Bewusstsein verloren. Candy streichelt mechanisch meine Hand. Ich schaue sie an, ihr Mund bebt. Es bereitet ihr sichtlich Mühe, die Worte herauszuquetschen. Woher ich käme.

«Hamburg.»

Ihre Augen drehen ins Weiße, der Blick verschwimmt. Bevor sie endgültig abtritt, setze ich nach:

«It's a town in Northern Germany. Are you working here every day?»

Ja, lallt sie, von acht Uhr abends bis sechs Uhr morgens. Aber nur nebenbei, sie würde in ein paar Monaten ihren Universitätsabschluss machen.

Aha.

In einem jähen Aufbäumen setzt sie sich auf meinen Schoß und küsst mich. Ihre ausgestreckte Zunge klöppelt wie wild in meiner Mundhöhle hin und her, dabei greift sie mir zwischen die Beine. So fühlt sich das also an. Ob ich Lust auf eine private Show hätte. Nein, heute nicht, aber morgen auf jeden Fall, versprochen. Sie fragt nach meiner Telefonnummer. Ich gebe sie ihr. Sofort ruft sie an. Als es klingelt, ist sie beruhigt. Ob wir uns morgen Nachmittag im *Nakumatt-Center* treffen, 15 Uhr. Ja, klar.

26.12.2007

Psychologisch gesehen ist Weihnachten am zweiten Feiertag vorbei. Manchmal auch schon am ersten. Oder Heiligabend, direkt nach der *Tagesschau*. Je älter man wird, desto früher ist Weihnachten aus. Vor Einführung des Privatfernsehens war Weihnachten schon deshalb ein *Event*, weil auch nachmittags Programm ausgestrahlt wurde, während des übrigen Jahres gab es bis siebzehn Uhr das Testbild. In der Zeit zwischen Weihnachten und Neujahr wurden neben dem ewigen Winnetou die legendären Weihnachtsmehrteiler ausgestrahlt. Nicht die Geschenke, das TV-Programm machte Weihnachten zu einem Ereignis. So war das damals.

In nicht einmal 48 Stunden werden wir das Land verlassen. Auch schon wieder traurig. Selbst leichte Abschiede fallen schwer. Auf meine siebenunddreißig MMS habe ich lediglich elf Antworten erhalten. Dafür hat Candy bereits dreimal angerufen.

Big Pool. Gebeugt über den Sportteil der *Bild*, schaufelt C. abwesend Weingummi in sich hinein. Gefangen in greisenhafter Geschäftigkeit, denke ich, überall sind sie zu sehen, die Zeichen des Verfalls.

«Ah, Burschi, schön, dich einmal *vor* zehn Uhr begrüßen zu dürfen. Schau her, bei den Bayern ist die halbe Mannschaft verletzt. Kapselabriss, Prellungen, Zerrungen, Trümmer- und Ermüdungsbrüche, was die Schatzkammer der Sportverletzungen so alles hergibt.»

Seine Kehle ist total verschleimt, die Stimme klingt, als käme sie aus einem Fass.

«Seit wann interessierst du dich für den Sportteil? Ich habe dich in den zehn Jahren, in denen wir uns kennen, noch *nie* den Sportteil lesen sehen.»

Die Zunge fühlt sich pelzig-trocken an, als hätte ich den Mund voller Staub. Beim Sprechen tut's immer noch weh, aber wenigstens lalle ich nicht mehr.

«Eben, und genau das wird sich ändern. Ich werde auch wieder selber aktiv Sport treiben. Wusstest du eigentlich, dass ich ein guter Skiläufer bin?»

«War. Du warst ein guter Skiläufer. In unserem Alter *war* man alles nur noch.»

«Geh, Heinzi, was soll das? Heute ist Weihnachten, und außerdem, wenn ich sage, ich bin ein guter Skiläufer, dann meine ich das auch so.»

Er hält mir eine Sardine vors Gesicht.

«Ranzig. Vom Verzehr ist dringend abzuraten.»

Und vertieft sich weiter in die Zeitung.

«Ist es nicht sehr riskant, ausgerechnet heute nach Mombasa zu fahren?»

«Geh, Bursche! Das ist doch praktisch der letzte Abend, ich kann den Girls nicht schon wieder absagen. Außerdem, was willst du sonst machen? Vielleicht ins Schmutzige? Du wirst deinem Freund diesen Wunsch nicht abschlagen!»

Mein Handy klingelt. Ich gehe nicht ran. C., erstaunt, dass ich überhaupt mal angerufen werde:

«Wer ist das? Wieso gehst du nicht ran?»

«Candy.»

«Auweh.»

«Was machen wir jetzt?»

«Es ist heute wieder besonders drückend, außerdem bin ich schließlich noch krank. Mir geht es zwar besser als erwartet, aber so kurz vor dem Rückflug will ich nichts riskieren. Du erlaubst also, dass ich mich aufs Zimmer zurückziehe. Ich darf dich wie gewohnt um 19 Uhr an der Poolbar begrüßen.»

«Was? Willst du etwa den ganzen Tag pennen?»

«Wenn möglich, ja.»

«Und was ist mit dem Mittagstisch?»

«Keinen Appetit. Servus.»

«Ahoi.»

Flucht in den Schlaf, stummer Protest gegen unsere Freundschaft, innere Emigration. Ach, ach, ach. Sieben Stunden zähes Ausharren, bleiernes Nichtstun, das wird mir nicht gut bekommen, ganz und gar nicht. Um mich herum allgemeines Dösen, leises Schnarchen, träges Blättern in irgendwelchen Büchern. Jemand hat die Bild liegengelassen, gestrige Ausgabe: «8,4 Promille bei Autofahrer in Litauen. Die litauischen Verkehrspolizisten trauten ihren Augen kaum, als bei einer Routineuntersuchung das Atemmessgerät 8,4 Promille Alkohol anzeigte. Doch auch ein wiederholter Test habe den lebensgefährlichen Wert bestätigt, berichtete die Tageszeitung ‹Lietuvos rytas› am Donnerstag in Vilnius. Der 50-jährige Fahrer gab an, seit anderthalb Wochen seinen runden Geburtstag zu feiern, bestätigte ein Polizeisprecher des Bezirks Utena. Dort sind viele einheimische Brauereien ansässig.»

Ob man sich ausschließlich mit Bier 8,4 Promille ansaufen kann? Wohl eher nicht. Na, egal, runder Geburtstag. Sympathisch.

Da, die Rouladenbayern! Ewig nicht gesehen. Schlafen den Schlaf der Gerechten. Vielleicht waren sie auf Safari. Raschel, pirsch. Was ist das? Eine Meerkatze nähert sich Zentimeter um

239

Zentimeter um Zentimeter. Die Bayern haben unglaublich viel Zeug mit. Eine Tasche. Noch eine Tasche. Und eine Herrenhandtasche. Einen Beutel. Zeitschriften. Bücher. Als Erstes muss die Herrenhandtasche dran glauben. Der Affe pirscht sich vorsichtig an, schnappt sie und verschwindet mit Affenzahn hinter einem kleinen Hügel. Dann kehrt er zurück. Er beißt in eine der beiden anderen Taschen und zieht sie vorsichtig weg. Als Nächstes muss Tasche Nr. 3 dran glauben. Dann der Beutel. Wahnsinn, er nimmt ihnen alles weg! Und niemand bemerkt etwas. Das wird ein böses Erwachen geben. Sie werden ihre Nachbarn verdächtigen. Vielleicht kommt es zu einer Massenschlägerei. Herrlich. Und niemand wird den verdammten Affen zur Rechenschaft ziehen. Der kann ja auch nichts dafür, folgt nur seinem Instinkt. Außerdem: selber schuld. Wertgegenstände grundsätzlich im Safe aufbewahren. Ich rücke den Sonnenschirm zurecht und schließe die Augen.

«Merry Christmas.»

Lucy, meine Lucy, mein Sonnenschein! Wo ich gewesen sei? Sie habe mich die vergangenen Tage nirgends entdecken können. Seltsam, denke ich, wer hier wohl wen nicht entdeckt hat. Naja, ich bin nicht in der Position, mich zu beschweren. Wir hätten uns überwiegend im Zimmer aufgehalten, mein Freund habe einen Rückfall erlitten, und ich hätte mich um ihn kümmern müssen. Woran es liege, dass so wenig Betrieb sei, will ich wissen. Das hänge mit den Wahlen zusammen, einige Gäste seien vorzeitig abgereist. Wahlen? Und wieso hat uns niemand auf die Risiken hingewiesen? Sie zuckt mit den Schultern. Das sei Aufgabe des Reiseveranstalters. Wann genau wir zurückfliegen, will sie wissen. Aha, übermorgen, sie würde uns empfehlen, bis dahin die Anlage nicht mehr zu verlassen. Sie habe noch ein kleines Geschenk für mich, das werde sie mir übermorgen früh geben. Jetzt müsse sie aber los, die Arbeit ruft. Ein Geschenk? Für mich? Wunderbar. Die Warnung einer Einheimischen darf man nicht ignorieren. Wir werden wohl oder übel auf den Ausflug verzichten müssen, das muss C. einsehen.

19 Uhr. Von wegen Einsicht. Woher das Personal das denn wissen wolle? Die seien ja hier im Areal sowieso ab vom Schuss und hätten mit der *Lebenswirklichkeit in Mombasa* nichts mehr zu tun. Außerdem hätten wir als Weiße nichts zu befürchten, ihre Konflikte würden die Kenianer bei Bedarf untereinander ausmachen. Er dürfe mich daran erinnern, dass ich verbindlich zugesagt hätte, und er sei nicht gewillt, einen Rückzieher zu akzeptieren. Ich unternehme einen letzten Versuch und schlage vor, die Entscheidung vom Votum der Hotelleitung abhängig zu machen. So ein Quatsch, entgegnet C. entrüstet, natürlich würden die abraten, die seien ja schon von Berufs wegen dazu verpflichtet, ihren Gästen praktisch von *allem* abzuraten, ausgenommen vielleicht Ausflüge im Magic Glass Boat, fügt er gehässig hinzu und läuft vor Erregung rot an. Ich verstehe beim besten Willen nicht, weshalb er sich so aufregt. Egal, ich habe nichts mehr zuzusetzen und gebe mich geschlagen.

Ich frage Titus, was er von unserem Himmelfahrtskommando hält. Der zuckt mit den Schultern. Er sei zwar kein Prophet, halte die Aufregung aber für übertrieben. C., triumphierend: «Siehst du? Kein Grund zur Sorge.»

Der Junge ohne Namen hat seinen Dienst wiederaufgenommen. Knallrotes Hemd, Hose in Beige. Ich stoppe die Zeit. Er läuft geschlagene sechsundzwanzig Sekunden neben unserem Auto her, ehe er aufgeben muss. Sagenhaft. Ich bilde mir ein, dass wir die Einzigen sind, denen er zuwinkt. Aus welchen Gründen auch immer.

Reklameschilder, kurz vom Licht der Scheinwerfer gestreift,

flammen auf, fliegen vorüber. Durch ein Fenster sehe ich in eine kahle, schmutzige Küche, in der eine Familie beim Essen sitzt, einen Moment später sind sie schon verschwunden, weggewischt von einem großen Kinoplakat. Punkt neun liefert uns Titus am *Royal Casino* ab. An den Automaten herrscht freie Auswahl, nicht einmal die Japaner trauen sich noch aus ihren Hotels. Bei C. laufen bereits beim dritten Spiel die Kugeln ein. Zwei Verlängerungen, immerhin 11 000 Schilling. Ein moderner Kolonialherr, der das gebeutelte Land ausplündert. Ich stelle mir vor, wie revolutionäre Truppen das *Royal Casino* entern. C. wird mit einem einzigen, mächtigen Machetenschlag enthauptet, sein blutüberströmter Torso spielt noch dreißig Sekunden weiter, bevor er zwölf Meter durchs Casino rennt und sein letztes Geld unter den Angestellten verteilt. Schrecklich. Noch sitzt er da, mit Kopf.

Bei mir geht gar nichts. Bei C. auch nichts mehr, nach drei Stunden haben wir alles verspielt, zusammen 380 000 Schilling. Wie geprügelte Hunde schleichen wir davon. Der Taxenstand ist verwaist. C. steckt sich eine Zigarette an.

«Du wirst sehen, Bursche, gleich kommt ein Taxi.»

«Wer die Wahl hat, hat die Qual.»

«Du sprichst in Rätseln. Was willst du mir damit sagen?»

«Ich überprüfe geflügelte Worte auf ihre Stichhaltigkeit. Und dieses finde ich unglaublich richtig. Auch gut: In der Kürze liegt die Würze.»

Warten. C. raucht in langsamen und gleichmäßigen Zügen. Kein Taxi in Sicht. Es ist still, eine bedrückende, fast unwirkliche Hitze lässt die Luft brodeln. Alles scheint irgendwie verlangsamt, in Watte gehüllt.

Plötzlich erfüllt ein langgezogener, ohrenbetäubender Schrei die Nacht, gefolgt von einer MP-Salve und schrillen, abgehackten, metallischen Geräuschen. Unfassbar. Das passiert gerade *wirklich.* Mir wird die absurde Gefährlichkeit unserer Lage bewusst.

C.: «Vielleicht sind das Silvesterböller. Bei uns geht die Knallerei auch schon kurz nach Heiligabend los.»

Er stülpt seine Taschen nach außen.

«Einem nackten Mann kannst du nicht in die Taschen greifen. Das ist überall auf der Welt ein ungeschriebenes Gesetz.»

«Jetzt reicht's aber. Du hast sie ja wohl nicht alle. Wir gehen zurück ins Casino und warten ab, bis sich die Dinge beruhigt haben. Zur Not bis morgen früh.»

«Ach, und was willst du ohne Geld im Casino machen? Die schmeißen uns doch im hohen Bogen wieder raus.»

«Ach Quatsch! Wenn Gefahr im Verzug ist, dürfen die das gar nicht.»

«Dürfen, dürfen, wir sind in Afrika, da gelten gar keine Gesetze.»

Dann kommt doch noch ein Taxi vorgefahren. Gerettet! Bloß rein da. Mein Herz pocht wie verrückt.

«Nyali Beach Hotel, please.»

«No. *Florida Club.*»

«Bist du irre? Okay, dann setz ich dich da ab und fahre weiter ins Hotel.»

Er legt ekelhaft jovial seinen Arm um meine Schulter.

«Geh, Bursche, ich möchte dir einen Vorschlag unterbreiten, den du nicht ablehnen kannst: Wir gehen ins *Florida* und bleiben die ganze Nacht, da sind wir sicher. Sicherer jedenfalls, als wild durch Mombasa zu kreuzen.»

«Es ist echt zum Kotzen alles. Ich verstehe dich nicht.»

«Gell, Heinzi, so wird's gemacht. Und morgen wirst du mir dankbar sein, weil wir noch einmal etwas erlebt haben.»

243

Florida Club/Ext./Night

Was zum Teufel machen wir hier! Wieder fallen Schüsse, dunkles Feuer zuckt über den Himmel. Ein Mann rennt über die Straße, zwei andere folgen ihm. Er rettet sich in einen Hauseingang, die Männer lesen irgendeinen großen Gegenstand von der Straße auf und werfen ihn gegen die Tür. Sie beraten sich, einer nimmt sein Handy und brüllt hinein. Sie verschwinden im Haus, Hilferufe dringen heraus. Dann wird es still.

Auf der Tanzfläche ist nichts los. Die Mädchen sitzen an der Cocktailbar aufgereiht wie kleine Statuen oder feiste kleine Püppchen, Hamdi dazwischen, von Doreen ist nichts zu sehen.

«Hello, Hamdi.»

Als wir uns zur Begrüßung umarmen, ist ihre Körperhaltung abweisend. Ein leichtes Zittern umspielt ihre Mundpartie. Sie setzt ein käsiges Grinsen auf und guckt stumpf.

«Where is Doreen?»

«Don't know. You should better stay in your hotel.»

Interessant. Das hätte ihr auch vorher einfallen können. C.:

«What happened?»

Hamdi winkt ab.

«It's not good, it's not good.»

Ende der Durchsage.

Sie lässt nervös ihren Blick schweifen, tätschelt flüchtig meine Hand und geht zu einer Gruppe junger Männer.

«Die eine ohne Begründung nicht gekommen, die andere möchte uns am liebsten sofort wieder loswerden. Was nun, Bursche?»

«Was nun, was nun! Du hast uns in Teufels Küche gebracht und gibst es nicht zu. Das ist es, was mich wirklich aufregt. Gib's doch wenigstens zu.»

«Tut mir leid. Ich hoffe, bald Gelegenheit zu haben, mich zu revanchieren. Pass auf, Vorschlag: Alle Viertelstunde schaut jemand von uns nach draußen. Sollte sich ein Taxi hierher verirren, heißt es Abmarsch.»

Er geht die Lage sondieren.

Da haben wir unseren Aktivurlaub, denke ich. Die Zunge puckert, und auf meiner Haut ist eine glitschige Schicht aus Schweiß, Talg und Staub, ekelhaft. Ich sollte C. verklagen, wegen fahrlässiger Herbeiführung einer lebensbedrohlichen Situation oder so ähnlich, in der Richtung gibt es bestimmt irgendeinen Paragraphen. Er kommt mit zwei Gin Tonic zurück. Hä? Wo hat er die denn her?

«Was gibt's Neues?»

«Ganz normal Remmidemmi.»

«Geh, jetzt reiß dich mal zusammen!»

«Was soll ich sagen? Kein guter Zeitpunkt, um zu gehen. Darf ich dir die Wartezeit mit einem Drink verkürzen?»

«Nein. Und dir würde ich auch empfehlen, einen klaren Kopf zu bewahren.»

Wann habe ich zum letzten Mal einen Drink ausgeschlagen?

Ein Uhr. Schlagartig wird die Musik lauter. C. stürzt das zweite Glas hinunter.

«Übrigens, Bursche: Was ich am meisten vermisse, ist Apfelschorle. Ist dir eigentlich mal aufgefallen, dass Apfelschorle außerhalb des deutschsprachigen Kulturraums praktisch unbekannt ist?»

«Willst du mich ablenken, oder weshalb kommst du mit so einem Scheiß? Ich verstehe dich nicht mehr. Außerdem macht Apfelschorle auch dick.»

«Es bringt überhaupt nichts, wenn wir uns künstlich verrückt machen.»

«Künstlich, künstlich. Du hast sie ja wohl nicht mehr alle.»

Er verschwindet und kehrt mit zwei Cola Rum zurück.

«Geh, Bursche, trink, das ist gut für die Nerven.»

«Von wegen.»

Zwei Hände legen sich von hinten um meine Taille. Hamdi! Und Doreen! Und noch ein drittes Mädchen. Hochschwanger. Hamdi strahlt: «This is Nancy, my sister.» Shakehands. Das ist also Nancy. Die hatte ich mir aber ganz anders vorgestellt. Sie sieht vollkommen grotesk aus. Der breite Stirnschädel verjüngt sich zum Kinn drastisch, das Gebiss ist schmal und eng nach hinten fliehend, ihr blondiertes Haar sieht aus wie Zuckerwatte. Hamdi fordert mich auf, Nancys Bauch zu küssen. Gott, ach Gott. Schrecklich. Augen zu und durch. Schmaaaatz. Ihr Körpergeruch mischt sich mit stechendem, schwerem Parfümgeruch. Sie küsst mich auf die Wange und verschwindet. Sehr seltsam alles.

Die Mädchen zerren uns auf die Tanzfläche, Hamdi ist wie ausgewechselt. C., deutlich angetrunken, versucht sich unter den Anfeuerungen der beiden an immer verwegeneren Tanzschritten. Er probiert eine Drehung um die eigene Achse, verliert das Gleichgewicht und fällt um wie ein nasser Sack. Trottel. Ist das peinlich. Anstatt wieder aufzustehen, bleibt er mit fröhlich-debilem Grinsen sitzen wie ein Kretin. Lallend und auf allen vieren. Totale Haltlosigkeit. Er ist jetzt schon drüber. Doreen hilft ihm wieder auf die Beine, dann verschwinden die Girls. Plötzlich und ohne Ansage lassen sie uns stehen. C. scheint's nicht zu stören. Er wankt von einem Bein aufs andere wie ein besoffener Tanzbär. Mit ihm werde ich nicht mehr rechnen können.

Hamdi und Doreen kehren in Begleitung zweier muskelbepackter Hünen zurück.

«This is John and this is Mike.»

Aha. Interessant. Und? John, bestimmt zwei Meter groß, trägt hautenge Eierjeans und ein weißes ARMANI-T-Shirt. Mike, Typ Mike Tyson, Glatze, Schlägergesicht, seltsame Wülste unter den Augen. Wie Verwandtschaft sehen die nicht aus. Handshake:

«Hello, nice to meet you.»

«Yes.»

Absurd. Die Situation wächst mir endgültig über den Kopf. Was wollen die Typen? Die politischen Turbulenzen sind ein willkommener Anlass, uns fertigzumachen, das ist es! Wenn nur C. nicht so besoffen wäre. Ausgerechnet heute! Mir sinkt das Herz. Es kann jetzt nur noch darum gehen, alles halbwegs im Griff zu behalten. Erst mal Lage draußen checken.

Eine dumpfe Lärmkorona hängt über der Stadt. Langsam fährt ein vollbesetzter Militärjeep die Straße hinauf, die Soldaten halten ihre MPs im Anschlag. In immer kürzer werdenden Intervallen mischen sich unter die hellen Schüsse dumpfe Schläge, wie von Artillerie; zuckende Blitze tauchen die Stadt für Sekundenbruchteile in gespenstisches Licht. So ist es also, wenn das mit lüsterner Gewissheit Vorausgesagte wahr wird. Der Jeep hält vor dem *Florida*. Was, wenn sich hier irgendwelche Rädelsführer verschanzt haben? Ein Soldat steigt aus und lässt seinen Blick schweifen, es kommt mir vor, als würde er bei mir hängenbleiben. Eine Druckwelle zieht durch meinen Oberkörper. Ich drehe meine Handinnenflächen zu ihm, als Zeichen der Kapitulation. Totaler Quatsch. Er ignoriert mich und geht zurück zum Wagen, um sich mit dem Fahrer zu besprechen.

3 Uhr. Die Nacht kriecht dahin, schleicht dahin, die Zeit zerfällt. Das ganze Leben ist von Anfang bis Ende eine einzige Laune des Schicksals, denke ich, ein Wirbel unwahrschein-

247

licher Zufälle. Die Dinge sind nicht mehr sie selbst, übrig bleiben nur Fetzen, Bruchstücke von irgendwas. C. lehnt an der Cocktailbar und hat schon den nächsten Drink in der Hand, die Girls stehen daneben. Von Mike und John ist nichts zu sehen.

«Ich bitte dich, trink nicht so viel. Gib das Glas her, ich tausch es gegen Wasser.»

«Wasser, Wasser. Tiere trinken Wasser. Gänse zum Beispiel. Gänsewein, schon mal gehört?», lallt C. Er ist total aufgekratzt, beim Sprechen stiebt wässriger Schleim aus seiner Nase. Grippeauswurf. «Die Disco schließt übrigens um halb fünf, definitiv. Aber du brauchst dir keine Sorgen zu machen, ich habe deine Abwesenheit genutzt, um uns einen Schlafplatz zu organisieren.»

Er deutet auf Hamdi.

«Nur fünfhundert Meter von hier, hat sie gesagt.»

Hamdi schaut mich erwartungsvoll an. Ist er endgültig verrückt geworden? Todeseuphorie? Seine Augen glänzen fiebrig.

«Das meinst du nicht im Ernst. Hör mal, vor der Disco patrouilliert das Militär, wenn wir uns da hinstellen und nicht vom Fleck rühren, kann uns nichts passieren. Irgendwann wird schon ein Taxi kommen.»

«Ich sehe es kommen, auf den letzten Metern müssen sich unsere Wege trennen.»

Das darf nicht wahr sein. Mir ist, als rinne mein Gehirn aus dem Kopf. Mein Gott, ich bin für so etwas nicht gemacht! Und jetzt? Keiner kann von mir erwarten, in dieser Situation auch noch die Verantwortung für einen betrunkenen Irren zu übernehmen. Ich werde mich auf eigene Faust durchschlagen müssen. Entweder er schließt sich mir an, oder er lässt es bleiben.

«Das geht nicht. Wir müssen zusammenbleiben.»

«Dann komm halt mit. Überleg's dir, ich muss nämlich mal.»

4 Uhr, C. ist seit einer halben Stunde verschwunden. Auch von den Mädchen fehlt jede Spur. Die Disco ist unmenschlich voll, die Luft schwer und verbraucht, in die Musik mischt sich immer wieder ein unbestimmtes metallisches Dröhnen. Jemand rülpst mir in den Nacken. C.! Er sieht furchtbar aus, sein Gesicht ist durch einen Guido-Westerwelle-artigen Zug entstellt. Ihm fehlt ein Schuh.

«Was ist mit deinem Schuh?»

Er schaut apathisch an sich hinunter.

«Keine Ahnung. Was zählt schon ein Schuh.»

«Wenn wir gleich um unser Leben rennen müssen, wirst du schon sehen, wie wichtig gutes Schuhwerk ist. Wo warst du überhaupt?! Wie kannst du mich so in Angst und Schrecken versetzen?»

«Wieso? Dahinten (er deutet irgendwohin) ist noch ein Raum. Dort waren wir.»

Noch ein Raum, noch ein Raum, was soll das?

«Noch ein Raum, noch ein Raum, was soll das?»

«Die haben ihn mir gezeigt.»

Es hat keinen Zweck mehr mit ihm.

Wie aus dem Nichts tauchen Hamdi und Doreen wieder auf.

«We have to go, guys!»

Die Mädchen drücken von hinten, C., endgültig abgesunken in Trunkenheit, ist so hinüber, dass ich ihn stützen muss.

Draußen herrscht eine aberwitzige Atmosphäre. Irgendwelche Boxen pumpen in ohrenbetäubender Lautstärke *Stille Nacht* in die Straße hinaus. Die Dunkelheit wird zerrissen von Blitzen, überall glimmt und zischt es, lodern kleinere Brände, ein saugendes, hohles Pfeifen liegt in der Luft. Mittlerweile kurven vier Jeeps herum, aus einem heraus wird in die Luft geschossen. Meine kaputte Zunge klebt am Gaumen, ich kann kaum schlucken, mir ist schlecht. C., jenseits von Gut und Böse, stammelt: «Schau, Bursche, Ordnungskräfte, ich hab's dir gesagt, uns kann nichts passieren.»

Hamdi packt mich am Handgelenk, Doreen zieht den taumelnden C. hinter sich her. Wenn uns nun John und Mike verfolgen? Ich versuche mir einzureden, eh nicht so am Leben zu hängen, nützt leider nichts. Nach kurzer Zeit habe ich jede Orientierung verloren. Torkel, stapf, schlinger. Fünfhundert Meter. Von wegen. Wir müssten doch längst da sein! Die Straßen werden immer kleiner und enger. «Just one minute», murmelt Hamdi beschwichtigend.

Plötzlich versetzt mir jemand von hinten einen fürchterlichen Stoß. Ich stürze zu Boden und schleife mit dem Gesicht auf etwas Hartem. Die Mädchen schreien. Als ich mich auf den Rücken drehe, spüre ich einen fürchterlichen Druck auf meinem Brustkorb. Ein großer, fetter Mann fixiert mich mit seinem Fuß. Er hebt drohend den Zeigefinger: «Don't move!» Für einen kurzen Moment treffen sich unsere Blicke, in seinen Augen liegt ein unergründliches, furchtbares Glitzern. Kommt mir jedenfalls so vor. Er tritt mir in den Bauch. «Don't move!», wiederholt er seinen Befehl. Ich nicke. Eine nie für möglich gehaltene Besudelung und Erniedrigung. Ich schließe die Augen. Endlich lockert sich der Druck, der Mann verschwindet. Ich halte die Augen weiter geschlossen.

«Are you okay? We have to go.» Hamdi! Von C. und Doreen keine Spur.

«Where is my friend?»

«We have to go.»

Ich will noch etwas sagen, doch die Worte bleiben mir wie unzerkaubare Fleischbrocken im Mund. Ich trotte hinter ihr her, bis sie vor einem Hauseingang stehen bleibt.

Drinnen riecht es nach Essen und den Ausdünstungen von Menschen. Ich höre leises, regelmäßiges Atmen und Schnarchen. Hamdi tastet sich auf Zehenspitzen vorwärts, ich hinterher, bis wir an eine steile, schmale Treppe gelangen. Sie deutet nach oben. Die Stufen knarzen und knacken und sind glitschig. Als wir oben angekommen sind, nimmt Hamdi meine Hand und führt mich zu einem Bett. Ich setze mich, sie geht die Treppe wieder hinunter. Vorsichtig ziehe ich Hose, Oberhemd und Strümpfe aus und lege mich hin. Ich ertaste etwas, das sich wie eine Decke anfühlt, und ziehe sie über mich. Meine Zunge puckert wie verrückt. Ich spüre eine aus dem ganzen Körper aufsteigende flammende Hitze, alles Blut sammelt sich im Kopf, ich höre es rauschen. Wo ist Hamdi? Das kann sie doch nicht machen, mich im Niemandsland abliefern und dann einfach verschwinden. Und wo ist C.? Und wieso ist Doreen weggerannt, Hamdi aber nicht? Alles scheint vollkommen zufällig und grundlos geschehen zu sein. Mombasa hat sich in einen Ort des reinen Schreckens verwandelt. Finsternis brütet um mich, unergründliche schwarze Finsternis.

ENDLICH RAUCHER

Ich traue mich nicht, die Augen zu öffnen. Es ist sehr heiß und sehr still, mein Kopf ist wie verleimt, die Schläfen rauschen. Ich liege und lausche, und es rauscht, und ich lausche, und es rauscht, und meine Blase schmerzt. Eine Flut von Bildern schießt mir durch den Kopf, wirr und zufällig. So ist es, wenn das Leben auseinanderfällt, denke ich.

Etwas Nasses, Raues fährt über meine Hand. Ich fahre hoch. Ein uralter, ausgezehrter Straßenköter, ein räudiges, klapperdürres Vieh. Er schaut mich mit heraushängender Zunge an, sein Blick hat eine entsetzliche Intensität. Ich ziehe meine Hand zurück, der Hund verschwindet mit einem heiseren Kläffen. Das Zimmer ist bis auf das Bett völlig leer. Ich schaue aus dem Fenster. Vor einem Minimarkt sitzen Männer und rauchen. Frauen mit Eimern gehen vorbei, Wasser schwappt heraus. Als wäre nichts geschehen, als wären die Ereignisse der Nacht nur eine flüchtige Eruption gewesen. Tagsüber herrscht Waffenruhe, erst bei Einbruch der Dunkelheit geht es wieder los. Vielleicht. Klamotten an und Abmarsch. Ich rutsche aus und schlittere die letzten Stufen der Treppe hinunter. Im Erdgeschoss herrscht unglaubliches Chaos, eine verrottete Küchenzeile mit halb aus der Wand herausgerissenen Schränken. Spackige Matratzen, vergammelter Springbrunnen, Kindertopf voll abgestandener Pisse, überall auf dem Boden verstreut schmutzige Kleidung, vergammelte Kondome, verdrecktes Zeitungspapier, eine leere Mausefalle.

«Hello?»

Niemand da. Bloß raus hier.

Ich stolpere fast über eine halbtote Katze, die über die Straße kriecht. Ihre Flanke ist aufgerissen, das Fell von rotschwarzem Blut verkrustet. Orientierungslos irre ich durch enge staubige Straßen, einem Flickwerk von Schuppen, Häusern, Baracken. Der Blasendruck wird unerträglich. Dann, endlich, die *Haile Selassie Road*. Irgendwo muss es doch eine Ecke geben, wo ich hinpissen kann. Gibt es aber nicht. Ich gebe auf. Warm läuft es mir an den Beinen herunter. Im Staub bildet sich eine Lache, die Pisse läuft mir als Rinnsal entgegen. Bald wird es stinken und brennen und hässliche Flecken geben, aber bis dahin bin ich längst im Hotel.

Ein Tuc-Tuc, endlich.

«Nyali Beach, please.»

7 Uhr 15. Was, wenn C. ungeduldig am Kaffeerund wartet? In Sorge um *mich*? Mein Handy steckt am Aufladegerät. Zwölf entgangene Anrufe von Candy. Kurzwahl C.: Tut tut tut tut tut, immerhin ist sein Telefon nicht ausgeschaltet. Auf lautlos gestellt, damit es nicht beim Nickerchen stört! Das ist es!

Am Ozean ist er nicht, am Big Pool auch nicht und auf seinem Zimmer erst recht nicht. Der Plumpspool wird aus irgendwelchen Gründen gerade mit Eimern leer geschöpft, und das Kaffeerund hat noch geschlossen. Stillleben: eine Gruppe Rentner beim Boulen. Ich muss die Hotelleitung informieren. Um alles Weitere werden die sich kümmern, und ich kann endlich, endlich, endlich ausruhen und zur Besinnung kommen. An der Lobby verrichtet eine einzige, einsame junge Frau ihren Dienst: *Kanada*. Komischer Name. In einem Ton, der keinen Widerspruch duldet, verlange ich den *Chief Director* zu sprechen.

Ihr Blick verschleiert sich, als würde er von innen mit etwas Trübem zugezogen. Sie schaut leer, wie es leerer nicht geht. Offenbar mangelt es mir und meiner Stimme an Durchsetzungsfähigkeit. Schlagkraft. Feuerkraft. Egal, nachsetzen:

«My friend has been kidnapped. In Mombasa, last night.»

«Oh, I thought he is your brother.»

Wieso Bruder? Sind wir Gegenstand der Tagesgespräche des Personals? Wird sich über uns das Maul zerrissen, hinter vorgehaltener Hand über uns getratscht?

«You shouldn't go to Mombasa. It's dangerous.»

«Jaja, dangerous, I know. I need to speak the Chief Director. You know? Manager on duty. Acting manager. Head of.»

Kanada schaut mich mit halb offenstehendem Mund an. Sie hat ganz schiefe Zähne.

«Where is the director?»

«Oh, he is coming back in the late afternoon.»

«You have to call the police. You understand? My friend has been kidnapped, I need to speak with the police.»

In ihrem Gesicht der Abdruck des absoluten Nichts. Wirklich erstaunlich. Vielleicht helfen Wiederholungen.

«Police. Mombasa Police. Police Headquarter. Kenya Police.»

Ein Anflug von Verstehen huscht über ihre Züge. Sie schaut in ein Heft, kritzelt etwas auf einen Zettel und schiebt ihn zu mir hinüber. Ihre Hände sind rissig, die Haut an den Daumen blutig.

«This is the address of the Mombasa Police Headquarter.»

«No, not the address! I can't go into town! It's war. They have to come. To the hotel. You understand? The police has to come to the hotel!»

Sie greift zum Telefonhörer. Laber, laber.

Give me hope, Jo'anna, give me ... hope, Jo'anna.

Hope, kann ich gut gebrauchen.

Laber, laber. Kanada hängt ein.

« Somebody will come. »

« When ? »

« Maybe in the afternoon. »

« In the afternoon? Why not now? My friend is in big trouble. »

« Sir, the police will come, I promise. Just a second. »

Sie blättert in einem Verzeichnis. Ihre Hände sehen wirklich schlimm aus. Dann legt sie den blutigen Daumen an eine bestimmte Stelle. Deutsches Konsulat. Ludwig Krapf House, Riverside Drive 113, Nairobi, Tel. 00 25 42 04 26 21 00. Aufschreiben.

« Thank you, Kanada. »

Leute immer mit Namen ansprechen. Das schafft Verbindlichkeit.

« See you later. »

Kanada guckt komisch. Mein Gott, wenigstens Good Luck könnte sie mir wünschen, irgendwas, eine menschliche Geste, ein Zeichen der Anteilnahme.

Eine geschlagene Stunde versuche ich durchzukommen, zwecklos, die Leitungen sind zusammengebrochen oder tot oder verstopft oder alles zusammen. Da haben wir's, denke ich, das Land versinkt endgültig in Anarchie und Chaos. Von der Meerseite erhebt sich ein gewaltiges Dröhnen. Fünf schneeweiße Helikopter rauschen über das Gelände. Wer weiß, vielleicht Verstärkung aus dem Ausland, Blauhelme, Task Force, internationale Eingreiftruppen.

Weder bei *Spiegel online* noch *Bild.de* gibt es etwas Neues zu erfahren.

« Die erwarteten Unruhen in Kenia » – « Ausschreitungen nach Präsidentschaftswahlen » – « Nach Schließung der Wahllokale kam es zu Tumulten in Kenias Hauptstadt Nairobi, die in der Nacht auch auf die Städte Mombasa, Wajir und Kisumu übergegriffen haben.»

Weiß ich alles.

Weiter, *Süddeutsche*: «Opposition ruft Kenianer zum Massenprotest auf.»

Welt kompakt: «Hoffnung auf Demokratie geht in Flammen auf. Noch vor ein paar Jahren galt Kenia als Hoffnungsträger in Afrika. Nun, nach einer offenbar von der Regierung manipulierten Wahl, ist das Land in Aufruhr ... So haben die Wahlbeobachter festgestellt, dass es in einzelnen Bezirken Wahlfälschungen zugunsten des amtierenden Präsidenten Mwai Kibaki gegeben hat.»

FAZ: «Friedensnobelpreisträger Tutu will vermitteln ...»

Hamburger Morgenpost: «Afrikanische Tragödie: Dutzende Menschen, vor allem Frauen und Kinder vom Stamm der Kikuyu, flüchteten in der Ortschaft Eldoret vor einem gewalttätigen Mob. Sie retten sich in eine Kirche, doch das Gebäude wird von den Verfolgern angezündet und brennt bald lichterloh. 50 Menschen ließen bei der Katastrophe ihr Leben. Sie verbrannten bei lebendigem Leib.»

Das alles soll passiert sein? In den paar Stunden? Und sofort online, schwarz auf weiß. Jetzt wird Kenia für ein paar Tage, Wochen oder Monate im Fokus einer mittelmäßig interessierten Öffentlichkeit stehen, der globalen Gemeinschaft der Gaffenden, der mittelmäßig Informierten, mittelmäßig Einfühlsamen. Wer weiß schon genau, wo Kenia liegt? Und wen kümmert es? Sollen sie sich doch die Köpfe einschlagen, mit ihren 48 Stämmen und Sippen, ändern lässt es sich eh nicht, und die Lieben daheim interessieren sich sowieso mehr für das aktuelle Inzestdrama, das sich in irgendeinem Keller oder Bunker oder Erdloch abspielt. Aus den entlegenen Teilen der Welt ist nur das absolut Monströse von Interesse, und das auch nur, wenn es miterlebt werden kann wie die einstürzenden Türme des World Trade Center.

Auf der ganzen Erde werden Kriege geführt, die fotografiert, katalogisiert, überwacht, ans Licht gebracht werden, es entgeht nichts, heutzutage sind auf jeden Quadratmillimeter der hinterletzten Geröllwüste irgendeines vergessenen Landes, von dessen Existenz man noch nicht einmal etwas ahnte, rund um die Uhr Überwachungskameras gerichtet. Doch die Medien haben nicht genug Platz, auch nur über einen Teil davon zu berichten. Die Bürgerkriege, Stammeskriege, Grenzstreitigkeiten, gewalttätigen Interessenkonflikte, Vergeltungsschläge, Glaubenskriege sind so zahlreich, dass man mit ihrer Registrierung nicht nachkommt. Die Ermordung irgendeines Präsidenten macht die Erinnerung an irgendeinen Einmarsch vergessen, irgendein Massaker macht irgendeinen Völkermord vergessen und so weiter, bis zum völligen Vergessen von allem.

Ich klicke mich weiter durchs Netz. Sudan – Bürgerkrieg von 1983 bis 2003, zwei Millionen Tote, Kongo – 1998 bis 2003, drei Millionen Tote. Burundi, Dschibuti, Gabun, Niger, Tschad. Oder wie der Staat gleich noch hieß. Egal, gescheitert, *gescheiterte Staaten*, wie die DDR, kennt man ja noch. Wohnt kaum noch einer da, alle gestorben, geflüchtet oder vertrieben. Ruanda 1994, Angehörige der Hutu-Mehrheit massakrieren innerhalb von drei Monaten drei Viertel der Tutsi-Minderheit. Dieser Genozid geschah mit Wissen und unter Duldung der Vereinten Nationen, der USA und Europas und konnte ebenso ungehindert geschehen wie der Völkermord in Jugoslawien. Den Opfern wurden Körperteile nach und nach abgetrennt, um ihnen möglichst große Schmerzen zuzufügen, sie mussten ihre eigenen Kinder umbringen, wurden gepfählt oder zum Kannibalismus genötigt. Um schneller sterben zu dürfen, haben die Opfer ihren Mördern häufig Geld bezahlen müssen.

Voraus ging eine jahrelange rassistische Diffamierung der Tutsi, Anfertigung von Todeslisten und der Vorwurf an die Tutsi, sie wollten die Hutu vernichten. Eigentlich alles wie bei den Nazis, mit dem Unterschied, dass es in den Lagern noch keine Livecams gab.

Gleich vier. Breaking News Fehlanzeige. Chief Director nach wie vor außer Haus, von der Police nix zu sehen, nix zu hören, Ludwig Krapf House dauerbesetzt. Vierzeiler: «Von dem in der Nacht zum 28. 12. verschleppten österreichischen Staatsbürger ... fehlt nach wie vor jede Spur.» Die es lesen, denken: Selbst schuld, warum ist er nicht zu Hause geblieben, der Trottel.

Ein schwacher Geruch von Verbranntem liegt in der Luft. Der Ventilator hängt über mir wie ein giftiges Insekt, das sich jeden Augenblick herunterfallen lassen und mich mit einem Biss töten könnte. Oder lähmen und mit pelziger Zwinge auf den Balkon schleppen, wo schon ein aus lauter lustigen Äffchen bestehendes Exekutionskommando wartet. Oder Folterkommando. Oder Entführungskommando. Die Affen verschleppen mich, und ich muss den Rest meiner Tage unter ihnen verbringen. Die Rache des Dschungels, die Rache des Schwarzen Kontinents, die Rache der Tiere für erlittenes Unrecht. Ich bin Captain Willard in *Apocalypse Now*, der, zu endlosem Warten in einem winzigen Hotelzimmer verdammt, nur noch zu einem einzigen Gedanken fähig ist:

«Jede Minute, die ich in diesem Zimmer verbringe, macht mich kraftloser. Jede Minute, die Charlie im Busch kauert, macht ihn stärker.»

Tag und Nacht zerdehnt sich im immer gleichen Dämmer, im Hintergrund Doors-Klassiker *The End*, Selbstauflösung, Verlust des Ich, immer weiter treibe ich in die Finsternis, der Quelle des Wahnsinns entgegen.

Sechs Uhr. Langsam wird's eng, spätestens morgen früh um neun müssen wir am Flughafen sein. Was tun?

In Begleitung eines Hotelangestellten das nächstgelegene Polizeirevier aufsuchen.

Allerspätestens um zweiundzwanzig Uhr Ortszeit seine Angehörigen verständigen.

Die Fluggesellschaft informieren und bitten, uns auf einen späteren Flug umzubuchen.

Botschaft erreichen.

Aber vorher muss ich schnell was essen, ich hab schließlich seit vierundzwanzig Stunden nichts mehr zu mir genommen. Wenn ich vor Entkräftung ohnmächtig werde, ist niemandem gedient, am allerwenigsten C., das wird jeder vernünftige Mensch einsehen. Trennkost ade, hochkalorische Nahrung mit hoher Energiedichte muss her: Spanferkel, weiße Bohnen in Tomatensoße, Pommes, ein Keil Lasagne, Salatnest. Ohne zu kauen, runterschlucken, damit mir niemand vorwerfen kann, ich hätte das Essen *genossen*, während mein Freund in Lebensgefahr schwebt. Mampf, klecker, schling.

«Lass es dir recht gut schmecken, Bursche.»

O Gott, das gibt's doch nicht, juhu, jippiee, schrecklich, furchtbar, peinlich. Ich drehe mich um, C. schüttelt fassungslos den Kopf. Bis auf den fehlenden Schuh sieht er irgendwie ganz *normal* aus. Ich schlucke runter. Noch schlimmer, als beim Wichsen erwischt zu werden.

«Ich gehe jetzt aufs Zimmer. In fünfzehn Minuten darf ich dich am Kaffeerund begrüßen. Ach ja, ich möchte dich bitten, mir etwas Rasiercreme zu leihen, mein Bart juckt. Und besorg etwas zu trinken, am besten Wein.»

Was soll ich sagen?

«Ja, natürlich, alles, was du willst. Wie geht's dir denn?»

«Erzähl ich dir gleich.»

Und schlurft weg. Ich habe mal gehört, dass der Eindruck, den man von Geretteten gewinnt, allgemein ein enttäuschender ist. Als ich mit einer Flasche Rotem und einer Flasche Weißem am Kaffeerund aufschlage, wartet er bereits.

«Hast du daheim jemanden erreicht?»

«Nein, ich wollte noch damit warten, damit die sich nicht unnötig Sorgen machen.»

«Aha. Dein Freund ist gerade dem Tod von der Schippe gesprungen, und du schiebst Dienst nach Vorschrift. Darf ich fragen, ob du hinsichtlich meiner Rettung überhaupt etwas unternommen hast?»

«Jetzt reicht's aber. Ich habe mich zu Tode geängstigt. Bei mir war's übrigens auch ziemlich knapp.»

Mir schießen die Tränen in die Augen. Ich kann nicht mehr. Schweigen. Schließlich nimmt C. meine Hand und drückt unbeholfen auf ihr herum.

«Ist ja gut, Bursche, beruhig dich. Vorschlag: Ich erzähl dir alles im Schnelldurchlauf, und dann esse ich, in einer halben Stunde schließt das Restaurant.»

... jedenfalls sei er bei Einbruch der Dämmerung in der Nähe des Hafens freigelassen worden. Es müsse sich also um eine Verwechslung gehandelt haben, oder er sei, wahrscheinlicher, ein Zufallsopfer, mit dem sie nichts hätten anfangen können, oder, dritte Möglichkeit, die Entführung sei *einer Sektlaune entsprungen*, bzw. sie hätten es sich aus irgendwelchen unerfindlichen Gründen anders überlegt. Eine andere Erklärung falle ihm nicht ein, und er werde es auch eh nie herausbekommen, denn die Angelegenheit zur Anzeige zu bringen, halte er für voll-

260

kommen sinnlos, abgesehen davon, dass keine Zeit mehr bleibe. Wie dem auch sei, mehr gebe es eigentlich nicht zu sagen.

Kehraus-Stimmung im Restaurant, nur noch wenige Gäste löffeln ihren Nachtisch, das Buffet wird bereits abgeräumt. C.s Kopf versinkt zwischen den Schultern. Insichhineinschaufeln im Akkordtempo, eins, zwo drei, eins zwo, eins, zwo drei, vier. Ich forsche in seinem Gesicht nach Spuren des Erlittenen. Nix. Abgenommen hat er in Gefangenschaft auch nicht. Er geht Nachtisch holen. Und ich fasse einen Entschluss: rauchen. Wieder rauchen. Endlich wieder rauchen. «Nach glücklich überstandener Geiselnahme wieder zur Zigarette gegriffen.» Wenn ich diese Großchance nicht nutze – selber schuld. Ich zieh das jetzt durch! Und wenn es ein Jahr dauert, bis ich über den Berg bin. Herrlich. Wenn es eine perfekte Rechtfertigung gibt, dann doch wohl eine glücklich überstandene Entführung. Ich bestelle eine Packung *Sportsman* und eine Flasche Henkell Trocken (38 000 Schilling).

Endlich Raucher!

C. kommt zurück. Eis. Crème brulée. Früchte.

Plötzlich merke ich, wie fertig ich bin. Totale Erschöpfung. Durch. Am Ende. Das ist sie nun, die Summe meiner selbst. Meine Knie zittern, ich fühle mich ganz seltsam. Irgendwie durchlässig. Als würden meine Membranen von etwas anderem durchdrungen. Und dann noch die Musik, die ganz anders ist als sonst.

«Hörst du das?»

Mir schießen schon wieder die Tränen in die Augen.

«Was ist los mit dir, Bursche?»

«Die Musik, hör doch mal.»

«Ja, stimmt, die ist wirklich schön.»

Es ist nicht das übliche Geplärre aus der Konserve, sondern Livemusik, Gospelgesang, hell, fröhlich und gläsern. Als würden die, die singen, daran *glauben*. Irgendetwas Besonderes geht da vor. Etwas besonders Schönes. Mich überkommt eine unbestimmte Erregung.

... *lalala Afrika*. Jede Strophe endet auf irgendwas mit ... *Afrika*.

... lalala Afrika. Ich stelle mir vor, dass es unser geliebtes Afrika heißt oder unser heiliges Afrika oder so.

Meine Kehle ist wie zugeschnürt.

«Ich muss wissen, was das ist. Ich geh mal nachschauen.»

«Tu das, Bursche.»

... lalala Afrika.

Der Gesang wird lauter. Und lauter. Und immer lauter. Zwischen zwei Säulen versteckt, fast am anderen Ende, hat sich ein gemischter Chor im Halbkreis aufgestellt, in ihrer Mitte ein kleiner, pummeliger Mann, der Dirigent, Chorleiter. Sie tragen komische Folklorekleidung und Mützchen, die aussehen wie Matrosenkäppis. Das Restaurant ist praktisch leer, ihr Ständchen findet unter Ausschluss der Öffentlichkeit statt.

... lalala Afrika.

Sind das Hotelangestellte? Ist gar Boneman unter ihnen? Oder kommt der Chor aus Mombasa und wurde extra für heute Abend engagiert? Aber wieso heute und nicht an den Weihnachtstagen? Und warum hier, wo sie keiner beachtet, und nicht als Teil der regulären Abendunterhaltung auf der Open-Air-Bühne? Man weiß es alles nicht.

... lalala Afrika.

Die leuchtenden Pastelltöne des letzten Lichts über mir. Es ist, als gleite etwas in meinem Inneren zur Seite, als zerreiße ein Vorhang in meinem Gehirn. Als kehrten aus allen Himmelsrichtungen die Schnipsel und Fetzen zurück und legten sich wieder zusammen zu der einen Schönheit und machten sie für diesen Augenblick wieder ganz. Die glitzernden Töne gelangen bis ans Herz, regnen in winzigen Sicheln auf mich herunter. Etwas zuckt über den Himmel, etwas strömt aus dem Boden.

... lalala Afrika.

Meine Beine geben nach. Als ob alle Luft vom Himmel verschwunden sei und sich das andere, sonst Verborgene, offenbare. Alles Übel rinnt aus den Füßen, aller Schmerz verwandelt sich in etwas Schönes, alle falschen Bilder werden ausgelöscht. Ein Moment seltener Klarheit, wie man ihn in seinem Leben vielleicht ein-, zweimal erlebt. Aus einer einzigen Wolke hoch über mir platzt es heraus.

... lalala Afrika.

Ein Licht, dessen Quelle weit weg ist. In der Höhe, über den Bergen schwebend, saust das ferne Summen, das niemals schweigt ... Wie bei einem Stern ... Wunder und Erlösung ... Größe und Schönheit ... ein aufflammendes Vorbei ... Die zertrümmerten Gliedmaßen geheilt, die Tränen getrocknet, das Herz in lichte Zonen emporgeschleudert.

... lalala Afrika.

Sie wiegen sich im Takt, ihren Gesichtern entströmt etwas Klares und Helles. Die hellsten je aus dem Dunkeln niedergestiegenen Wesen, Engel, auf den Kern des Guten geschrumpft. Für einen Augenblick fangen sie die Welt auf und halten sie an, als wäre etwas Plötzliches und Vollkommenes in einem heftigen Glühen für mich zur Erde gefallen, für mich allein, und nur ich kann zusehen und zuhören. Und nur ich werde da sein, wenn sie verstummen. Unwahrscheinlicher als dies ist nichts.

Eine wirklich ungeheure, nie vernommene Stille. Die Dinge verlieren ihren Namen und verschmelzen in ein einziges ununterscheidbares Sein. Der wahre Kern liegt tief unter der Oberfläche verborgen, in Regionen, in die kein Wissen hinabreicht.

«Zigaretten und Sekt hab ich schon bezahlt, Bursche. Rauchst du etwa wieder?»

«Ja, hab eh viel zu lange Pause gemacht. Hoffentlich komm ich wieder rein.»

«Komm, wir gehen zum Rund.»

Schweigend leeren wir eine Flasche. Und noch eine.

«Darf ich dich nach deiner Bilanz befragen?»

«Ich bin überhaupt nicht erholt.»

Pause.

«Aber mit dir war's schön. Ich möchte mich offiziell bei dir bedanken.»

«Wir sollten die Planungen für unsere Alters-WG nicht aus dem Auge verlieren. Kleine Stadthäuser, ein großer Garten, ein Brunnen. Und überall Olivenbäume.»

«Olivenbäume?»

«Ja, vielleicht.»

«Wie wir's machen, machen wir es richtig. Wir bleiben uns.»

AHOI & SERVUS

Die Nacht ist bereits um Viertel vor vier zu Ende. Rückreisefieber. Noch drei Stunden bis zum letzten Frühstück. Am späten Abend bin ich wieder daheim. Naja, wollen mal sehen, erst mal *ankommen*. Doch das Schicksal hat uns so hart rangenommen, dass uns weitere Prüfungen gerechterweise erspart bleiben müssten. Was bleibt? Neben den *Erfahrungen*? Schöne neue Worte: Kaffeerund. Nachwassern. Dienstreise. Sitzbad. Plumpspool. Jedes Wort ist fünftausend Euro wert. Mindestens. Aufstehen, eine allerletzte Trainingseinheit einlegen. Eine harte, eine ganz harte: Betrachten Sie einzelne Körperpartien niemals isoliert! Vermeiden Sie eine Überlastung Ihres Körpers durch eine attraktive Mischung aus schweren, harten und leichteren Trainingseinheiten! Vermeiden Sie intensive Belastungen im Hungerzustand und optimieren Sie Ihr Ernährungsverhalten im Allgemeinen! Ein dicker Bizeps bedeutet nicht gleichzeitig auch viel Kraft – die Qualität des Muskels ist entscheidend! Das funktionelle Zusammenspiel aller Muskeln ist entscheidend für ein ausgewogenes Training, das am Ende einen harmonisch entwickelten Körper bewirkt! Variieren Sie die Übungen entsprechend Ihrem Leistungsniveau, belasten Sie die Muskeln aus verschiedenen Winkeln heraus und lassen Sie Ihrem Körper genügend Zeit zur Entwicklung nach Ihren persönlichen Vorstellungen! Qualität ist immer vernünftiger als Quantität. Auch Rom wurde nicht an einem Tag erbaut! Mit Krafttraining können sogar Neunzigjährige noch enormen Kraftzuwachs und damit eine erhebliche Verbesserung der Lebensqualität erreichen!

Rasieren, Haare waschen, Nägel schneiden, duschen.

Halb sieben. Wie schön es in der Frühe ist. Die Sonne steigt wie flüssiges Metall funkelnd und nackt aus dem Meer. Bald wird sie den Tag zum Kochen bringen. Ich habe es auf gerade mal neun Fotos gebracht, weniger geht ja wohl kaum: So viel kriegen Rentner weniger, der Weihnachtsbaum, *Florida Club* von außen, fünfmal C., zweimal C. und ich. Aber jetzt, jetzt sind die Lichtverhältnisse ideal: Dumbohaus außen/innen, Big Pool, Indischer Ozean, Kaffeerund, Plumpspool. Knips, klacks, kleine Meisterwerke. Ich habe kürzlich gelesen, dass die Deutschen seit Beginn der digitalen Revolution vier Milliarden Fotos im Jahr schießen. Wer, frage ich allen Ernstes, soll das Material sichten! Topantwort: die Wolfs! Wer sonst! Die persönliche Hölle der Wolfs: bis in alle Ewigkeit verwackelte Idiotenschnappschüsse sortieren.

SMS von C.: «Bin Frühstück.» Ich schließe den großen, schönen Rimowakoffer und begebe mich zum Speiserund. Eier, Bohnen, Speck, Tomaten, Toast, O-Saft, Cornflakes, mmh, lecker. Hier bin ich Mensch, hier darf ich's sein.

«Was gibt's Neues, Bursche?»

«Nichts. Keine SMS, kein Garnichts. Und du?»

«Hoffentlich halten die Ohren. Ich hab den Lieben daheim versprochen, wenigstens eine Muschel mitzubringen, und jetzt komm ich mit leeren Händen.»

Ich stecke mir eine *Sportsman* an. Schmeckt eklig. Aber ich halte durch, versprochen! Leben heißt üben. Üben, üben, üben!

«Jambo.»

«Jambo.»

Wir begleichen beim Cashier unsere Rechnung. Steve (der vom Ankunftstag) händigt uns unsere Check-out-Karten aus. *Gimme hope, Jo'anna, gimme ... hope, Jo'anna.*

Wir wollen gerade gehen, da kommt Lucy angehetzt. Lucy! Sie hat es nicht vergessen! Ich bitte C., schon mal zum Taxi vorzugehen.

«Fasse dich kurz. Bursche. Ich möchte nicht noch zu allem Überfluss das Flugzeug verpassen.»

Jaja. Schlecht gelaunt stapft er los. Kann ich ja nichts dafür, dass er keine Lucy hat. Meine Lucy! Schöner denn je. Freudestrahlend überreicht sie mir ein Geschenk. Liebevoll verpackt. Von der Größe her könnte es ein Buch oder so sein.

«Oh, thank you. That is very nice. Thank you very much.»

Meine Güte, jetzt hab ich gar nichts für sie. Peinlich. Als ich es auspacken will, protestiert sie.

«No, please wait, till you're home.»

«Wait? Yes. Sure.»

«So, Heinz, maybe we meet again next year.»

«Yes, I would love to. I have to speak with my friend.»

«You should, you should.»

Wir stehen uns ein paar Sekunden gegenüber, unschlüssig, wie wir uns voneinander verabschieden sollen. Also ich bin unschlüssig. Umarmen ist wahrscheinlich des Guten zu viel, deshalb reiche ich ihr die Hand.

«Goodbye, Heinz. Good Luck.»

«Bye, Lucy. Same to you.»

Titus wartet mit laufendem Motor. Wahrscheinlich auf C.s Geheiß, um den Druck zu erhöhen. Titus fährt los. Titus, unser Titus, unser Mann in Afrika. Servus, Grüezi und Adieu. Gleich biegen wir ab in die Moi Avenue. Ich finde in meiner rechten

Hosentasche ein zerknülltes Bündel Geldscheine. Genau 4500 Schilling, der letzte Rest vom Schützenfest. Der Junge ohne Namen trägt ein gelbes T-Shirt und Shorts. Ich bitte Titus, kurz anzuhalten. C. raucht und fummelt gedankenverloren an seinem Handy herum. Ich kurbele die Scheibe herunter und halte dem Jungen das Geld hin. Er bleibt irritiert stehen. Ich komme mir total bescheuert vor, gönnerhaft und arrogant. Schrecklich. Als wolle ich ein Beutetier anlocken, um es zu fangen. Vorsichtig pirscht der Junge zum Wagen.

«Here, it's for you.»

Etwas Besseres fällt mir nicht ein. Er nimmt wortlos das Geld und weicht rasch ein paar Schritte zurück. Ich tippe Titus auf die Schulter. Abfahrt. Weiter geht's. Vor uns fährt im Schneckentempo ein uralter Lieferwagen mit Hänger, die Straße ist so schmal, dass wir nicht überholen können. Der Junge trabt neben uns her, ab und an springt er wie ein Hase in die Höhe und wirft einen Blick ins Wageninnere. C. schreibt SMS. Hinter der nächsten Kurve tut sich eine Lücke auf, Titus gibt Gas, gleich wird der Junge nicht mehr mithalten können. Ich stecke meinen Kopf aus dem Fenster und winke zurück. Wir wissen, dass wir uns nicht wiedersehen werden. Er rennt und rennt und rennt, bis ihn die Kräfte verlassen und er keuchend stehen bleibt. Er wirft beide Hände nach oben und ruft, so laut er kann:

«DON'T FORGET OUR COUNTRY!»

Ich winke, bis der Junge hinter der Kurve verschwunden ist.

QUELLENANGABEN

Gimme Hope, Jo'anna – Eddy Grant
K + T: Eddy Grant
EMI Music Publishing Germany GmbH
Postfach 3015 88
20305 Hamburg

Abenteuerland & *Ein graues Haar* – Pur
K + T: Hartmut Engler/Ingo Reidl
Arabella Musikverlag GmbH
Stralauer Allee 1
10245 Berlin

Hands up – Ottawan
K + T: Jean Joseph Kluger/Daniel Vangarde/Nelly Antoinette Byl
Roba Music Verlag GmbH
Feldbrunnenstr. 50
20148 Hamburg

Ja, wenn wir alle Englein wären – Frank Zander
K: Thomas Werner
T: Terry Rendall/Renée Marcard/Frank Zander
Intervox Production Music Publishing GmbH
Jahnstr. 45
80469 München

Cheri, Cheri, Lady – Modern Talking
K + T: Dieter Bohlen
Arabella Musikverlag GmbH
Stralauer Allee 1
10245 Berlin

Sieben Tränen – Séverine
K + T: Wolfgang Jass/Wolff-Ekkehardt Stein/Christian Heilburg
Hanseatic Musikverlag GmbH & Co.KG
Alter Wandrahm 14
20457 Hamburg

Pump up the jam – Technotronic
K: Thomas De Quincey
T: Manuela Kamosi
Universal Music Publishing GmbH
Stralauer Allee 1
10245 Berlin

Asereje – Las Ketchup
T + K: Francisco Manuel Ruiz Gómez
Sony/ATV Music Publishing (Germany) GmbH
Kempler Platz 1
10785 Berlin

«‹Kein-Erlebnis-Reisen› am erholsamsten», zitiert nach *Hamburger Abendblatt* vom 24. Juli 2009

Ian McEwan, *Abbitte*. Aus dem Englischen von Bernhard Robben. Copyright © 2002 Diogenes Verlag AG, Zürich

Lemmy Kilmister (mit Janiss Garza), *White Line Fever. Die Autobiographie*. Aus dem Englischen von Klaas Ilse und vollständig überarbeitet von Kai-Uwe Keup. Heyne, München 2006

Das für dieses Buch verwendete FSC®-zertifizierte Papier
Lux Cream liefert Stora Enso, Finnland.